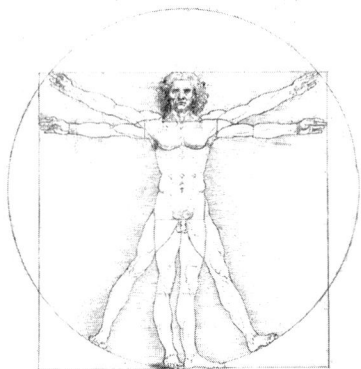

Knock ou le triom phe de la Médecine

克诺克或医学的胜利

〔法〕儒勒·罗曼 等 著　　郭宏安 译

百花洲文艺出版社
BAIHUAZHOU LITERATURE AND ART PRESS

图书在版编目（CIP）数据

克诺克或医学的胜利 / (法) 儒勒·罗曼等著；

郭宏安译. — 南昌：百花洲文艺出版社, 2025. 3.

ISBN 978-7-5500-6035-7

Ⅰ . I565.15

中国国家版本馆CIP数据核字第2025H4X701号

克诺克或医学的胜利

〔法〕儒勒·罗曼　等　著　郭宏安　译

出 版 人	陈　波
丛书策划	程　玥
责任编辑	陈　愉
书籍设计	方　方
制　　作	何　丹
出版发行	百花洲文艺出版社
社　　址	南昌市红谷滩区世贸路898号博能中心一期A座20楼
邮　　编	330038
经　　销	全国新华书店
印　　刷	江西千叶彩印有限公司
开　　本	720 mm×1000 mm　1/32　印张　9.125
版　　次	2025年3月第1版
印　　次	2025年3月第1次印刷
字　　数	180千字
书　　号	ISBN 978-7-5500-6035-7
定　　价	45.00元

赣版权登字：05-2025-50

邮购联系　0791-86895108

网　　址　http://www.bhzwy.com

图书若有印装错误，影响阅读，可与承印厂联系调换。

目　录

001　　　蒙庞西埃王妃

029　　　西尔薇

075　　　心乱

099　　　古老的法兰西

201　　　门不开着，就得关着

225　　　克诺克或医学的胜利

La princesse de Montpensier

蒙庞西埃王妃

◎拉法耶特夫人

拉法耶特夫人（1634—1693），原名玛丽-玛德莱娜·皮奥什·德·拉维涅，出身于小贵族。她的父亲广交社会名流，因此她不乏耳濡目染的机会；年轻的德·拉维涅小姐被任命为王后的女官，因此得以了解宫中的事情。她聪慧异常，才华横溢，早有文名，被称为"法国最伟大的女小说家"，主要作品为《克莱芙王妃》《蒙庞西埃王妃》《唐德伯爵夫人》和《法国宫中回忆》。

《蒙庞西埃王妃》一经发表，即在上流社会中不胫而走，拉法耶特夫人说："它风靡上流社会，幸亏不是以我的名字发表的。"贵族人士不屑执笔，当时的风气于此可知。

小说将主人公的爱情置于两大家族（波旁家族和吉兹家族）的争斗之间，读者不难想象其命运。虽说"爱情依然占据着它的地盘"，但在政治的打击下，爱情的位置瞬息间土崩瓦解。作者以旁观者的姿态，舍细节于不顾，粗线条地叙述了主人公在丈夫的尊重、情人的背弃和朋友的热情之间的挣扎，读来令人唏嘘不已。取舍得当，脉络清晰，心理活动细腻委婉，本文颇得古典小说的精髓。

蒙庞西埃王妃[①]

　　在查理九世的统治下，法兰西为内战所苦，四分五裂，一片混乱，然而，爱情依然占据着它的地盘，并在它的王国中引起许多混乱。梅齐埃侯爵的独生女儿继承有巨大家财，更兼出身于显赫的安茹家族，因此被许配给吉兹公爵的弟弟梅纳公爵，吉兹公爵得到"疤脸"的绰号便是这个时候。兄弟俩均极年轻，吉兹公爵常能见到这位未来的弟妹，其时，她的绝顶美貌已露端倪，于是，他爱上了她，她也爱上了他。他们小心翼翼地隐藏着自己的爱情，当时吉兹公爵尚无日后那么大的野心，一心只想娶她；可是，他对充当他父亲的红衣主教德·洛兰心怀恐惧，不敢明言。这时，波旁家族察觉到这门亲事会给吉兹家族带来的好处，眼看吉兹的家业蒸蒸日上，不禁妒火中烧，便决意让年轻的蒙庞西埃亲王娶这位富有的继承人，将这好处据为己有。他们居然成功地使她的长辈不顾曾对红衣主教德·洛兰许下的诺言，决定将侄女嫁给蒙庞西埃亲王。此举使吉兹家族大吃一惊，吉兹公爵则悲痛欲绝，爱情的利害使他将这一变故视为不能容忍的侮辱。他的叔父红衣主教德·洛兰和德·奥马尔看到大势已去，不愿再坚持，但是，吉兹公爵不顾他们的训斥，甚至当着年轻的蒙庞西埃

---

　　① 此文写于1661年，次年发表，背景置于查理九世在位期间（1560—1574），人物皆具真名实姓，其事则属虚构。

亲王的面大发雷霆，从此与他结下了终生不解的冤仇。梅齐埃小姐经不住长辈的纠缠，看出她不能嫁给吉兹公爵，且深知有一个她所属意的人做大伯在道德上是危险的，于是决定服从，恳求吉兹公爵不要再反对她的婚事。这样，她就嫁给了年轻的蒙庞西埃亲王。不久，他把她带回这个家族的亲王们平日居住的尚皮尼，离开了看来任何战争的努力都无法保住的巴黎。这座大城正受到胡格诺派[①]军队的包围，其首领是孔代亲王，这是他第二次起兵犯上。蒙庞西埃亲王幼年即与比他年长许多的沙巴纳伯爵结成莫逆之交。这位伯爵为亲王的尊重和信任所感动，遂事事顺从这位他十分珍爱的人，竟置切身利益于不顾，背弃了胡格诺派。这种背弃除友谊之外别无原因，故人皆不信其真，卡特琳·德·梅迪契太后对此疑虑重重，竟在胡格诺派已经宣战的情况下，还想派人逮捕他，蒙庞西埃亲王以沙巴纳伯爵的人身作担保，阻止了她，偕同妻子，把他带回尚皮尼。这位伯爵思想开明，性情温和，很快博得蒙庞西埃王妃的尊重，不久，她对他的友情就不下于她的丈夫了。而沙巴纳看到这位年轻的王妃如此美丽、富有才情、品德高尚，也赞叹不已，便利用她的友谊使她萌发出一种与她的高贵出身相称的具有非凡美德的感情，不多时，她就成为一个最完美的人了。战事相持不下，亲王又被召回宫中，伯爵单独陪着王妃，仍对她保持着与她的身份和品德相称的尊重和友情。双方的信任一日深似一日，蒙庞西埃

———————————————

① 胡格诺派，16至18世纪法国天主教教徒对加尔文教派的称呼。

王妃终于告诉他，她曾对吉兹公爵有过好感，但她同时又告诉他，这种好感差不多已消失殆尽，其残存的部分足以防止任何人进入她的心中，而且依附在这残余印象之上的贞操感对一切敢于钟情于她的人只能表示轻蔑。伯爵知道这位美丽的王妃是真诚的，也看到她对献媚之道怀有反感，便毫不怀疑她说的是心里话，然而，他对终日近在咫尺的魅力却不能无动于衷。他热烈地爱上了这位王妃，不管他对自己的被征服感到多么羞愧，也不能不屈服，不能不怀着最强烈、最真诚的激情爱她。他支配不了自己的心，却支配得了自己的行动。心灵的变化丝毫未带来行为的变化，没有人疑心到他的爱情。整整一年，他小心谨慎地瞒过了王妃，而且以为自己会永远愿意这样瞒下去。可是，爱情对他和对别人一视同仁：他感到不吐不快。经过了这种情况下都会出现的反复斗争，他终于斗胆说他爱她，并已准备平息一场出自她的骄傲的疾风暴雨。但是，他发现她镇静如初，冷若冰霜，这远比他预料的严厉要糟糕得多。她不屑于生气，只有寥寥数语提醒他注意身份和年龄的差别，说他非常了解她的品德和她曾爱恋过吉兹公爵，特别是希望他不要辜负亲王的信任和友谊。伯爵羞愧难当，痛苦不堪，真想死在她的脚下。她竭力安慰他，保证永远忘记他刚刚说过的话，说她绝不相信发生过这件有损于他的事情，她将永远把他当成自己最好的朋友。可以想象，这些保证该是如何使伯爵感到宽慰，但他也感到了王妃话中所蕴含的全部轻蔑。第二天，他看见王妃的脸色开朗一如平日，他的在场既未使她慌乱，亦未使她脸红，这使他更加痛苦，王妃的态度也不能使之减轻。她一如既往，还是那么和蔼可亲。当他们又有机会交谈的时候，她再度提起她先前对吉兹公爵的倾慕，那时这位亲王已名声大振，其高贵的品质开始为人所知，她承认她对此感到快乐，很高兴看到他不负她曾经对他有过的感情。所有这些信任的伪装，先前伯爵还觉得那么珍贵，现在简直变得不可忍受了。但是他不敢表示出来，虽然他敢于让她时而想想他曾斗胆对她说过的话。两年后战事停止，蒙庞西埃亲王在巴黎之围和圣德尼战役中大显身手，现在荣归故里，与妻子团聚。他看到王妃的美臻于极致，惊叹不已，而由于一种本能的忌妒之心，他预感到觉得她美的绝非他一人。他与沙巴纳伯爵重逢，感到十分高兴，他的友情丝毫未减，私下里向他打听妻子的精神和心情，因为他与她相处时间很短，她对他来说几乎像路人。伯爵怀着一种如同从来没有爱上过她所能有的全部真诚，对亲王说了他所知道的这位王妃身上所具有的一切招人爱的东西，同时也告诉蒙庞西埃王妃该如何做方能赢得她丈夫的感情和敬重。最后，激情使伯爵自然而然地只想如何能增加王妃的幸福和荣誉，竟然毫不费力就忘了情人们为了自身的利益应该阻止所爱的人和她们的丈夫保持良好的关系。和平倏忽即逝。孔代亲王和沙蒂永海军元帅隐居在诺瓦耶，国王企图在那里逮捕他们，事泄之后，双方重整战备，战争旋即开始，蒙庞西埃亲王不得不告别妻子，离家赴命。沙巴纳已完全证实了自己的忠诚，太后的怀疑涣然冰释，故须随亲王入宫。他离开王妃，并非未感到极端的痛苦，而王妃则十分忧虑战争使她的丈夫面临危险。胡格诺派的首领退守至拉罗谢尔，有普瓦图和桑通热两地归附，战事方酣，国王集中了所有的兵力。王上的弟弟安茹公爵自亨利三世以来战绩辉煌，功勋卓著，特别是雅纳克一役，击毙了孔代亲王。正是在这次战争中，吉兹公爵崭露头角，表明他远远超过了人们对他的巨大期望。蒙庞西埃亲王怀恨在心，把他视为他本人和他家族的大敌，看到他的光荣和安茹公爵对他的友谊，心中颇感不快。打过许多小仗之后，双方军队都感到疲乏，遂同意暂时解散部队。安茹公爵驻守在罗什，管辖所有可能受到攻击的地区。吉兹公爵亦留下，蒙庞西埃亲王由沙巴纳陪同回到距离不远的尚皮尼。安茹公爵常去视察他派人加固的据点。一天，他返回罗什，走了一条随从不熟悉的路，吉兹公爵夸口认得此路，便走在队伍前面充任向导。可是不久，他就迷了路，来到一条他并不认识的小河边上，整个队伍都埋怨他带错了路。他们困在此地，两位惯于寻欢作乐的年轻亲王看见河心有一条小船。河不宽，他们清楚地看见船上有三四个女子，他们觉得其中有一位很美。她穿着华丽，正聚精会神地看着旁边两个男子钓鱼。这番奇遇使两位亲王和所有随从喜出望外，觉得这简直如同小说一般。有的说吉兹公爵是故意迷路，使他们得以窥见这位妙人儿；有的说天赐良机，他该爱上她，而安茹公爵坚持说他自己该成为她的情人。最后，他们一不做二不休，命随从骑着马走进河中，尽量靠近，向那位夫人喊道，安茹公爵在此，意欲渡河，希望用船接一接。这位夫人正是蒙庞西埃王妃，听到安茹公爵的名字，看见众多的随从立在河边，便不怀疑，将船驶至岸边。虽然她从未见过他，却一眼就从众人中认出他的相貌，但是，她更早看出的却是吉兹公爵。她看见他不觉心慌意乱，飞红了脸，更使两位亲王觉得她美若天仙。尽管吉兹公爵三年未见她面，她出落得更美了，他还是一眼就认出了她。他告诉安茹公爵她是谁，安茹公爵先是对自己的唐突感到不好意思，但看到蒙庞西埃夫人这般美丽，这番奇遇使他这般快活，遂决心走到底。于是，百般道歉和百般恭维之后，他谎称到河那边有要事，就请求她用船渡他过河。他和吉兹公爵上船，命随从打别处过河，到据蒙庞西埃夫人说距此处仅两法里①地的尚皮尼会合。上得船来，安茹公爵便问道，他们有何缘分获此巧遇，夫人在河上有何贵干。她告诉他，她和她的丈夫离开尚皮尼，本想一起去打猎，但感到太累，就来到河边，想看看捉来放在网里的鲑鱼，于是就上了船。吉兹公爵不置一词，只觉得心中又猛烈地升起了曾经被这位王妃唤起的感情，他想，他也很可以待在这位美丽的王妃的网里，如同那鲑鱼待在渔夫的网里一样。他们很快靠了岸，蒙庞西埃夫人的马和侍从正在那里等候。安茹公爵扶她上马，她在马上极有风度。两位亲王牵着马，王妃的侍从驾着马，在她的带领下朝尚皮尼走去。她的才情的魅力不亚于她的美貌，使他们惊叹不已，禁不住交口称赞起来。她则报以可以想象的谦逊，但对吉兹公爵的回答更冷淡些，她有意保持一种骄傲，使他对她曾经有过的倾慕之心不存任何希望。他们走到尚皮尼的第一座庄园时，就看见了蒙庞西埃公爵。他刚刚打猎归来，见有两个男子在他妻子身边，感到很惊奇。当他们走近了，他认出是安茹公爵和吉兹公爵时，他的惊

———————————

① 法里，指法国古里，约合四公里。

奇更到了极点。他对后者的仇恨加上本能的忌妒，使他因见两位亲王和他妻子在一起感到颇为不快，他不知道他们怎么碰到了一处，也不知道他们到他家里来有何贵干，他掩饰不住内心的悲伤。然而，他把这归于害怕不能按照其身份以及如自己所愿地接待一位如此显赫的亲王。沙巴纳伯爵看到德·吉兹先生在蒙庞西埃王妃身边，心中的抑郁更甚于德·蒙庞西埃先生。这两个人的巧遇，在他看来是个不祥之兆，他很自然地想到，这小说既已开场，就不会没有下文。晚上，蒙庞西埃夫人兴致勃勃地主持了对他们的欢迎仪式，正如她做什么事情都兴致勃勃一样。总之，她让客人们心花怒放。安茹公爵长得一表人才，又极风流，他不可能眼见如此称心如意的宝藏而不去热烈地追求。他得了与德·吉兹先生同样的心病，一直装作有大事要办，只是为了蒙庞西埃夫人的可爱才在尚皮尼小住了两天，而她的丈夫也并不强留。吉兹公爵和安茹公爵一起走了，行前暗示蒙庞西埃夫人，他对她一如既往，由于他的感情并不为人所知，故能当着众人的面几次说他的心未曾有变，其中的意思只有夫人明白。两个人离开了尚皮尼，心中都感到遗憾，久久地沉默着。终于，安茹公爵灵机一动，悟出使他想入非非的东西也会使吉兹公爵想入非非，便突然问他是否在想蒙庞西埃王妃的美貌。问得如此突然，加上吉兹公爵已经注意到安茹公爵的感情，使他看到他非成为自己的情敌不可，因而不向这位亲王暴露自己的爱情。为了消除他的猜疑，吉兹公爵笑着回答，安茹公爵才是想入非非呢，而自己只是觉得不便打搅他，还说蒙庞西埃王妃的美貌并不使他觉得新鲜，她当年被许作他的弟妹时他已习以为常了，而他看得出来，并非所有的人都像他那样不为所动。安茹公爵承认他还没有见过谁可以和蒙庞西埃王妃媲美，他感到如果常在她面前，那将是很危险的。他想让吉兹公爵承认有同感，可这位公爵已在认真对待他的爱情，便什么也不肯承认。两位亲王回到罗什后，常津津有味地谈起那次使他们发现了蒙庞西埃王妃的奇遇。可是在尚皮尼，这个话题却不那么有趣。蒙庞西埃亲王对发生此事颇为不满，但又说不出口。他认为妻子不该上船，觉得她接待他们可爱得过了头。最使他不快的是，他发现吉兹公爵看她的时候目光非常专注。从此，他就起了强烈的忌妒之心，不由得又回想起吉兹公爵在他结婚时表现出的狂热，遂猜疑他是不是那时就已爱上了她。这些猜疑使他忧心忡忡，蒙庞西埃王妃的日子因此颇不好过。沙巴纳伯爵还是照常留意不使他们彻底闹翻，以便让蒙庞西埃王妃确信他的热情是多么真诚和无私。他忍不住问她见到吉兹公爵作何感想。她告诉他，她想起曾经对他表示过的倾慕，感到羞愧难当，他比那时候出落得更英俊了，她觉得他想让她相信他还爱她；但是，她同时也请沙巴纳伯爵相信，什么也不能动摇她决不再牵连进去的决心。沙巴纳伯爵听了很高兴，尽管他对吉兹公爵一点儿也不放心。他对王妃表示，他很担心她的初恋死灰复燃，并让她明白，他若看到她改变感情，他将为她和他自己感到致命的痛苦。蒙庞西埃王妃对他的态度一如既往，但几乎不理会他所表示的热情，只是一直把他当作最好的朋友，而不愿意把他当作一个情人来加以提防。

军队重新集结，诸位亲王归队。蒙庞西埃亲王认为他的妻子应到巴黎去，免得离战场太近。胡格诺派的军队包围了普瓦捷城。吉兹公爵奋力守城，战绩辉煌，仅这些战功就足以使一个人光宗耀祖了。接着蒙孔图尔战役打响，安茹公爵在夺取圣冉-丹日利之后病倒，不得不离开军队，这也许是因为病势迅猛，也许是因为他贪恋巴黎的安闲和温情，而蒙庞西埃王妃身在巴黎并非是个微不足道的理由。蒙庞西埃亲王指挥全军，不久，战事停止，王室重返巴黎。蒙庞西埃王妃艳冠群芳，其才能和美貌吸引了所有的目光。安茹公爵看到她时，仍然怀着在尚皮尼所萌发的感情。他千方百计讨她喜欢，让她知道他的感情，但他也注意不作过于明显的表示，生怕引起她丈夫的忌妒。吉兹公爵终于坠入情网，他思前想后，还是想瞒过众人的耳目，于是决定先向蒙庞西埃王妃表白，以避免会引起轩然大波的所有其他开场方式。一天，他在王后那里，正好人很少，王后回房与红衣主教说话，王妃来了。公爵决定趁机表明心迹，就走近她。

"夫人，"他说，"我将使您感到惊奇和不快，因为我要告诉您，您曾经熟悉的那股热情还一直留在我心中，这热情由于我又见到您而变得更加强烈，您的严厉、蒙庞西埃亲王的仇恨、王国首席亲王的竞争，都不能使它有一时一刻的减弱。也许用行动比用语言表示更为恭敬，但是，夫人，我的行动虽然可以告诉您，可也会同时暴露给众人，而我只想让您一个人知道我竟然敢于崇拜您。"

王妃先是大吃一惊，感到心慌意乱，竟没有打断他，随后她镇静下来，刚开始回答他，蒙庞西埃亲王就进来了。王妃满面慌乱和激动的表情、看到丈夫时的手足无措，使亲王心中想的比吉兹公爵刚才说的还要多。王后出来了，公爵退下，以平息这位亲王的妒火。晚上，果然不出所料，蒙庞西埃王妃发现丈夫一肚子气，他暴跳如雷，永远禁止她再同吉兹公爵讲话。她很难过地回到房中，满脑子都是白天的遭遇。翌日，她又在王后处见到吉兹公爵，但他并没有跟她讲话，只是在她走后不久也即离去，让她看到，她若不在，他也就无事可干了。她没有一天不得到这位公爵的热情的种种隐秘的表示，而他并不设法同她说话，除非没有人看见。尽管她在尚皮尼下了许多漂亮的决心，还是开始相信他的热情了，并在内心深处感觉到昔日的某种东西又在死灰复燃。安茹公爵不错过任何可以见到她，向她表示热情的机会，在他的母后和他的姐姐那里也紧紧地跟着她，但他受到的对待严厉得出奇，换一个人，那种热情早被打消了。此时，人们发现当了纳瓦尔王后的夫人①对吉兹公爵有几分眷顾之意，而这种垂青由于安茹公爵对吉兹公爵的冷淡变得更加引人注目。蒙庞西埃王妃得知这一消息并非无动于衷，而是感觉到她比她所想象的更要关心吉兹公爵。她的公公蒙庞西埃先生当时娶了这位公爵的姐姐吉兹小姐，她不得不经常见到他，举行婚礼等场合他们俩都得去。蒙庞西埃王妃不能容忍一个全法国都知道爱上夫人的男子竟敢对她说他爱的是她。她感到恼怒，几乎是痛苦地感到自己想错了。一天，吉兹公爵在姐姐那里见她远离众人，就想一诉衷情，她粗暴地打断了

---

① "夫人"的称呼指玛格丽特·德·瓦卢瓦，查理九世之妹。1572年，她嫁给亨利·德·纳瓦尔，不久即离异。她就是历史上有名的"玛尔戈王后"。

他，以愤怒的口吻对他说：

"我不明白是否该根据一个人十三岁时所能有的弱点就相信他胆敢以爱上我这样的人自居，而宫中上下都知道他爱的是另一个人。"

吉兹公爵很聪明，又正爱得热烈，无须问任何人就知道王妃的话意味着什么。他毕恭毕敬地回答道：

"我承认，夫人，我不该蔑视做王上的妹夫的荣耀，而让您疑心我会舍您而追求另一颗心。但是，如果您肯听我说，我一定会说清楚的。"

蒙庞西埃王妃一声不响，但是并不走开，吉兹公爵见她许他讲话，正中下怀，就告诉她：他无意讨夫人的垂青，夫人就给了他；他对她毫无热情，对她的眷顾报以冷淡，竟至于使她许他以某种娶她的希望；实际上，这桩婚事可能带给他的荣耀不过是使他对她承担更多的义务罢了，正因此，王上和安茹公爵才起了疑心；这两个人的冷淡都不能使他产生放弃她的打算，但，假若这使她不快的话，他便立刻弃之不顾、终生不想。吉兹公爵为王妃作出的牺牲使她顿时忘了自己开始同他说话时的那种严厉和愤怒。她开始跟他谈论起夫人主动爱上他是一种失足，以及他娶她会得到的巨大好处。最后，她虽未向吉兹公爵说任何殷勤话，却也让他又看到了他过去在梅齐埃小姐身上看到的千百种令人心旷神怡的东西。尽管他们很久未说话了，但他们在一起毫无拘束之感，他们的心又走上了一条他们曾经熟悉的路。他们终于结束了这场谈话，这次谈话使吉兹公爵心花怒放，王妃知道了他真的爱她，其快乐也不小。但是，她回到房中后，禁不住思绪翻腾，对那么轻易地听信了吉兹公爵的辩白感到羞耻，她陷入一桩曾经那么害怕的事情中去了，她感到局促不安，丈夫的忌妒将使她遭到多么可怕的不幸啊！想来想去，她又下了新的决心，可是第二天她一见吉兹公爵，这些决心顿时烟消云散。他一点儿也没有忘记把夫人和他之间发生的事如实地告诉她；他们两个家族之间的新的联合给了他们好几次说话的机会，但是，他为打消夫人的美貌引起的忌妒却没有少费唇舌，而他并没有立下使她放心的誓言，于是，这种忌妒使她更顽强地保卫她的心所剩余的部分，而吉兹公爵百般殷勤，早已占去大半了。王上和马克西米利安皇帝的女儿结婚，使宫中充满了喜庆和欢乐。王上举行舞会，跳舞的有夫人和所有的公主王妃。可以与夫人媲美的唯有蒙庞西埃王妃一人而已。安茹公爵扮作摩尔人进场，而吉兹公爵和另外四个人一齐进场。他们的服饰完全一样，跳同一场舞的人惯于如此打扮。舞会刚一开始，吉兹公爵在跳舞之前，还没有戴上面具，就在走过蒙庞西埃王妃身边时跟她说了几句话。她觉察到她的丈夫正盯着他们，这使她不安，心慌意乱。少顷，她看见戴着摩尔人面具、穿着摩尔人服装的安茹公爵过来同她说话，竟以为还是吉兹公爵，就走近他，说：

"今晚您眼睛只望着夫人，我一点儿也不忌妒，我命令您；有人盯着我呢，别走近我。"

说罢，她就走开了，安茹公爵如五雷轰顶，惊呆了。这时，他才知道他有一个被爱着的情敌。他从"夫人"的称呼中明白了，他的情敌是吉兹公爵；他不再怀疑，他的姐姐成了促使蒙庞西埃王妃倒向他的情敌的牺牲品。忌妒、怨恨、愤怒，再加上仇恨，在他的心中掀起了最猛烈的风暴，若不是他生来就有的虚伪前来帮忙，告诫他根据目前情况千万不能伤害吉兹公爵，他真会当场就做出流血的举动表示他的绝望。但是，告诉吉兹公爵他知道了他爱情的秘密，这种乐趣他是不肯放过的，于是他离开舞厅走近他：

"这太过分了，"他说，"您竟敢觊觎我的姐姐，同时又夺走我的心上人。王上的器重使我不能发作，但是，您记着，您的性命也许是我有一天用来惩罚您的胆大妄为的最微不足道的东西。"

骄傲的吉兹公爵还没见过这样的威胁，然而他不能回答，因为这时王上出来招呼他们俩，不过，这种威胁使他毕生竭力使之满足的复仇欲望更加强烈。从那天晚上起，安茹公爵在王上跟前说尽了他的坏话。他使王上相信，只要还允许吉兹公爵接近夫人，她就不会同意拟议中的与纳瓦尔国王的婚姻，而这位公爵为了满足自己的虚荣心竟对这样一件将给法国带来和平的事情设置障碍，他对此感到羞耻。王上本来就对吉兹公爵相当不满，这番话更是火上浇油，第二天，他看见这位公爵浑身缀满了宝石，脸上更是神采飞扬，前来参加王后的舞会，他竟站在门口，猝然问他到哪里去。公爵并不惊讶，说他前来为王上尽犬马之劳，王上说他并不需要，看也不看他一眼就转身走了。吉兹公爵仍然进入大厅，心中却对王上和安茹公爵充满了愤恨。然而，他的痛苦增强了他那天生的傲气，出于恼怒，再加上安茹公爵对他说的那些关于蒙庞西埃王妃的话使他不能看她，他便比平时更加接近夫人。安茹公爵密切地注视着他们俩，当吉兹公爵跟夫人说话时，蒙庞西埃王妃的眼中情不自禁地流露出某种悲哀；据她曾对他说过的话，他知道这忌妒是为了吉兹公爵，为了使他们反目，他走到她身边。

"夫人，"他对她说，"吉兹公爵不值得您舍弃我而选择他，我告诉您这些与其说是为我着想，不如说是为您着想。请您不要打断我，也不要说与事实相违背的话，这事实我知道得太清楚了。他骗了您，夫人，他为您而牺牲了我姐姐，也会为我姐姐而牺牲您的。此人除了野心勃勃之外，一无所能。但是，既然他有幸讨得您的欢心，这就足够了。我丝毫也不反对一种我比他更配得到的幸运，但是，如果我更加固执地追求一颗已为另一个人占有的心，那就是可鄙的了。从您那里我只得到了冷漠，这已经够了，我不愿意用从未有过的最忠实的热情继续纠缠您，而使这种冷漠转变成仇恨。"

安茹公爵确实为爱情和痛苦所触动，好不容易说完了这番话。尽管他开始说话时是怀着恼怒和报复的心情，但是他看到王妃的美貌和他失去被爱的希望所蒙受的损失，心也不禁软了。因此，他不等她回答就离开了舞会，装作不适，回家去咀嚼他的不幸。可以想象，蒙庞西埃王妃是多么痛苦和慌乱。看到她的名誉和她的生活秘密掌握在一个她怠慢了的亲王手中，通过他并且不容置疑地知道自己受了情人的欺骗，这使她不能保持这种欢乐的场合所要求的那种精神上的自由。可是她还得待在那里，然后去她的婆婆蒙庞西埃公爵夫人那里用晚餐。她去了。吉兹公爵急得要命，要跟她说说前一天安茹公爵跟他说过的话，也随她到他姐姐家去了。可是，他想跟她说话时，这位美丽的王妃开口便严厉地指责他，他感到非常奇怪，若不是她指责他不忠和背叛的话，她的恼怒真要弄得他手足无措，摸不着头脑了。他原想使自己的痛苦得到安慰，但看到她的痛苦这般强烈，他绝望了，他对这位王妃的热情使他再也不能忍受这种不能确定是否被爱的状况了，他突然下了决心。

"您会满意的，夫人，"他对她说，"我将为了您去做全国的力量都不曾使我做的事情。这将以我的全部命运为代价，但是为了使您满意，这不算什么。"

说罢，他立刻离开他的姐姐公爵夫人的家，去找他的叔叔红衣主教，他借口受到了王上的冷落，为了前途，他必须打消人们认为他想娶夫人的这种想法，他迫使他们决定他与波尔西安公主的已在议论之中的婚事，这决定次日便公之于众。人们都感到惊讶，蒙庞西埃王妃则是又高兴又难受。她从中看到她对吉兹公爵所具有的影响力，这使她感到快乐，但同时，她又使他放弃了同夫人结婚这样一件有利的事情，这使她感到快快不乐。吉兹公爵希望至少可以用爱情来补偿他在前途方面的损失，就急着要王妃给他一次单独会面的机会，以便澄清她对他的不公正的指责。她应允他在蒙庞西埃公爵夫人家里找一个她不在的时候，他们在那里会面。吉兹公爵决心已定，如今能够扑倒在她的脚下，尽情地倾诉他的热情以及她的怀疑带给他的痛苦，心中感到十分快乐。尽管吉兹公爵的举动可以使她完全放心，可是王妃仍然不能把安茹公爵对她说过的话从头脑中清除出去。她告诉他她有正当的理由相信他已背叛了她，因为安茹公爵知道了只能从他那儿知道的事情。吉兹公爵无言以对，他和蒙庞西埃王妃一样猜不出是什么暴露了他们的联系。最后，在谈话中，这位王妃说他不该匆忙与波尔西安公主结婚而放弃了对他有利的、与夫人的婚姻，她说他完全可以相信她并无任何醋意，因为在舞会那天她亲自恳求他两眼只看着夫人。吉兹公爵说她只是想这样命令他，但是嘴上并未说出来。王妃坚持反驳他。由于争论和谈话的深入，他们终于发现，是她因为打扮的相似而弄错了人，她指责吉兹公爵告诉安茹公爵的事情原来都是她自己告诉他的。吉兹公爵差不多已从他的结婚中得到了洗刷，这次谈话则使他彻底得到了洗刷。这位美丽的王妃不能拒绝把她的心给予一个曾经占有过它又刚刚为了她而抛弃了一切的人。于是，她同意接受他的心愿并允许他相信她对他的热情并非无动于衷。她的婆婆蒙庞西埃公爵夫人的到来结束了这场谈话，使吉兹公爵无从热烈地表示他的快乐。不久，宫廷前往布卢瓦，蒙庞西埃王妃随同前往，在那里夫人和纳瓦尔国王订了婚，吉兹公爵除了被王妃爱着之外，对别的荣耀和幸福都无动于衷，这桩婚事的决定换个时候可能会使他痛苦，此时只使他感到快乐。他不能完全隐藏住他的爱情，善妒的蒙庞西埃亲王已有所察觉，深感不安，便命令他的妻子回尚皮尼，以便消除自己的疑心。这命令对她是很严酷的，但必须执行。她设法单独向吉兹公爵告别，但她不知道如何才能有一个可靠的途径让他给她写信。最后她想到了沙巴纳伯爵，她一直把他当作朋友，而没有考虑到他爱着她。吉兹公爵知道这位伯爵与蒙庞西埃亲王的关系多么亲密，她选他做心腹，他可吓坏了，但是她担保他的忠诚，这才使他放下心来。吉兹公爵和她分手时，尝到了和心爱的人离别所能尝到的一切痛苦。蒙庞西埃王妃留居宫廷期间，沙巴纳伯爵一直生病，他得知她要回尚皮尼，就上路迎接，以便跟她一同回来。王妃见到他时表现出的快乐以及掩饰不住的急切使他十分高兴，可是当他发现这种急切只是为了告诉他吉兹公爵热烈地爱她而她也同样地爱他时，他感到多么惊讶和痛苦啊！他难过得说不出话来。不过，王妃正当热恋之时，同他谈谈能感到极大的宽慰，并不理会他的沉默，反而跟他详详细细地讲述了他们的奇遇以及吉兹公爵和她如何说好通过他来互通信件。对沙巴纳伯爵来说，看到他的情人竟想让他为情敌效劳，并且把这当作一件自然而然的事情而不考虑他将受到的折磨，这真是一个最沉重的打击。他完全把握住了自己，居然掩盖住了自己的全部感情，只是表示对她发生了这么大的变化感到惊讶。他先是指望这种使他希望破灭的变化也能同时打消他的爱情，但是，他看到王妃这般美丽，宫廷的空气使她的风度更加自然，他反而感到比先前更爱她了。她在畅述对吉兹公爵所怀有的感情时，所流露出来的温存和细腻，使他看清了王妃的心灵的价值，他那想要占有这颗心的欲望变得更加强烈了。他的热情是世上最不寻常的热情，因而它也就产生了世上最不寻常的结果：它使他决定把情敌的信传给自己的情人。与吉兹公爵的分离使蒙庞西埃王妃愁肠欲断，她只希望能从他的信中得到安慰，因此，她不断地缠着沙巴纳伯爵，想知道他是否收到了信，而且差不多总是抱怨他没有早些收到。终于，他从一位特遣侍从手中收到一批信，他立刻

转给她，生怕耽搁了她的快乐。她收到信后心花怒放。她
并不掩饰，甚至还把这些信和她的温柔多情的回信读给他
听，这简直是让他大口地吞下各种滋味的毒药。他像送信
时一样忠诚地把回信交给那位侍从，不过他的痛苦更深
了。然而，他也感到了些许慰藉，因为他想王妃会想到他
为她做的事情从而感谢他的，可是他发现她由于愁闷而对
他一天凶似一天，就大着胆子恳求她多少想想她让他受到
的痛苦。王妃的脑子里只有吉兹公爵，认为只有他才配爱
慕她，而另外一个人居然还敢想到她，她感到十分不快，
所以，她对待沙巴纳伯爵远比他第一次向她表白时粗暴。
这位伯爵的热情和耐心正受到最后的考验，他离开了她，
离开了尚皮尼，来到附近的一个朋友处，从那里，他怀着
她的行为所能引起的全部愤怒给她写了一封信，不过他
仍保留了她的身份所要求的敬意：他用这封信向她道了永
别。她开始后悔了，后悔那么苛待一个她对其拥有那么大
权力的人，她下不了决心失去他，既由于她对他的友情，
也因为她对吉兹公爵的爱情的利益需要他，于是，她通知
他无论如何要跟他再谈一次，谈完后，他愿意怎样就怎
样。人在爱的时候是很软弱的。伯爵回去了，一个钟头之
内，蒙庞西埃王妃的美貌、才情和几句殷勤的话就使他比
先前任何时候都更驯服了，他甚至把刚刚收到的几封吉兹
公爵的信也交给了她。这时期，宫廷正在策划在圣巴泰勒
米节那天执行的可怕的阴谋，试图让胡格诺派的首领们进
宫，王上为了更好地欺骗他们，就遣散了所有在他身边的
波旁家族和吉兹家族的亲王。蒙庞西埃亲王回到尚皮尼，
他妻子终于对他在身边感到难以忍受了。吉兹家族的亲王

们都回到了他们的叔叔红衣主教德·洛兰的乡下。爱情和清闲使吉兹公爵渴望见到蒙庞西埃王妃，他不考虑他的冒险会给她和他带来什么，就装作去旅行，把随从都安置在一座小城里，只带了一名侍从登上驿车，这位侍从已去过尚皮尼好几次了。由于他只知道沙巴纳伯爵的地址，就让这位侍从给他写了一封信，请他到指定的地方会他。沙巴纳伯爵以为只是去取吉兹公爵的信，就前去找那位侍从，但他看到的却是吉兹公爵，不由得大吃一惊，同时也感到十分痛苦。这位公爵一心想着他的打算，根本不理会蒙庞西埃王妃对这位伯爵讲述她的爱情所给他造成的窘迫，只管把他的热情说得天花乱坠，让他明白若是不能让王妃允许他去见她，他将必死无疑。沙巴纳伯爵只对他说，他会向王妃转告他的愿望，并来给他送回音。沙巴纳伯爵返回尚皮尼，他被自己的感情压倒了，这感情之猛烈有时候使他完全失去理智。有好几次他决定把吉兹公爵打发走而不去告诉蒙庞西埃王妃，但是，他对她所作过的绝对忠诚于她的许诺立刻使他改变了决定。到尚皮尼后，他不知如何是好，他得知蒙庞西埃亲王正在打猎，就直奔王妃的卧室。她见他神情非常激动，就立刻让侍女们退下，询问这种慌乱的缘由。他尽可能平静地对她说，吉兹公爵正在一法里外的地方，请求见她。王妃听罢大叫了一声，她的窘迫几乎不下于伯爵。她的爱情先是使她感到快乐，她要见到她那么温柔地爱着的人了。但是，当她想到这一举动违背了她的道德，她只能瞒着丈夫让她的情夫夜里进来，她就陷入了可怕的绝境。沙巴纳伯爵等着她的回答，就像等着一件决定他生死的事情一样；但是，他根据她的沉默断定她正在犹豫，就开口说话，指出这次会见会给她带来的种种危险。他想让她看到说这些话并非为他个人的利益，便说道：

"夫人，如果您的热情胜过我刚才说的那一切，您还想见吉兹公爵，那么我的看法对您并无任何妨碍，尽管您的利益并不允许。我丝毫不想剥夺我所崇拜的人的满足，也不想使她为了得到这种满足而以此为由去找一个不如我忠诚的人。是的，夫人，如果您愿意，我今晚就去找吉兹公爵，把他带到您的卧室来，他再在那里待下去简直太危险了。"

"可是从哪儿进来？怎么进来？"王妃打断他。

"啊！夫人，"伯爵喊道，"既然您只考虑方式，这事就已成定局了。夫人，他会来的，这幸福的人。我带他从花园走，您只需命令您信任的侍女在半夜准时放下通往您的前厅的小吊桥，其余的事您就不必担心了。"

说罢，沙巴纳伯爵不等蒙庞西埃王妃答话，就起身上马，去找正在焦急地等待他的吉兹公爵。蒙庞西埃王妃心慌意乱，一阵昏厥。她第一个动作就是想让人叫住沙巴纳伯爵，不让他带吉兹公爵来，可是她一点儿力气也没有了，她想不叫他也罢，她只需不让人放桥即可。她相信她会坚持到底的，但是，十一点快到了，她终于抗拒不了会见她认为那么配得上她的情夫的愿望，就命一位侍女准备好，使吉兹公爵能进到她的卧室。这位公爵和沙巴纳伯爵一起朝尚皮尼走来，但他们的精神状态判然不同：公爵喜气洋洋，沉浸在希望所引起的种种愉快之中，而伯爵则心灰意冷，怒从中来，多少次想用他的剑刺穿情敌的身体。

他们到了尚皮尼的花园，把马交给吉兹公爵的侍从，从城墙的缺口进入花园。沙巴纳伯爵于绝望中还存有一线希望，希望蒙庞西埃王妃恢复理智，决心不再见吉兹公爵。当他看见放下的小桥时，他不能再有一丝怀疑了，这时他完全准备好要铤而走险。然而他想，他若弄出声响，肯定会被蒙庞西埃亲王听见，他的房间也朝向花园，一切麻烦都将落在蒙庞西埃王妃身上，于是，他立即息怒，终于把吉兹公爵带到了他的王妃面前。尽管王妃表示希望他留在他们身旁，他也希望如此，但他还是下不了决心留下听他们谈话。他退进一条通向蒙庞西埃亲王的房间的小过道里，头脑中充满了一个情人所能有的最悲哀的想法。不巧，蒙庞西埃亲王恰好这时醒来，虽然他们过桥时声音极小，却还是被他听见，他叫起一个仆人，让他去看看出了什么事。那仆人把头伸出窗外，黑暗中他看见落了桥，就告诉了主人，亲王随即命他去花园看个究竟。不一会儿，他也起来了，心中不安，仿佛听见有人走动，便直奔妻子的卧室，他知道桥通向那里。正当他走近沙巴纳伯爵待的小过道的当儿，蒙庞西埃王妃独自和吉兹公爵在一起感到有些羞愧，几次叫伯爵进她的房间，他一直推辞。由于她催得紧，他不由得又气又凶地高声回答她，蒙庞西埃亲王听见了，但没听清楚，只听见是个男人的声音，分辨不出是伯爵的声音。即使换一个更平和、不那么善妒的人，这种情况也会使他勃然大怒。亲王大发雷霆，猛地冲到门前，吼着让开门，使王妃、吉兹公爵和沙巴纳伯爵大吃一惊。伯爵听见了亲王的声音，看到不让他知道王妃的房中有一个人是不可能了，他的伟大的热情刹那间让他明白，如果吉兹公爵在那里被发现，蒙庞西埃夫人将会痛苦地亲眼看见他被杀死，这位王妃本人的性命也将难保。他表现出无比的慷慨，决心挺身挽救一个忘恩负义的情人和一个被爱的情敌。在蒙庞西埃亲王拼命敲门的时候，他走近不知所措的吉兹公爵，把他交给蒙庞西埃夫人的侍女，从原路出去，而由他去面对亲王的暴怒。公爵刚走出前厅，亲王就冲开了过道的门，怒气冲冲地进来，两眼寻找发作的对象。可是，他只看见了沙巴纳伯爵，见他靠着桌子，满面愁容，一动不动，这时，他自己也不动了，在他妻子的卧室里看见他最爱的一位君子，这是他万万没有想到的，他惊讶得说不出话来。王妃靠在墙上，已经半晕过去，也许命运还从未把三个人放在如此狂暴的境况之中过。最后，蒙庞西埃亲王不相信看到的就是这个，他想弄清楚刚才的一片混乱，就以一种友谊尚存的口吻对伯爵说道：

"我看见了什么？这是幻象还是事实？一个我那么珍爱的人竟选了我的妻子来诱惑，这是可能的吗？"

他又转身对王妃说：

"而您，夫人。您收回了您的心，剥夺了我的荣耀，这还不够吗？您还要剥夺唯一能够帮我解脱这些不幸的人吗？"

他对他们说：

"你们回答我，给我说清楚这件事，我只能认为它就是我看到的这样。"

王妃无言以对，沙巴纳伯爵张了几次嘴，但说不出话来。

"我对您是有罪的，"他终于说道，"我不配享有您对我的友谊，但是，这并不是像您所想象的那样。如果可能的话，我比您还要不幸，比您还要绝望。我不对您说更多的了，我的死将为您复仇，如果您愿意立刻让我死，您就是办了一件令我最感激的事情。"

这番话说得悲痛欲绝，那口吻表明了他的无辜，然而，它非但没有驱散蒙庞西埃亲王的疑虑，反而更使他确信其中必有一种他解不破的秘密，这种不明确更加深了他的绝望。

"您把我的命拿去吧，"他对伯爵说，"或者您把我从您给我带来的绝望中解脱出来。看在我对您的友谊以及这友谊还使我保持节制的分上，这是您可以做的最微不足道的一件事，因为换一个人，早就拿您的性命来报这我几乎不能怀疑的冒犯之仇了。"

"外表是假的。"伯爵打断他。

"啊！这太过分了，"亲王反驳道，"我必须复仇，然后我再慢慢地弄清楚。"

说罢，他像疯子一样走近沙巴纳伯爵，王妃站起来，想站在他们两人之间，她害怕出现不幸，其实这不幸是不会出现的，她丈夫手中根本没有刀剑。她浑身无力，承受不了这番挣扎，刚走近她的丈夫就昏倒在地。亲王看到她这般模样心软了，同时也是因为他走近伯爵的时候，伯爵镇定如初：看到这两个举措如此相反的人他实在受不了，他转过头去，一屁股坐在妻子的床上，心中充满了令人难以置信的痛苦。沙巴纳伯爵后悔滥用了这一曾经表现得如此明显的友谊，自知永远也不能弥补他刚才的所作所为，就突然走出房间，他发现亲王房间的门开着，便从那儿进入院子，要了马，在绝望中奔向原野。而蒙庞西埃亲王看到王妃还未苏醒，就把她交给侍女，痛不欲生地退回到自己的房间。吉兹公爵侥幸走出花园，心慌意乱，几乎不知道自己干了些什么。他离开了尚皮尼几里地远，但是他因不知道王妃的消息不能离得更远。他停在一座森林中，派侍从向沙巴纳伯爵探听事情下落。侍从根本就找不到沙巴纳伯爵，只听说王妃病得厉害。侍从的话使吉兹公爵更加感到不安，但是他无法安慰她，只好返回叔父处，以免离家太久令他们生疑。吉兹公爵的侍从对他说蒙庞西埃夫人病得厉害，这是事实，侍女们一把她放在床上，她就发了高烧，做可怕的噩梦，第二天，人们就为她的生命担忧了。亲王装病，为了不让人对他不进她的房间感到奇怪。为了根除胡格诺派，所有天主教派的亲王都奉命回宫，这一命令使他摆脱了窘境。他前往巴黎，不知道对妻子的不幸是喜还是忧。他还没有到，对胡格诺派的进攻就开始了，他们的首领之一沙蒂永海军元帅首当其冲，两天之后，就发生了全欧闻名的可怕的大屠杀，可怜的沙巴纳伯爵躲到巴黎郊区的一个偏僻的地方，完全沉浸在痛苦之中，他也被卷进了胡格诺派的毁灭之中。他藏身的地方的人认出了他，想起有人曾怀疑过他属于该派，就在那个对许多人来说都很悲惨的夜里杀害了他。早晨，蒙庞西埃亲王到城外发布命令，走过沙巴纳横尸的那条街。他先是对这悲惨的景象吃了一惊，接着，苏醒的友谊使他感到痛苦，但是最后，他想起了他自以为受到的侮辱，这又使他感到快乐：他高兴地看到命运之手为他复了仇。吉兹公爵一心只想着为父报仇，他感到复仇的快乐之后不久，就对打听蒙庞西埃王妃的消息渐渐淡漠了；他发现，努瓦穆蒂耶侯爵夫人，这位极富才情的美人比王妃给人以更多的希望，就一心一意地爱上了她，这一巨大的热情一直持续到死。蒙庞西埃王妃的病势发展到最强烈的程度之后，也就开始渐渐减弱了。她恢复了理智，亲王不在使她稍许感到宽慰，又对生命寄托了某种希望。但她的健康恢复得很慢，因为她的精神状态很坏；当她想起病中没有吉兹公爵的任何消息时，她的精神又受到了折磨。她问侍女们是否看见过什么人了，是否有信；她没有得到任何她所希望的东西，她发现自己成了世上最不幸的人，她为一个人冒了那么大风险，而他抛弃了她。由于亲王的关照，她很快就知道了沙巴纳伯爵的死，这对她又是一个新的打击。吉兹公爵的薄情使她更强烈地感觉到她失去了一个她深知其忠诚的人。这许多沉重的痛苦立刻使她陷入一种和她刚刚摆脱的状态同样危险的状态。努瓦穆蒂耶夫人是个对自己的风流韵事极力张扬的人，正如别人极力遮掩一样，吉兹公爵和她的事被宣扬得如此广泛，尽管蒙庞西埃王妃离得那么远，又有重病在身，她还是从各方面得到消息，而又不能不相信。这对她是致命的一击。她失去了丈夫的敬重、情人的心和十全十美的朋友，这样的痛苦她受不了。几天工夫，她就死了，世上最美丽的王妃之一，正当青春年少的时候死了，她本来可以成为最幸福的人，如果贞操和谨慎指引她的一切行动的话。

Sylvie

西尔薇

◎吉拉尔·德·奈瓦尔

吉拉尔·德·奈瓦尔（1808—1855），本名吉拉尔·拉布吕尼。他出生仅一个月，父亲便作为军医随拿破仑大军出征，母亲随后两年即亡，父亲六年后才回来，这期间他在瓦卢瓦度过。童年孤独的乡村生活得到了美丽的大自然和淳朴的民风的慰藉，这使得他热爱自然，厌恶城市，醉心于民间文化，唾弃污染人的心灵的工业文明。1841年，他的疯病第一次发作，此后他便在清醒与疯狂的交替中完成了大量的文学创作，而他的创作也留下了谵妄、疯癫和梦幻的痕迹。他的小说《西尔薇》便是明证。

《西尔薇》中的现实与回忆时而交替，时而融合，造成一种空灵缥缈、迷离徜徉的氛围，究竟有多少是真实，有多少是梦境，甚至有多少是谵妄的呓语，大概谁也说不清楚。不过，谁都不能否认，人们是随着奈瓦尔的笔触进入了一个神奇的梦中世界，那世界中的人物，如阿德里安娜、西尔薇等人的形象都异乎寻常地清晰，举手投足如在目前，令人啧啧称奇。真实与梦境的交融，是《西尔薇》的一大特征，而正是在这种交融中，奈瓦尔表达了他对现代文明的鞭挞与唾弃。

西尔薇

——忆瓦卢瓦①

一、虚掷的夜晚

我走出剧场。每天晚上，我都以求爱者自许，盛装出现在舞台两侧的包厢里。剧场里有时座无虚席，有时空空如也。我或是望着池座，那儿只有三十几个勉强来捧场的戏迷；或是望着包厢，那儿布满了过时的衣帽；或是置身在活跃而骚动的大厅中，层层座位上都装点着花团锦簇的衣衫、闪闪发光的首饰和兴高采烈的面孔——这一切对我来说都无关紧要。我对剧场里的景象漠不关心，舞台上的场面也不大吸引我，只是在当时的一出极乏味的名戏的第二场或第三场，一位著名演员出场，才使空荡荡的大厅顿然生辉，她一口气或一句话就让我周围的那些死气沉沉的面孔又焕发出生气。

我觉得她就是我的生命，她也只为我一个人活着。她的微笑使我感到无限幸福，她的声音温柔又明亮，使我快乐得浑身抖颤，心中充满了爱情。在我眼里，她是十全十美的，我的全部热情，我的种种非分之想，都在她那里得到了满足：当成排的脚灯从下面把她照亮的时候，她美艳

① 瓦卢瓦，法国北部巴黎盆地中央的一个地方，原系瓦卢瓦家族的领地，作者在那里度过了童年和少年时代。

绝伦；当脚灯变暗，吊灯从上面把她照亮、使她显得更自然的时候，她又苍白至极[1]；她的美在黑暗中大放异彩，宛若时光女神额上闪着一颗明星，出现在艾尔古拉诺[2]的壁画的棕色背景上！

一年以来，我还没有想到要打听一下她是何许人，我害怕模糊了这面映出她的形象的魔镜，充其量我只听到过一些片言只语，并且说的不是作为女演员的她，而是作为女人的她。我所知道的很少，就像听到的有关埃利德[3]的公主或者特拉布宗[4]的王后的流言一样寥寥无几。我有一个叔父，他在18世纪末生活过，只有在那个时代生活过才能很好地了解他。他很早就对我说过女演员不是女人，自然忘了给她们一颗心。他说的无疑是那个时代的女演员，但是他在讲历史和下结论的时候，给我讲了那么多关于他的幻想和他的失望的故事，给我看了那么多他后来用作烟盒装饰的、刻在象牙和小巧的徽章上的肖像，给我看了那么多发黄的情书、褪色的信物，使我习惯于不分时代地把她们一律想得很坏。

我们那时生活在一个奇特的时代里，像通常革命之后或盛世衰败之后一样。投石党运动[5]时期的充满英雄气概

---

① 当时的风气是以苍白为美。

② 艾尔古拉诺，维苏威火山脚下的古城，曾出土珍贵壁画。

③ 埃利德，古希腊城邦。

④ 特拉布宗，古代王国（1204—1461），位于今土耳其特拉布宗港一带。

⑤ 投石党运动，音译"福隆德"运动。1648至1653年法国地方贵族反对中央集权的政治运动。

的风流，摄政时期①的豪华而花哨的腐化，督政府时期②的怀疑主义和狂欢宴饮，而今都已荡然无存，变成了一种大杂烩。行动，犹豫，懒惰，闪光的空想，哲学或宗教的向往，茫然的、混杂着某种再生的本能的热情，对以往的混乱的厌倦，不可捉摸的希望……都搅作一团，类似佩雷格利努斯③和阿普列乌斯④时代所具有的那种东西。世俗的人渴望着玫瑰花束，它可能会通过美丽的爱西丝神的手使之返老还童；那永远年轻纯洁的女神在夜里出现，使我们对白日里虚掷的光阴感到羞愧。然而，这种野心不属于我们这一代人，对地位和荣誉的狂热角逐也将我们摈于可能的活动范围之外。剩给我们的栖身之地只有这座诗人的象牙之塔，我们在里面爬得越高，就越脱离芸芸众生。我们被师长引到这样高的地方，我们终于在孤独中呼吸到了纯净的空气，在传说的金杯之中饮着遗忘之酒，陶醉于诗歌和爱情。唉！爱，这是些含混不清的形式，粉红和蔚蓝的色调，纯粹精神的幽灵！一个实实在在的女人，如果我们就近看她，会使我们的天真产生反感，她得显出女王或女神的样子，尤其要紧的是，我们不要走近她。

然而，我们之中有些人，对这些柏拉图式的奇谈怪论并不赞赏。有时候，他们在我们不断更新的亚历山大式的梦想中挥动地狱之神的火炬，那一道道火花飞溅的光亮刺

---

① 摄政时期，指1715至1723年法国奥尔良公爵摄政时期。

② 这里指1795至1799年法国的督政府。

③ 佩雷格利努斯，古罗马的没有公民权的自由民。

④ 阿普列乌斯（125？—170），拉丁作家。

那间驱散了黑暗。这样，我怀着逝去的梦所留下的苦涩的忧愁走出剧场，高兴地找俱乐部里的人去了。在那儿，大群的人一起吃饭，任何忧郁都在几个人永不枯竭的激情面前消失殆尽。他们才智焕发，头脑灵活，热情洋溢，有时思想崇高，这在改革或颓废的时代里屡见不鲜。有时，他们的争论热烈到这样的程度，竟使得我们当中最胆小的人都会跑到窗口，去看看是否会有匈奴人、土库曼人或哥萨克人来打断这种演说家和诡辩家的宏论。

"喝吧，爱吧，这才是智慧！"这是那些最年轻的人的唯一信条。其中有一位对我说：

"很久以来我总在同一个剧场碰见你。你来是为了哪一位？"

为了哪一位？……我觉得人们去那儿不可能是为了另外一位。不过，我还是说了一个名字。

"妙极！"我的朋友宽容地说，"你看，那个幸运儿，他刚刚送走她，他忠于我们这个俱乐部的规矩，大概明天早晨才能再见到她。"

我掉转目光望了望那个人，心中并不十分激动。那是一个穿着整齐的年轻人，面色苍白，表情活跃，举止得体，眼睛里充满了忧郁和温情。他朝惠斯特牌桌上掷了一枚金币，若无其事地输了。

"他或另外一个，这与我有何相干？"我说，"总得有一个人，而我觉得此君被选中是当之无愧的。"

"那你呢？"

"我吗？我追求的是一种形象，仅此而已。"

离开的时候，我从阅览室经过，无意中拿起一份报纸，我想那是为了看看交易所的行情。在我剩余的财产中，有一笔数目相当大的是外国股票。早就风闻这些长久被忽略的股票将被承认，果然，内阁更迭之后，这件事就成了。现在它们的标价已经很高，我又成为富翁了。

这种地位的变化让我产生的唯一想法是，如果我愿意，那个我长久以来爱着的女人就是我的了。我已经摸得着我的理想。这难道不又是幻想吗？不又是嘲弄人的印象错误吗？但别的钱也是一样。赚来的钱仿佛是一尊摩洛[①]的金像矗立在我的面前。我想："如果我在那个年轻人丢下的女人身旁取代了他，他会说什么呢？"我想到这里不禁浑身一抖，我的骄傲被激怒了。

不！不能这样，在我这样的年龄，不能用金钱扼杀爱情，我是不会当一个使人堕落的人的。况且，这是一种旧时代的念头。再说，谁又对我说过这个女人是可以收买的呢？我的眼睛随意看着手中的报纸，我读到这样两行字："外省的花束节——明天，桑利的弓箭手们应将花束送给洛阿齐的弓箭手们。"这些极简单的话在我的心中唤醒了一系列新的印象：那是对久已忘却的外省的回忆，那是青年时代的淳朴的节日的遥远回声。号声和鼓声在村庄和树林中遥相呼应，姑娘们编结着花环，一边唱一边扎着饰有彩带的花束。一辆沉重的牛拖车，沿路收着这些礼物，而我们，当地的孩子们，佩着弓箭组成了护送的队伍。我们都有着骑士的头衔，而并不知道那只不过是代代重复的德

---

① 摩洛，《圣经》传说中腓尼基人信奉的火神，他要求用儿童的身体作祭品。

落伊教①祭司的节日，这种节日在王政和新宗教之后依旧幸存着。

二、阿德里安娜

我上了床，但是平静不下来。睡意蒙眬中，我的青年时代在回忆中浮现。理智还在抵抗着梦的奇特的战法，这种状态常常使我们看到，一大段生活中的某些最突出的画面联翩而至。

我想起了一座亨利四世时代的古堡，发红的正墙，铺着砖瓦的尖屋顶，用黄色的石头砌就的锯齿状墙角，巨大的绿草如茵的广场，四周长着榆树和椴树，夕照的红光从树叶间射下。姑娘们一边在草地上围成一圈跳舞，一边唱着母亲传下来的古老歌曲，用的是一种自然而纯正的法语，使人们感到实实在在地生活在瓦卢瓦这片古老的土地上，那里，法兰西的心脏已经跳动了一千多年。

我是环舞中唯一的男孩，我带来了非常年轻的女伴西尔薇。她是邻村的一位小姑娘，活泼，鲜艳，两眼乌亮，容貌端正，皮肤微黑……直到那时，我只爱过她，我眼中也只有她！可是，我在舞圈中注意到一位金发姑娘，高大，美丽，人们叫她阿德里安娜。突然，根据舞蹈的规则，阿德里安娜站在圈子的中央，独自面对着我。我们的身材相仿，大家让我们拥抱，歌舞的人们旋转得更起劲了。吻她的时候，我情不自禁地握紧了她的手。她那长长

---

① 德落伊教，古代克尔特人的宗教。

的金色发卷轻拂着我的面颊。从这时起，一种从未体验过的慌乱攫住了我。美丽的姑娘必须唱一支歌才能再回到舞圈里去。大家围着她坐下，立刻，她唱起一支满含忧郁和爱情的古老的抒情歌曲，这些歌中唱的总是一位公主的不幸，她因为恋爱而被父亲关在塔里。她的声音是清亮动人的，像这个多雾地区的姑娘们的声音一样，稍微有些朦胧。歌曲的每一节都以颤音结尾，当用一种抑扬的颤动模仿老人颤巍巍的声音时，年轻人的嗓子使之达到了惟妙惟肖的地步。

她唱着，唱着，大树投下了阴影，初升的月亮照着她一个人，我们屏息静气地围着她。她不唱了，没有人敢打破这寂静。一片凝滞的、淡淡的水汽罩住了草地，在草尖儿上展开它那白色的气团。我们恍若置身在天堂之中。我终于站了起来，朝古堡的花坛跑去，那儿有月桂树，栽在绘着单色画的大瓷瓶里。我折了两枝，编成花环，系上绸带。我把它戴在阿德里安娜的头上，那叶子反射着苍白的月光，在她的金发上闪闪发亮。

阿德里安娜站了起来。她舒展开苗条的腰肢，仪态万方地向我们施了一礼，就转身跑回古堡去了。有人告诉我们，她是法兰西先王的一位后裔的孙女，她的血管里流着瓦卢瓦家族的血液。那一天是节日，她获准和我们一起玩耍，我们再也见不到她了，因为第二天她就要进修道院去当寄宿生了。

我回到西尔薇身边，发觉她哭了。她流泪的原因，就是我亲手把花环戴在了那位美丽的歌手头上。我对她说我再去编一个，但是她说她不稀罕，也不配。我徒劳地辩解，在送她回家的路上，我费尽唇舌，她也没有再跟我说一句话。

我被召回巴黎继续学业。我带走了一个双重的形象，首先是关于那段令人伤心的中断了的温柔友情，再者是关于一种不可能的爱情，它成了精神痛苦的根源，学校里的哲学是无法平复这种痛苦的。

只有阿德里安娜的容貌战胜了一切，那是荣誉和美的象征，它缓和或分担了学习生活的艰苦。次年的假期中，我听说这个我只见过一面的美丽姑娘被她的家庭奉献给了宗教。

三、决定

这一段似梦非梦的回忆使我心中豁然开朗，对于一个女演员的朦胧而无望的爱情，每天晚上在看演出时抓住我，直到入睡时方才离去，却原来萌发于对阿德里安娜的回忆。她是一朵鲜花，开放在月光苍白的夜色中；她是一个玫瑰色和金黄色的幽灵，轻掠过被包裹在白雾中的绿草。一个与那忘却多年的面庞相像的面庞从此异常清晰地显现出来了，那是一幅因年代久远而模糊不清的铅笔画，仿佛那些在美术馆里受人欣赏的大师的画稿，而绝妙的原作却放在另外的地方。

表面上爱的是女演员，实际上爱的是修女！如果她们是一个人，那又该如何呢？真可以让人发疯啊！这是命中注定的冲动，陌生人吸引着你，仿佛磷火在一潭死水中的灯芯草上飘动……还是回到现实中来吧。

而我曾如此爱慕的西尔薇呢？为什么三年来我竟把她忘了？……那是个很漂亮的姑娘，是洛阿齐最美的姑娘！

　　她存在着，她，善良，纯洁，这是毫无疑问的，我又看见了她的窗户，葡萄藤缠着蔷薇花，关着黄莺的笼子挂在左边，我听见了她手中剪子的沙沙作响声和她心爱的歌。

　　　　美人儿坐在

　　　　流动的溪水旁……

　　她还在等着我……谁会娶她呢？她那么穷！

　　在她住的村子里，在周围的村子里，有穿短上衣的老实农民，两手粗糙，面颊消瘦，皮肤晒得黝黑！她只爱我，我这个小巴黎人。那时，我去洛阿齐附近是为了看望我那可怜的叔父，他现在已经死了。三年间，我把他留给我的那笔菲薄的、但可能够我生活一辈子的财产挥霍净尽。要是跟西尔薇在一起，我会守住那份财产的。偶然还给了我一部分。还来得及。

　　此时此刻，她在做什么？她睡了……不，她没睡；今天是弓节，一年中唯一的彻夜跳舞的节日。她在过节……

　　几点了？

　　我没有表。

　　当时的风尚是搜罗五光十色的旧货，装点出一间具有地方色彩的房间。在这些旧货当中，有一座文艺复兴风格的、翻新过的玳瑁挂钟十分引人注目，它有着金色的圆顶，时光女神的雕像立于其上，梅迪契风格①的女像柱承接于下，而女像又骑在一匹半直立的马上。钟盘下面是传统的狄安娜②倚在鹿身上的浅浮雕。在乌银镶嵌装饰的底盘上是珐琅的数字。钟无疑走得极好，两个世纪以来未上过弦，因为我并不是为了知道时间才在都兰买下这座挂钟的。

我到了门房那儿。他那能模仿杜鹃叫的挂钟指着凌晨一点钟。我想："四个钟头我就能赶到洛阿齐的舞会上了。"王宫广场上还停着五六辆马车，等着那些俱乐部和赌场的常客们。

"去洛阿齐！"我对一辆很显眼的马车的车夫说。

"在哪儿？"

"桑利附近，八里地。"

"我拉您到驿站。"车夫慢腾腾地说。

夜里，弗朗德勒的这条路是多么凄凉，要到森林地区，才会变得赏心悦目！老是那两行单调的树，摆出捉摸不定的形状。望过去是一方方绿草地和翻过的农田，左边连着蒙莫朗西、埃古安和吕查什的蓝色丘陵。这是高奈斯，一个平庸的小镇，充满了神圣联盟和投石党运动的回忆。

过了卢浮宫，是一条两旁栽满苹果树的道路。我多次看到那些苹果树开花，在夜色中犹如繁星洒满大地。去乡

———————————

① 梅迪契风格，指意大利中世纪梅迪契家族统治时代的风格。

② 狄安娜，罗马神话中的月神。

下，这是最近的一条路了。在马车上坡的时候，让我们再回想一下我常去那里的那段时光吧。

四、西岱岛之行

光阴荏苒，我在古堡前遇见阿德里安娜的那段日子已经成为童年的回忆了。主保瞻礼节①的时候，我又到了洛阿齐。我又加入了弓手的行列，还在我从前的那一队里。一些年轻人组织了节日活动，他们都属于一些古老的大家族，这些家族还拥有几座林木掩映的古堡。比起岁月的侵蚀，革命给这些古堡带来的破坏显得更为严重。一些兴高采烈的年轻人从尚第依、贡比涅和桑利跑来，加入了弓箭手的土里土气的队伍。他们穿越许多村镇，在教堂里望了弥撒，举行了竞技，发奖之后，优胜者被邀参加宴会。宴会在一个连着诺奈特河与岱佛河的水塘中央的小岛上举行，岛上长满了白杨树和椴树。挂满彩旗的小船把我们送到岛上，这个岛之所以被选中，是因为一座有圆柱的椭圆形庙宇坐落其上，那里被当作欢宴的大厅。如同埃默农维尔一样，那个地方有许多这种结构轻巧的18世纪末风格的建筑，一些家资富有的哲学家在内沉思冥想，试图实现主宰时下趣味的宏愿。我认为这座庙宇当初是献给乌拉尼亚②的。三根圆柱已经倒坍，下楣的一部分也已坠落；但是，厅内已被打扫干净，圆柱间拉上了彩带，这座恢复了

---

① 主保瞻礼节，宗教节日，与某一教区的主保圣人有关。

② 乌拉尼亚，九缪斯之一，司天文。

生气的现代废墟，与其说属于贺拉斯①的异教精神，还不如说属于布伏雷②和修里约③的异教精神。

过湖的情景也许可以使人想起华托④的《舟发西岱岛》，只是我们的现代装束打破了这种幻象。为节日准备的巨大花束被从车上卸下来，放上一只大船。根据风俗，花束要由姑娘们护送，她们身着白衣，坐在凳子上，这支优美的队伍，从古代一直延续下来的"代表团"⑤，倒映在平静的湖水中。前面的岛，岛上的荆棘、圆柱及其清晰的叶饰，在夕照中一片金红。很快，所有的船都到了。庆祝用的花篮摆在桌子中央，人们落了座，最受优待的人挨着姑娘，这只要认识她们的父母就行。因此，我坐到了西尔薇的身旁。她的哥哥已经在庆祝会上见过我了，他怪我那么长时间没到他家去。我说功课把我拖在巴黎，请他原谅，并告诉他我来这里正是为了去拜访他家。

"不，他忘了的是我，"西尔薇说，"我们是乡下人，而巴黎是那么高不可攀！"

我想吻她，好让她闭上嘴，但她还是气鼓鼓的，她哥哥说话了，她才无动于衷地把脸颊伸了过来。从这许多人都可以给她的一吻中，我丝毫也感觉不到快乐，因为在这民风淳朴的地方，当人们向任何一位过路人致意的时候，

---

① 贺拉斯（公元前65年—公元前8年），拉丁诗人。

② 布伏雷（1738—1815），法国诗人，以轻松诗歌著名。

③ 修里约（1639—1720），法国诗人。

④ 华托（1684—1721），法国画家。

⑤ 原意为古希腊时被派往奥林匹克、特尔斐等地或参加竞技会或祈求神谕的城市代表团。

一个吻只不过是善良的人们之间的一种礼貌的表示罢了。

　　节日的主持者们安排了一个出人意料的节目。宴会结束的时候，一直被关在花底下的一只野天鹅从大花篮里飞了出来，它那有力的翅膀带起了拴花束和花环的带子，弄得花儿四处飞扬。当它朝着最后一抹阳光快活地飞去的时候，我们就胡乱地抢着花环，立刻戴在身旁的姑娘头上。我真幸运，抓到了一个最美丽的花环。西尔薇微笑了，比刚才温柔了，让我吻了吻。我知道，这样我就抹去了对往日那段光阴的回忆。这一次，我对她倾倒至极，她变得那么美！这不再是那个乡下小姑娘了，我曾经为了一个更高大、更优雅的姑娘而看不起她。她身上的每一处都征服了我：她的黑眼睛的魅力，小时候就是迷人的，现在变得不可抵御了；那弯弯的眉毛下面，微笑突然间照亮了那端正平静的面庞，具有某种雅典①的韵味。我非常欣赏这副无愧于古代艺术的面庞，她的女友们的那些小脸蛋固然可爱，却不够端正。她那双修长的手，她的滚圆白皙的胳膊，她那轻盈的身躯，使她与我先前所见到的判若两人。我忍不住对她说，我觉得她跟先前那么不一样，想以此来掩盖我往日的、突然的不忠。

　　况且，一切都在帮助我，她哥哥的友谊，节日的迷人的气氛，夜晚的时光，还有那个地方，由于一种情趣盎然的想象，人们复活了往昔优雅的盛大节日。我们尽可能地躲避跳舞，好畅谈我们童年的往事，心醉神迷地并肩欣赏夜空在树影和水面上的反光，直到西尔薇的哥哥来告诉我

---

①　雅典，古希腊首府。

们时候不早了，他们住的村子相当远，该回去了，这才把我们从遐想中唤醒。

五、村庄

他们住在洛阿齐一座从前守林人住的房子里。我一直把他们送到那儿，然后回蒙塔尼我叔父家。在洛阿齐和圣S修道院之间有一座小树林。我离开大路，踏上一条幽深的羊肠小径，小径沿着埃默农维尔森林；然后，不出所料，我看见了一座修道院的围墙，我要沿着它走上六里路。月亮在云彩间时隐时现，幽暗的砂岩山石和脚下越来越茂密的石楠花依稀可见。右边和左边，是没有路的森林的边缘，前面是这个地方数不尽的德落伊的山岩，铭刻着罗马人灭绝阿尔芒人的子孙的回忆！越过这些雄伟壮丽的堆积物，我看见远处浓雾弥漫的平原上，水塘像一面面镜子轮廓分明，却分辨不出我们度过节日的是哪一个。

空气温馨，我决定不再往前走了，就睡在石楠丛中等着天亮。醒来的时候，我渐渐认出了我夜里迷路地点周围的景物。左边，我看见了圣S修道院长长的围墙，然后，又看见了山谷另一边的阿尔芒人和古代卡洛温人住所的残垣断壁。附近，梯也尔修道院的破房子高耸在树林之上，砌有三叶形和尖形镂空装饰的院墙横在天际。再过去就是彭塔梅的哥特式小城堡了，还像往昔一样围着护城河，当我看见南面图奈尔高高的城堡主楼和蒙梅里昂山岗上的四个塔楼时，顷刻间护城河水已反射出黎明的第一道霞光了。

这是一个充满柔情蜜意的夜，我一心只想着西尔薇，可是那座修道院却有一瞬间让我想到，也许阿德里安娜住在里面吧。我的耳朵里还响着早晨的钟声，肯定是它把我唤醒的。我曾有一阵子想爬到最高的岩上，往里面看一眼，可是转念一想，我没有动，仿佛那是一种亵渎似的。天越来越亮，从我的思想中驱散了那徒然的回忆，只留下了西尔薇的玫瑰色的脸庞。我想："去叫醒她吧。"于是，我又往洛阿齐走去了。

村庄在沿着森林的小径的尽头，有二十几座茅草房，墙上爬满了葡萄和蔷薇。一些姑娘戴着红头巾，聚在一座房子前，一大早就在纺织了，那里面没有西尔薇。自从她开始制作精致的花边以来，她差不多已经是个大姑娘了，而她的父母还是老实的农民。我没有惊动任何人，径直进了她的房间。她早就起来了，这时她膝上放着一块绿布，她正用剪子剪着花边，喀嚓喀嚓地发出柔和的响声。

"您来了，懒鬼，"她说，她的微笑美极了，"我就知道您刚刚起床！"

我跟她说我没有睡觉，在树林和岩石间乱跑了一夜。她安慰了我一阵。

"如果您不累的话，我还要让您跑一会儿，我们去奥蒂看姨婆。"

她不等我回答，就快活地站了起来，在镜子前整了整头发，戴上一顶粗糙的草帽。她的眼睛里闪动着无邪和快乐的光芒。我们沿着岱佛河穿过长满雏菊和黄花毛茛的草地，然后顺着圣洛朗森林的边缘走，有时为了省路，还跳越小溪和灌木丛。鸫在树丛中鸣啭，山雀从我们走过的灌木丛中飞起。

有时候，我们还踩着卢梭那么喜欢的常春花，把它那藏在一长串合抱的叶子间的蓝色花冠弄开，那不太长的藤条绊住了我那女伴的脚，她可不管那位日内瓦的哲学家①，只顾这里那里地寻找香喷喷的草莓，而我呢，我跟她讲《新爱洛绮丝》②，我能背下几段呢。

"美吗？"她问。

"美极了。"

"比奥古斯特·拉封丹③的书还好吗？"

"比那更细腻。"

"噢！么，我得读一读。我哥哥一到桑利，我就让他给我捎一本来。"

西尔薇采草莓的时候，我继续给她背诵《新爱洛绮丝》的片段。

六、奥蒂

走出树林，我们看见了一丛丛茂密的、深红色的毛地黄。她扎了一捆大花束，对我说：

"这是给我姨婆的，她的房间里有了这么美的花，她该多高兴啊。"

再穿过一小块平地，就到奥蒂了。村子的钟楼耸立在从蒙梅里昂向达马丹伸展的泛着蓝色的山岗上。岱佛河又在砂岩和碎石间淙淙作响了，越接近源头水流变得越细

---

① 指卢梭，他出生在日内瓦。

② 《新爱洛绮丝》，卢梭的著名小说。

③ 奥古斯特·拉封丹（1758—1831），法国作家。

小，最后安息在草地上，在一片菖兰花和鸢尾花之间形成一口小湖。很快，我们就走近第一排房子。西尔薇的姨婆住在一座由大大小小的砂岩盖成的小石屋里，墙上爬满了忽布花和爬山虎；她一个人守着几块小田过活，自他丈夫死后，由邻居代她耕种。她的侄孙女的到来，简直是给她的家里带来了一团火。

"姨婆好！您的孩子来了！"西尔薇说，"我们饿极了！"

她温柔地拥抱了姨婆，把花束放在她的怀里，这才想起来介绍我，一边还说："这是我的情人！"

我也拥抱了姨婆。

"他真好……他的头发原来是金黄色的！……"她说。

"他的头发很细很美。"西尔薇说。

"可这不能持久，"姨婆说，"不过你们有的是时间，你的头发是棕色的，这对你很合适。"

"该让他吃饭了，姨婆。"西尔薇说。

于是，她就在柜子里、箱子里东寻西找，找到了牛奶、面包和白糖，随意在桌子上摆下碟子和彩釉的盘子，盘子上绘着花朵和羽毛鲜艳的公鸡。她在桌子的中央放了一个克雷伊大瓷瓶，盛满了牛奶，里面还浮动着草莓，然后又到园子里摘了几把樱桃和醋栗，最后，她在桌布的两端摆了两瓶鲜花。但是，姨婆说得好："这些都不过是饭后水果，现在该我做了。"她端下锅，往高高的炉膛里扔进一块木柴。

"我不要你动手，"她对想帮忙的西尔薇说，"那要弄坏你美丽的手指头的，它们做的花边比尚第依的还要漂亮！你给我，我可是个内行。"

"啊！是的，姨婆……您说，您有没有旧时的花边，
拿来给我做样子？"

"好吧，你上去看看吧，"姨婆说，"可能在我的柜
子里。"

"给我钥匙。"西尔薇说。

"去吧，抽屉是开着的。"

"不，有一个总是关着的。"

正当老太太把锅擦拭干净放在火上的时候，西尔薇从
她的腰带上解下了一把精致的小铜钥匙，得胜似的向我晃
了晃。

我跟着她飞快地跑上通往卧房的木楼梯。啊，青春！
啊，神圣的暮年！谁会想到在这忠实回忆的圣殿里玷污初
恋的纯洁？一张朴素的床，床头上悬挂一个椭圆形的金
色相框，镶着一个年轻人的肖像。他的装束属于那美好的
旧时代。他微笑着，两眼乌黑，嘴唇红润。他穿着孔代①
家的猎场看守人的制服，神态威武，红光满面，透着善
良，前额洁净，头发上扑着粉，使这幅也许是平庸的粉笔
画焕发出青春和纯朴的风采。某个朴实的画家应邀参加亲
王的狩猎，精心地给他画了这幅肖像，还给他年轻的妻子
画了一幅，也是椭圆形的。她迷人、聪颖，紧紧地裹在一
件开口的、系带的胸衣里，正噘着小嘴逗弄一只停在她手
指上的小鸟。这正是此时弯着腰对着炉火做饭的那位老太

———————————

① 孔代，法国大家族之一，属波旁旁系。

太。这使我想起杂耍戏院①中的姑娘们，她们在满布皱纹的面孔下隐藏着一副迷人的面孔，在戏结束的时候，爱神的殿堂出现，转动的太阳发出神奇的光芒，那张迷人的面孔才显露出来。

"好姨婆，"我喊道，"您过去多漂亮啊！"

"那我呢？"西尔薇说，她已经打开了那个不平凡的抽屉。她发现了一件塔夫绸的连衣裙，一碰就发出窸窸窣窣的响声。

"我想试试合适不，"她说，"啊！我会像一个老仙姑似的！"

"传说中的仙姑永远是年轻的！……"我心里想。

西尔薇已经解开了她的印花棉布连衣裙，让它滑落在脚下。姨婆的厚实的连衣裙正合西尔薇的纤细的腰身，她让我给她扣好。

"啊，平袖，多可笑！"她说。

她的胳膊裸露在饰有花边的袖口外边，非常好看。上衣是用发黄的珠罗纱做成的，系带是老式的，姨婆业已逝去的风韵依稀可见，这上衣也恰好适合西尔薇的胸脯。

"扣上了吧！您难道连扣连衣裙也不会吗？"西尔薇说。她俨然成了格罗兹②笔下的一位订了婚的乡村姑娘。

"有扑粉才好。"我说。

"我们去找。"她又在抽屉里翻起来。

---

① 杂耍戏院，巴黎的一家剧院。

② 格罗兹（1752—1805），法国风俗画家，喜画调皮淘气的儿童及天真少女的形象。

啊！东西真多！多么香，多么亮，鲜艳的色彩多么绚丽，质朴的假首饰多么耀眼！两把有点儿坏了的螺钿折扇，几瓶油膏，瓶子上画着东方的传说，一串琥珀项链，数不清的小玩意儿，还有两只花缎小鞋，扣子上嵌着爱尔兰宝石！

"噢！我要穿上，"西尔薇说，"看能找到绣花长袜不！"

过了一会儿，我们展开一双淡粉色的丝袜，袜尖是绿色的，突然，姨婆的声音伴随着锅子的嘶嘶声把我们拉回到现实中来。

"快下去！"西尔薇说。不管我说什么，她就是不让我帮她穿丝袜。这时，姨婆刚刚把锅里的鸡蛋炸肥肉片倒在盘子里。西尔薇的声音立刻惊醒了我。

"快穿上！"她说。

她已经穿戴整齐，对我指了指堆在柜子上的猎场看守人的结婚礼服。一会儿工夫，我就变成了一个旧时代的新郎。西尔薇在楼梯上等着我，我们俩手拉着手下了楼。姨婆转过身来，惊叫了一声："我的孩子！"就哭了起来，然后，两眼闪着泪花，又微笑了。

那是她年轻时的形象，这真是残酷而迷人的再现！我们坐在她身旁，深受感动。我们显得颇为庄重，但很快又快活起来，因为刚才那一阵儿过去，老太太就只想着缅怀她那盛大的婚礼了。她甚至想起了当时流行的、由婚宴桌上两端的人彼此应答的轮歌，以及舞会之后送新人回去的祝婚诗。我们重复着这些节奏如此简单、带有当时的元音重复和尾音重复的诗节，这些诗节像传道书里的赞美诗一样多情华丽。那个夏天，我们当了一早晨的夫妻。

七、夏阿里

　　现在是早晨四点钟。道路伸进一条山沟，然后又是上坡。车子要经过奥利，然后到达夏拜尔。左边，沿阿拉特森林有一条路。一天晚上，西尔薇的哥哥用他的车拉我去那儿参加当地的一次盛大集会。我想，那是圣巴托罗缪之夜①。穿越森林时，在一段人迹罕至的路上，他的小马发了疯一般地飞跑。我们终于踏上了通往主教山的铺着石子的道路。几分钟之后，我们停在守林人的门前，停在了原来的夏阿里修道院前。——夏阿里，又是一段回忆！

　　这里曾经是皇帝们隐退的地方。现在能够供人欣赏的，只有那座修道院的废墟了，那拜占庭风格的拱廊只剩下最后一排，依旧倒映在水塘中，这是一种宗教建筑，建在曾被称作查里曼大帝的分成租田上，其遗迹早已被人们忘却了。在这个远离大路和城市里的运动的地方，宗教对梅迪契时代的埃斯特家族②的红衣主教们的长期居住还保留着一些特别的痕迹，它的风俗习惯中还有某种风流和诗意的东西——由意大利画家装饰的小教堂，饰有精细的肋拱的拱门，在那下面，人们还可呼吸到文艺复兴的芳香。在绘成浅蓝色的穹顶上，圣徒和天使的面孔显出玫瑰色的轮廓，那种富有异教寓意的神情令人想到彼特拉克的感伤

　　①　1572年8月23日圣巴托罗缪节日的夜晚，查理九世下令屠杀胡格诺教派的信徒，史称"圣巴托罗缪之夜"。
　　②　埃斯特家族，意大利著名的大家族。

和弗朗西斯科·科洛纳①的奇异的神秘主义。

在那天夜里举行的独特的庆祝中，西尔薇的哥哥和我是两个不速之客。那里的主人，一位贵族家庭的后裔，想邀请当地几家大户观看一种富有寓意的演出，参加演出的有几个是邻近修道院的寄宿生。那不是圣西尔②悲剧的回光返照，而是在瓦卢瓦时代引进法国的那种抒情性的议论戏剧。我看到的是一种古代的神秘剧。服装是同一式样的长袍，只是颜色不同，或是天蓝色，或是青紫色，或是金黄色。故事发生在天使之间，背景是劫后世界的残垣断壁。每一个声音都分别赞颂着这黑暗世界往日的一种光辉，由死神来总结它毁灭的原因。一个精灵从深渊中升起，手持一柄闪闪发光的长剑，邀集其他天使来赞颂战胜地狱的基督的光荣。那个精灵就是穿上戏装的阿德里安娜，她仿佛天生就是这个角色。她头上戴的那个用硬纸板做的、涂成金色的圆圈，在我们看来自然是一个光环了，她的声音宽厚有力，那意大利歌曲的无穷尽的装饰音像鸟儿啁啾一般渲染着庄严的宣叙调的严肃的歌词。

在我追述这些细节的时候，我不禁自问这到底是真实的，还是幻想出来的。那天晚上，西尔薇的哥哥醉意蒙眬。我们在看守人的房子里待了一会儿，我非常惊奇，门口竟有一只展翅欲飞的天鹅，屋里有几口核桃木雕花大柜，一座带外罩的大钟，墙上红绿箭靶上方挂着几支箭。一个怪模怪样的侏儒头戴毡帽，一只手里拿着一个瓶子，

────────────

① 弗朗西斯科·科洛纳，意大利画家。
② 圣西尔，曼特侬夫人曾于1686年于该地设立学校。

另一只手里拿着一个套圈，似乎在请射手们瞄准。我认为这个侏儒是用铁皮剪成的。那么，阿德里安娜的出现也像这些事情和夏阿里修道院无可置疑的存在一样真实吗？然而，的确是看守人的儿子把我们带进演出大厅的，我们站在门旁，前面坐着许多人，神情激动。那天是圣巴托罗缪日，与梅迪契家族所引起的回忆有着特殊的联系，梅迪契家族的纹章紧挨着埃斯特家族的纹章，装饰着这古老的墙壁……这回忆也许是一种萦绕在脑际的顽念！——幸亏车子在去往普莱西的路上停了下来，我摆脱了梦幻的世界，只要再在人迹罕至的路上走上一刻钟就到洛阿齐了。

八、洛阿齐的舞会

　　我在那忧郁甜美的时刻赶到了洛阿齐的舞会上，黎明将至，天光灰白，微微地颤动。从下面往上看，椴树是黑魆魆的，树尖却蒙上了一层发蓝的色调。牧笛与夜莺斗得已经不那么起劲了。所有的人都面色苍白，在那群装束简朴的人中，我几乎碰不到一个熟人。终于，我看见了大个子丽丝，西尔薇的一个朋友。她拥抱了我。

　　"好长时间不见你了，巴黎人！"

　　"噢，是的，好长时间了。"

　　"你刚到吗？"

　　"我是乘驿车来的。"

　　"不太快吧！"

　　"我想找西尔薇，她还在舞会上吗？"

　　"她要到早晨才走呢，她那么爱跳舞。"

不一会儿，我就找到了她。她脸上显出疲倦的样子，然而她的黑眼睛中还是闪耀着过去那种雅典式的微笑。一个年轻人站在她身旁，她向他示意下一个环舞她不跳了。他行了礼，走开了。

天开始亮了。我们手拉着手离开了舞会。西尔薇的头发散开了，插在头上的鲜花歪斜了，胸衣上的花束也零落了，落在她精心制作的花边上。我要求送她回去。天已大亮，但天色依旧昏暗。岱佛河在我们左边淙淙地流淌，在盛开着黄色和白色的睡莲的拐弯处激起团团漩涡，水面上的涟漪宛若朵朵雏菊。原野上满是长形或圆形的干草堆，那气味仿佛树林或开花的荆棘丛发出的清新气味，使我醺醺然，却并没有醉意。

我们不想再穿过田野。

"西尔薇，您不爱我了！"我对她说。

她叹了口气。

"我的朋友，"她说，"应该有理智啊，生活中的事情并不是那么尽如人意。您曾跟我谈过《新爱洛绮丝》，我读了，我首先看到了这样一句话，我发抖了：'年轻姑娘一读此书就完了。'可我才不在乎呢，我相信我的理智。您还记得那天我们穿上了姨婆的结婚礼服吗？……书里的插图也让恋人们穿上古代的服装，对我来说，您就是圣普乐，我就是朱丽[1]。啊，要是您那时来了！可是人家说您在意大利。您在那儿见到比我漂亮的人

---

[1] 均系卢梭的小说《新爱洛绮丝》中的人物。朱丽是出身贵族的少女，圣普乐是一名平民教师，两人相爱，最后却以悲剧告终。

多了！"

"西尔薇，没有一个人有您这样的目光和您这样线条纯净的面庞。您是一朵古代的睡莲，可您自己不知道。再说，这里的树林和罗马乡村的树林一样美。这里有同样雄伟壮丽的花岗岩，有一道同特尔尼①一样的、从高山上奔泻而下的瀑布。我在那儿看到的，在这儿都看到了。"

"那么在巴黎呢？"她问。

"在巴黎……"

我摇了摇头，没有回答。

突然，我想到了那个使我迷途那么久的无法追寻的形象。

"西尔薇，"我说，"待一会儿吧，愿意吗？"

我跪在她面前，我一面痛哭，一面诉说我的犹豫，我的任性，我提到穿越我的生活的那个不祥的幽灵。

"救救我吧！"我说，"我永远地回到您身边了。"

她受了感动，温柔地望着我……

这时，一阵大笑打断了我们的谈话。那是西尔薇的哥哥，节日之夜不可缺少的陪伴，各种各样的饮料使他愉快的心情更加狂放不羁。他招呼那舞会上的情郎。那人藏在远处的荆棘丛中，很快就来到我们身边。这小伙子并不比他的伙伴站得更稳，他好像看见一个巴黎人比看见西尔薇更拘谨。他的天真的面孔，他的夹杂着拘谨的尊敬，使我无法迁怒于他，正是他使西尔薇在舞会上待到这么晚。但我认为他没有什么威胁。

_____

① 特尔尼，意大利的地区名。

"该回家了，"西尔薇对她哥哥说，"再见！"她伸过面颊，对我说。

那个情人并不生气。

九、埃默农维尔

我毫无睡意。我想到蒙塔尼去再看看叔父的房子。看着那发黄的外墙和绿色的窗板，一阵强烈的悲哀袭上心头。一切都像是从前的样子，只是要到农夫那里去取开门的钥匙。门开了，我心中顿时生出一股柔情。我又看见了那些旧家具，都还保持着原样，还有人不时地擦拭一番那口高高的核桃木柜子。两幅弗朗德勒风景画，有人说是我们祖先中的一位画家的作品；几张根据布歇①的原作复制的大木版画，一套镶在框内的出自莫罗②之手的版画，画的是《爱弥儿》和《新爱洛绮丝》。桌上摆着一条狗的标本，我看见它的时候它还活着，常跟着我在树林里跑，它大概是最后一条加尔兰哈巴狗，因为这个品种已经灭绝了。

"那只鹦鹉，"农夫说，"它还活着，我把它放在我那儿了。"

园子里呈现出一幅乱草丛生的绝妙图画。我在一个角落里认出了我过去圈就的一片小天地。我浑身颤抖地走进书房，看见了那个小书橱，里面摆满了精心挑选的书籍，

---

① 布歇（1703—1770），法国画家。
② 莫罗（1741—1814），法国画家。

它们是那个已不在人世的人的老朋友。写字台上放着几件他在园子里发现的古物碎片，一些罐子，罗马徽章，这些本地的收藏使他十分高兴。

"去看看鹦鹉吧。"我对农夫说。

那鹦鹉像它最快活的时候那样要求吃食，瞪着周围满是皱纹的圆眼睛望着我，使人想起老人们久经沧桑的目光。

这次重返我如此热爱的地方，使我心中充满了惆怅，我感到需要重见西尔薇，那唯一还活着、还年轻的使我眷恋这块地方的人。我又踏上去洛阿齐的路。时值中午，经过一夜的狂欢，人们都累了，正在睡觉。我突然生出一个主意，要去埃默农维尔逛逛，穿过森林，只有四里地。那是夏天的一个晴朗的日子，我很喜欢这条路的凉爽，简直像在公园里一样。高大的橡树一色碧绿，树干呈白色的桦树把叶子抖得沙沙作响。鸟儿不唱了，我只听见绿色啄木鸟在啄树造窝。有一阵儿，我差点儿迷路，因为有的路标上的字已模糊不清了。最后，我没有走左边的"荒原"，而是到了跳舞的广场，那儿还有供老人坐的长凳。《阿那夏西斯》①和《爱弥儿》的场景如在眼前，由这地方的旧主人引起的对古代哲学的回忆纷至沓来。

当我透过柳树和榛树的枝丫看见一片闪光的湖水时，我一下子认出一个地方，我叔父散步时带我去过多次，那个地方叫"哲学神殿"，不幸的是，它的建造者没有来得及完工。它有着女预言家蒂布蒂娜的神殿的外观，现在还

---

① 作品不详。阿那夏西斯本为公元前6世纪希腊的一个哲人，被认为是未受文明败坏的自然人的象征。

立在一束松枝下，它展开了思想史上那些伟大的名字，从蒙田和笛卡儿[1]开始，到卢梭结束。这座未完成的建筑如今只剩下一堆废墟了，常春藤把它装饰得优雅大方，荆棘侵满了断裂的台阶。当我还很小的时候，我在那儿看见人们欢庆节日，少女们身着白衣来接受学习和品行的奖赏。那环绕着山岗的<u>一丛丛</u>玫瑰现在何处？最后的几株也被野蔷薇和覆盆子淹没了，又变成了野生的。至于月桂树，是被砍掉了吗？像不愿再到林子里去的少女们所唱的那样？不，这种柔弱的意大利的小灌木是在我们多雾的天空下死去了。幸好，维吉尔咏唱过的女贞树还在开花，仿佛是在支持刻在门上的大师的话：Rerum cognoscere causas![2]——是的，这座神殿像许多其他的神殿一样倒坍了，健忘或疲倦的人们不再光临，冷漠的大自然又夺回了艺术同它争夺的地盘，然而，求知欲是永恒的，它是一切力量和活动的原动力。

这是岛上的白杨，这是卢梭的坟墓，但没有骨灰。啊，智者！你给了我们哺育强者的乳汁，可我们太软弱了，不能获益。我们的父亲知道你的教训，可我们忘记了；你的话是古代智慧的最后的回声，可我们不明白其中的含义。不过，我们不失望，让我们像你在弥留之际所做的那样，把眼睛转向太阳吧！

我又看见了那座古堡，环绕着它的平静的河水，在岩石间呻吟的瀑布；连接村子两部分的小径，那村子的四

---

① 笛卡儿（1596—1650），法国哲学家、数学家、物理学家。

② 拉丁文：返璞归真。

角各有一个鸽子窝；像草原一样伸展开去的绿茵，浓阴匝地的山岗守护着它；加布里埃尔的尖塔远远地倒映在一口长满浮萍的人工湖中；水沫泛起，虫鸣唧唧……应该避开这有害的空气，它蔓延到沙漠的粉末状的砂岩上，蔓延到粉红色的石楠连着绿色的蕨草的荒原上。这一切是多么孤独，多么悲哀！过去，西尔薇的愉快的目光，她的疯狂的奔跑，她的快乐的喊叫，曾经给我刚刚走过的这些地方多少魅力啊！那时她还是个野孩子，赤着脚，尽管戴着草帽，皮肤还是晒得黝黑，那帽子上宽大的丝带随着她的头发上下翻飞。我们到瑞士人的农庄去喝奶，人家对我说："你的情人真漂亮，小巴黎人！"啊！那个时候，一个农民是不能和她跳舞的！她只跟我跳，一年一次，在弓节上。

十、大个子卷毛儿

我又踏上了去洛阿齐的路。人们都醒了，西尔薇一身大姑娘的装束，几乎是一派城市打扮。她还像往日那样天真地让我到她的房间里去。她的眼睛闪闪发光，微笑中充满了魅力，但是，她那拱起的眉毛有时却透着严肃。房间装饰得很简朴，但家具都是新式的。一面金框的镜子代替了老式的镜子，上面画着一个纯朴的牧童正把一间窝棚奉献给一位穿着蓝色和粉红色衣衫的牧女。原来的床是有圆柱的，朴素地挂着一块印有花枝图案的花布，现已被一张饰有箭形帷幔的小床取代。窗口的笼子里原来养的是黄莺，而现在是金丝雀。我急忙走出这房间，我在那儿没有发现一点儿过去的东西。

"您今天不织花边了吗？"我问西尔薇。

"噢！我不织花边了，这地方没人要花边了，连尚第依的工场都关门了。"

"那您干什么呢？"

她在墙角找出一种像长钳一样的铁家伙。

"这是什么？"

"大家叫它机器，用来夹住皮革好缝手套。"

"啊！您做手套了，西尔薇？"

"是啊，我们给达马尔丹干活儿，眼下这很赚钱，可今天我不干活儿，咱们到您愿意去的地方去吧。"

我掉转目光望着去奥蒂的路，她摇了摇头，我明白姨婆不在了。西尔薇叫来一个小孩，让他备一头驴。

"我现在还累呢，"她说，"不过走一走对我有好处，咱们去夏阿里吧。"

我们走进森林，小孩跟在后面，手里拿着一根树枝。很快，西尔薇就不想走了，我拥抱了她，让她坐下。我们之间的谈话不那么亲密了。我只好跟她讲讲我在巴黎的生活，我的旅行……

"人怎么能走那么远呢？"她问。

"我看见您感到很惊讶。"

"啊，是这样！"

"您得承认，您不像过去那样漂亮了。"

"我一点儿也不知道。"

"您还记得那时我们都是孩子，而您是最高的吗？"

"而您是最老实的！"

"噢！西尔薇！"

"人家把我们装在两个筐里，让毛驴驮着。"

"我们之间不称'您'……你还记得你教我在岱佛河和诺奈特河的桥下捉虾吗？"

"你呢，你还记得有一天你的奶哥把你从水里拖出来吗？"

"大个子卷毛儿！是他跟我说那水可以蹚过去！"

我急忙改变话题。这回忆使我清楚地记起，那时我来到这地方，穿着英国式的衣服，惹得农民大笑。只有西尔薇觉得我那身打扮好，但是，我不敢让她想起她那时的看法。不知为什么，我想到我们在奥蒂姨婆家穿上结婚礼服的事。我问她那些衣服怎么样了。

"啊，善良的姨婆，"西尔薇说，"两年前，她把裙子借给我去达马尔丹的狂欢节跳舞。第二年她就死了，可怜的姨婆！"

她叹了口气，哭了，我不能问她参加化装舞会的情况了，但是，由于她的女红的才能，我知道她不再是个村姑了，只有她的父母还是老样子。她生活在他们中间，像是一个灵巧的仙女，创造着丰硕的财富。

十一、归

走出树林，眼前一亮，我们已经到了夏阿里的水塘边。修道院的长廊，尖顶的小教堂，封建时代的箭楼，庇护着亨利四世和加布里埃尔的爱情的小城堡，都在森林暗绿色的背景上被涂了一片晚霞的殷红。

"这是瓦尔特·司各特笔下的景物，不是吗？"西尔薇说。

"谁跟您谈起过瓦尔特·司各特？"我说，"三年来您真读了不少书！……而我却在竭力忘掉书。使我陶醉的是，我和您在一起重见这古老的修道院，那里，我们还很小的时候，曾经在废墟中捉迷藏。西尔薇，当守门人给我们讲穿红衣服的修道士们的故事时，您是多么地害怕，您还记得吗？"

"噢，别说了。"

"那给我唱支歌吧，美丽的姑娘在她父亲花园里的玫瑰花下被人拐走了。"

"没人再唱这些东西了。"

"您懂音乐吗？"

"懂一点儿。"

"西尔薇，西尔薇，我肯定您会唱歌剧里的歌！"

"您为什么叹气？"

"因为我爱古老的歌曲，而您却不会唱了。"

西尔薇试了几句现代大歌剧中的曲调……她竟会"念台词①"！

我们沿水塘走着。绿色的草地到了，周围是一片椴树和榆树，我们过去常在那儿跳舞！出于自尊心，我没有去仔细观看那些卡洛温时代的围墙和埃斯特家族的纹章。

"可您呢？您比我读得多多了！您该是个学者了吧？"

我被她的责备的口吻刺伤了。我一直在寻找一个合适

---

① 指装腔作势，用舞台腔说话。

的地方，重续早晨那段感情奔放的时刻，可是有一头毛驴跟着，还有一个机灵的小孩，他总喜欢走近来听一个巴黎人说话，我能跟她说什么呢？倒霉的是，我竟讲起了夏阿里的精灵，这件事深深地嵌在我的记忆中。我把西尔薇带到城堡的那间大厅里，我在那儿听过阿德里安娜唱歌。

"噢！让我听您唱歌吧！"我说，"让您那可爱的声音回荡在这穹窿之下，驱散那折磨我的精灵吧，不管它是神圣的还是宿命的！"

她重复了我的话，唱了起来：

> 天使啊，快快下来，
>
> 下到炼狱的深处！……

"真令人伤心！"她对我说。

"真美……我认为这是波尔波拉①所表达的16世纪的诗句。"

"我不知道。"西尔薇说。

我们沿山谷回去，经过夏尔桥，农民们自然不管这名称的来历，非要叫它沙尔桥不可。西尔薇骑在驴上累了，靠在我的肩膀上。路上很寂寞，我试图说些我念念不忘的心事，可是不知为什么，我的表达是那么俗气，要不就突然冒出几句小说中的浮夸的语句，——也许西尔薇也读过呢。于是，我冷静地收住了口，她有时感到很奇怪，这种感情的奔泻怎么突然中断了。我们到了圣S修道院的围墙

---

① 波尔波拉（1686—1768），意大利作曲家。

前……我们得小心地往前走，那是一片水流纵横的潮湿的草地。

"那修女怎么样了？"我突然问道。

"啊！您对您那修女真很……唔，唔，事情不妙！"

西尔薇一句也不愿多说了。

女人真的能够感觉到哪些话是言不由衷的吗？看到她们那么容易上当，考虑到她们最常作出的选择，这真是不能令人相信，因为有的男人是那么会在爱情中演戏！我从来也不习惯那一套，尽管我知道有些女人情愿上当受骗。更何况，一种回溯到童年的爱情是某种神圣的东西……西尔薇是我看着长大的，她对我来说情同姐妹，我不能有引诱她的企图……我的头脑中生出另一个念头。

"这个时候……我正在剧场里……这晚上奥蕾莉（这是女演员的名字）该演什么呢？显然，演一出新戏里的公主。噢！第三幕，她多么动人啊！……第二幕的爱情场面！那个满脸皱纹的男主角……"

"您在想什么呢？"西尔薇问。接着，她唱了起来：

> 在达马尔丹有三个美丽的姑娘，
> 其中有一个艳丽无双……

"啊！坏东西！"我喊道，"您还会唱老歌呀。"

"如果您常来这儿，我还会想起来的，"她说，"不过，应该想些更实在的东西。您在巴黎有事，我也有活儿。别回去太晚了，明天天一亮我就得起床。"

十二、胖老爹

我正要回答，正要跪倒在她脚下，正要把我叔父的房子奉献给她——那所房子我还有可能买下，因为我并不是唯一的继承人，这份小小的财产还是共有的，可这时我们已到了洛阿齐。大家等着我们吃晚饭。远远地，葱头汤就散发出质朴的香味。有几位邻居被邀参加这节后第二日的庆祝。我立刻认出了那个老樵夫胖老爹，他从前在夜里给我们讲的故事是那么可笑，又那么可怕。他当过牧童、信差、猎场看守人、渔夫，甚至还当过偷猎者；空闲的时候，他就做模仿杜鹃叫的挂钟和烤肉用的旋转铁叉。有很长一段时间，他给到埃默农维尔游览的英国人带路，带他们到卢梭沉思默想的地方去，给他们讲卢梭晚年的事情。他就是哲学家①雇来给他的野草分类的那个小孩，他还让他去采毒芹，挤出汁来放进牛奶咖啡里。金十字旅店的主人怀疑这一点，从此，两人结下了难解的宿怨。长期以来，人们责备胖老爹有几个并无多大害处的秘方，比如用所谓倒念的经文或在左蹄上画十字给母牛治病，不过，他早已不干这些迷信的事了。

"这都是靠了对冉-雅克②的谈话的回忆呀。"

"你来了，小巴黎人！"胖老爹说，"你是来诱惑我们的姑娘吗？"

"我？胖老爹？"

---

① 指卢梭，他晚年曾在这一带采集过植物标本。

② 冉-雅克，亦即卢梭，他的全名是冉-雅克·卢梭。

"当狼不在的时候，你把她们带到林子里去。"

"胖老爹，狼就是您呀。"

"我以前是，只要我发现了羔羊。可现在，我碰到的都是山羊了，它们很知道自卫呀！而你们，你们在巴黎可是些机灵鬼。冉-雅克说得好：'人在都市有毒的空气中腐化了。'"

"胖老爹，您知道得很清楚，人在哪儿都腐化了。"

胖老爹哼起一段饮酒歌，大家想阻止他唱某些尽人皆知的下流段落，但是没有用。不管我们怎么请求，西尔薇总是不肯唱，说在饭桌上已经不兴唱歌了。我已经注意到昨天晚上的那位情人正坐在她的左边。在他的圆脸上，乱发中，有些我并不陌生的东西，但我说不上是什么。他站了起来，走到我的椅子后面，说：

"你不认识我了吧，巴黎人？"

一位给我们上菜的女人在吃水果的时候又回来了，在我耳边说：

"您认不出您的奶哥了吗？"

要是没有这句话，我可要出丑了。

"噢，是你呀，大个子卷毛儿，"我说，"是你把我从水里拖出来的！"

我认出他来，西尔薇哈哈大笑。

"还说呢，"他一边说，一边拥抱我，"你有一只漂亮的银表，回家的时候，你对那只表比对你自己还担心，因为它不走了，你说：'不响了，我叔父会怎么说呢？……'"

"表里有一头野兽！"胖老爹说，"在巴黎，人家对小孩子就是这样说的！"

西尔薇困了，我断定她心目中已经没有我了。她回屋了，在我拥抱她的时候，她说：

"明天见。来看我们呀！"

胖老爹、西尔薇和我那奶哥，都留在饭桌旁，我们围着一瓶卢浮产的甜酒聊了很久。

"人类是平等的，"胖老爹在唱歌的间歇中说，"我跟糕点师傅喝酒，就像我跟王子喝酒一样。"

"糕点师傅哪儿去了？"

"看看你的身边吧！一个决心创业的年轻人！"

我的奶哥显得很难为情。我一切都明白了。我命中注定，在一个因卢梭而出名的地方有一位奶哥，而卢梭想要取消奶妈。胖老爹告诉我，西尔薇和大个子卷毛儿要结婚了，他想去达马尔丹开一间糕点铺。我没有再问下去。第二天，从南岱尔到欧杜安的驿车把我带回了巴黎。

十三、奥蕾莉

又到了巴黎！车子走了五个钟头。我这样急急忙忙只是为了在晚上赶到。快到八点钟的时候，我坐到了我通常坐的座位上。奥蕾莉吟诵着出自一位当代天才之手、受到席勒些微启发的诗句，传送着她的灵感和魅力。在花园的那一场，她简直是出神入化了。第四幕她不出场，我去普雷沃斯特太太那儿买了一束鲜花。我在花束里插了一封信，满怀柔情地署上：一个不相识的人。我心想："这是为了将来，事情已经了结了。"第二天，我就去德国了。

我要去干什么呢？试图恢复我感情的秩序。如果我写小说，我绝不能接受这样一段故事：一颗心同时爱上两个人。由于我的过错，西尔薇离我而去，然而，那一日再见到她，还是足以使我的精神重新振作起来。从此，我把她置于智慧的殿堂之中，有如一座微微含笑的雕像。她的目光使我悬崖勒马。我更加用力地推开那个自荐于奥蕾莉的念头，为了与那些庸俗的情人较量一番，他们可以在她身边闪光一时，然后却将跌得粉碎。

"有一天会知道的，"我想，"这个女人是否有一颗心。"

一天早晨，我从报上看到奥蕾莉病了。我从萨尔茨堡的山中给她写了一封信。这封信浸透了德意志的神秘主义，我不会对成功寄予很大希望的，因此我并未要求回信。但我还有点儿指望着偶然性或那个"一个不相识的人"的签名。

几个月过去了。在奔波和玩乐中，我开始写诗剧，写的是画家科洛纳①对美丽的洛拉的爱情，她的父母让她当了修女，而他对她至死不渝。这主题中有某种东西与我一直耿耿于怀的心事有关。我写完最后一句诗，就只想着回法国了。

对于这个并不属于许多人的故事，现在还有什么可说的呢？在人们所谓剧场的考验中，我经历了种种磨难，

---

① 作者曾打算写诗剧《弗朗西斯科·科洛纳》，未果。

正如爱罗西①的新手们一句表面上毫无意义的话所说的那样："我吃的是鼓，喝的是钹。"这句话无疑是说：在必要的时候，应该突破无意义和荒诞的界限，即是说，理智之于我，就是征服和确立我的理想。

奥蕾莉答应扮演我从德国带回的戏的主角。我永远也忘不了那一天，她允许我为她朗诵剧本。爱情的场面是特意为她写的。我认为我是用心灵，特别是用热情来朗读的。在谈话中，我泄露出我就是那两封信中的"不相识的人"。

"您真是个孩子，"她说，"但是来看我吧……我从未见过一个人知道怎么爱我。"

噢，女人！你在寻找爱情……那我呢？

后来，我写过最温存、最美好的信，她肯定从未收到过类似的信。我收到过她的信，信中充满了理智。有一阵儿，她动了心，唤我到她身边去，向我承认她难以断绝一段过去的恋情。

"如果您爱我确是为了我，"她说，"您就会理解我只能属于一个人。"

十个月之后，我收到一封充满了感情的信。我急忙跑到她家里。路上有人告诉我一个重要消息。我那天夜里在俱乐部里看见的那位漂亮年轻人刚刚加入北非骑兵。

夏天，尚第依有赛马。奥蕾莉所在的剧团要去那儿

_____

① 爱罗西，希腊城市，著名悲剧诗人埃斯库罗斯的故乡，此处喻剧院。

演戏。剧团到后，有三天要听命于经理。我已经成了这个
正直的人的朋友，他曾是马里沃^①的喜剧中的多朗特，长
期担任英俊小生的角色，最近一次成功是在一出模仿席勒
的戏中扮演情人，我透过单眼镜看到他满脸皱纹。从近处
看，他显得更年轻些。他身材瘦削，在外省还颇有魅力。
他有激情。我以诗人的身份随团前往。经理最初倾向于去
贡比涅，我说服他去桑利和达马尔丹，奥蕾莉也同意我的
意见。在他们与剧场主人和当地政府谈判的时候，我租了
马匹，踏上了去科麦尔的路。我们在湖泊间穿行，要赶到
布朗什女王的古堡吃午饭。奥蕾莉斜坐在马上，金色的头
发随风飘扬，俨然是昔日的女王穿越森林，农民们一个个
都看呆了。F夫人是他们见过的举止最庄严、最优雅的女
人。午饭后，我们进入了一些酷似瑞士乡村的农庄，那里
有以诺奈特河水为动力的锯木场。这些我喜欢回忆的景物
使她很感兴趣，但并未留住她的脚步。我建议带她到奥利
附近的古堡去，到那片我第一次看见阿德里安娜的草地上
去。她显得无动于衷。于是，我就一五一十跟她讲了。我
跟她讲这爱情的根由，这爱情我常在夜里觑见，后来在梦
中得到，最后在她身上实现了。她认真地听着。

"您不爱我！"她对我说，"您期待着我对您说：
'女演员和修女一样。'您在寻找一场戏，就是这样，而
结尾您没有找到。走吧，我不再相信您了。"

这番话犹如一道闪电。我在那么长时间内所感到的那
些热情，那些梦幻，那些眼泪，那些失望，那些温情……

---

① 马里沃（1688—1763），法国作家。多朗特是其名剧《爱
情与命运的游戏》中的男主人公。

难道都不是爱情？那么爱情到底在哪里呢？

晚上，奥蕾莉在桑利演出。我觉得她对经理有兴趣，那个满脸皱纹的英俊小生。此人性格完美，对她帮助很大。

有一天，奥蕾莉对我说：

"爱我的人，就是他！"

十四、最后一页

这就是在生命的早晨，那些使人陶醉、使人迷途的幻影。我试图把它们固定下来，虽然有些杂乱无章，但有许多人会理解的。梦想一个个破灭，像果皮脱落一样，而那果子，就是经验。它的味道是苦涩的，但它有某种辛辣的东西使人强壮——请原谅我这陈腐的文笔。卢梭说大自然的景象慰藉一切。我有时在巴黎北部寻找我的克拉朗丛林。一切都已面目全非！

埃默农维尔！这古代牧歌还盛行的地方，在盖斯奈①的作品中得到了再次的表现！你失去了你唯一的星辰，它在我面前闪烁着双重的光芒。时而呈蓝色，时而呈粉红色，宛若金牛座的α星，那是阿德里安娜和西尔薇，一股恋情的两半。一个是壮丽的理想，一个是甜蜜的现实。现在，你的树阴，你的湖泊，甚至你的荒原，与我还有什么关系？奥蒂，蒙塔尼，洛阿齐，附近那些可怜的小村庄，正在重建的夏阿里，你们没有保留一丝一毫过去的东西

---

① 盖斯奈（1730—1788），瑞士作家，以描写田园风光著称。

呀！有时，我需要再看看这些孤独和梦幻的地方。我伤心地在我身上发现那个时代的倏忽即逝的痕迹，那是一个不大自然的时代。有时候，我不禁微微一笑，我在花岗岩上面读到一些鲁谢①的诗句，我觉得它们是卓越的；或在奉献给潘神②的水泉和山洞上方读到一些行善的格言。花了那么多钱挖就的池塘徒劳地展开它那停滞的水面，天鹅不屑一顾。那个时代一去不复返了，那时，孔代家的狩猎队伍浩浩荡荡，女骑手英姿飒爽，猎角遥相呼应，回声此伏彼起！……今天，要去埃默农维尔，已经没有直达的道路了。有时，我经由克雷伊和桑利，有时，则经由达马尔丹。

到达马尔丹时，总是晚上。于是，我就睡在"圣约翰的形象"旅店。通常他们给我的那个房间相当干净，挂着旧壁毯，镜子上方还挂着画。这个房间表现了对于旧货的一种残存的爱好，其实我早已放弃了那种嗜好。那儿有当地流行的鸭绒被，很暖和。早晨，当我打开被葡萄和玫瑰围绕着的窗户时，真是心旷神怡，几十里之外，是一道绿色的天际，白杨树一排排犹如军队。有几个村庄参差错落，各自的钟楼都是尖尖的，如同当地人们所说，修成了骸骨尖的样子。我首先辨认出奥蒂，然后是埃佛、威尔；如果有钟楼的话，就可以越过树林看到埃默农维尔了，然而在这块哲学的圣地上，人们忽略了教堂。我在这高原上用如此纯洁的空气填满胸膛之后，就高兴地下了楼，去糕

---

① 鲁谢（1745—1794），法国诗人。

② 潘神，希腊神话中的山林、畜牧之神。

点铺转一圈。

"你在这儿呀，大个子卷毛儿！"

"是你呀，小巴黎人！"

我们像孩子一样相互友好地捶着，然后我爬上楼梯，两个孩子快乐地喊叫着，欢迎我。西尔薇的雅典式的微笑使她高兴的面庞容光焕发。我心中暗想：

"这也许就是幸福，然而……"

我有时叫她洛洛特，她也觉得我与维特①有几分相像，除了手枪之外，但那已不时兴了。大个子卷毛儿忙着准备午饭，我们就带着孩子在椴树的浓阴覆盖的路上散步。在那些椴树包围中的，是古堡破旧的砖塔的残骸。两个孩子在弓箭手团的靶场上练习把父亲的箭插到草靶上，而我们则读几首诗或几页书，那种很短的书今天几乎已无人再写了。

我忘了说，奥蕾莉所在的剧团在达马尔丹演出的那天，我带西尔薇去看戏，我问她是否发现女演员像她认识的一个人。

"谁呢？"

"您还记得阿德里安娜吗？"

她大笑起来，说："想到哪儿去了！"

然后，仿佛自责似的，她又叹息着说：

"可怜的阿德里安娜！1832年，她死于圣S修道院……"

---

① 指歌德的小说《少年维特的烦恼》中的维特，洛洛特即夏洛特。

Questions

心乱

◎夏尔·斐迪南·拉缪

夏尔·斐迪南·拉缪（1878—1947），瑞士作家。生于洛桑，曾在巴黎住过十二年，最终无法抵抗阿尔卑斯山和莱蒙湖的呼唤，而把他的笔献给了故乡的山水、牧人和葡萄农。早期的创作具有现实主义的色彩，竭力塑造普通人在日常生活中的悲欢，特别重在顺应生活中的曲折而获得个人心灵的解放，颇具老庄哲学的神韵。后期眼界为之一变，力求从日常生活中开拓出更广泛的意义，从而使作品具有一种神秘的意味。他认为，"小说是一种诗"，而诗"不是哲学，不是描绘，不是雄辩，而是向内的折射"。他被认为是一个乡土作家，其语言是一种改造过的农民的语言，简单而明晰，别具风格。他毕生追求并为之奋斗的是瑞士法语作家的独立性，即既有本土性又有开放性的瑞士法语文学的独立性。他被认为是瑞士法语文学的最伟大的作家，他的代表作是《撒姆埃尔·博莱》《诗人的经过》《大山里的恐怖》和《德尔博朗斯》等。

《心乱》作于1913年，1935年发表，是一篇颇能代表拉缪的语言风格的作品。它描写了主人公的思想由混乱到清晰再到混乱直至无法控制的过程，将简单甚至重复的语言异常清晰地呈现在读者的面前，显得非常有力。作者把一个年轻牧人的简单却像飓风一样狂暴的心理活动过程在日常生活的琐细中一一道来，写得细腻而不乏曲折，可为人法。

心乱

赶着一群小牛上山的是一大帮人，但是下午，陪着他们的人就下山了，只剩下约瑟夫和巴蒂斯特两个人。他们要在一起待三个月。

在养牛的木屋中，总有七八个人，因为需要人照料它们，还要做奶酪，以及其他跟着来的千百件事情；但小牛不产奶，需要的照料少得多，只需每天晚上把它们赶回栏，早上把它们放出去，因此两个人就足够了。

人家雇他们是因为他们年轻，他们的工钱不那么多，这活儿也不需要有很多的经验，因此，无论是约瑟夫，还是巴蒂斯特，都还不到二十五岁。他们住在很高的山上，养小牛的木屋是最高的，常常可笑地架在山脊上，甚至紧贴着峭壁，那儿草地贫瘠，而且很快就无影无踪了。

就这样，太阳照着，相当热，已是6月底了，只是在最高的山峰的侧面，还有一块块的积雪。那一群人顺着小路下山了，消失了。约瑟夫着手修理牛栏的门，巴蒂斯特则为两张床铺上新鲜的草（他们带来了两捆新鲜的草）。床铺好了，门修好了，天也晚了，于是他们把牛归拢起来，赶回牛栏。

他们开始吃饭。他们存了些面包和奶酪，还有点儿干肉和做汤用的粗面粉，另外还有一头奶牛可以提供牛奶——生活是富富有余的。

他们在一张大桌子旁坐下，桌子是松木的，加工粗糙，到处是突起的节子，不知用肥皂和刷子洗刷了多少遍。两个人面对面地坐下，开始吃饭。他们还没有说一句话。

晚上，他们一直没有说话。太阳红红的，落在山后；忽然，一阵清凉的风吹过，他们下边的山谷迅速黑下来，他们还是不说话；最后，巴蒂斯特起身走了，不一会儿，约瑟夫也起身走了。

他们睡在屋顶下的一个小房间里，小房间通过一个檐口与大房间相连，有两方木板钉在墙上，那就是他们的床。人们看到，几个小时前，巴蒂斯特已经铺上了新鲜的草；除了草之外，还有两床用棕色羊毛做的大被子和一种权当枕头的东西。他们面对着面，他们的床都靠着墙；房间是长的，一头开着窗户。墙是干燥的石头，没有吊顶，只有屋顶，看得见梁，上面铺着大片的石板。在巴蒂斯特的床旁边有一面小镜子吊在钉子上；约瑟夫的床上挂着一幅画，画的是被天使簇拥着的、穿着蓝裙子的圣母。

约瑟夫走进房间，巴蒂斯特已经睡下了。房间里没有一盏灯，也没有提灯，但是有月光从窗户外射进来。在枕头窝里，巴蒂斯特的棕色的头清清楚楚，他的背朝外。他躺下的时间不长，他没有全脱下衣裳，约瑟夫和他一样。在山上一切从简，不过夜里常常是很冷的，风从屋顶的缝隙里随便刮进来。像巴蒂斯特一样，约瑟夫很快就钻进被窝，直挺挺地躺在簌簌作响的草上，但不像他那么快就入睡。实际上，巴蒂斯特打呼噜已经有一阵儿了，约瑟夫还在翻腾，叹着气，翻过来，掉过去，脑袋也换着地方，其实动也没有用，只是动一动他觉得舒服。时间一分一秒地过去了，他总是睡不着。突然，他胳膊一撑坐起来，两只手抱着头，看着前方。他这是在看什么？看巴蒂斯特。月亮向着地平线落下，越来越平地射出苍白而宁静的光；由于床很低，它只是一条窄窄的阴影；东西的所有细节都分外清晰，床上也是一样。巴蒂斯特睡着了，翻了一个身；他现在面朝外了，稍许拳曲的头发半遮着他的额头，约瑟夫自语道："他并不漂亮啊！"他看着他，觉得他的鼻子有些大，鼻头朝上，嘴唇很厚，下巴有力，但过于方了；他看着他，他发现他凸出的眼球上眼皮又薄又光滑；有两颗牙甚至龇出了嘴角，因为在这个位置上，嘴角微微地翘起；他在生气的同时，又感到惊奇，"她居然……她居然……"他想，"他毕竟比我还丑，大家都这么说，再说，这很容易看出来……所有的姑娘都笑他。为什么唯有她？"他又想："正是她不该这样啊。"

他坐在床上，自语道："得讲点儿道理才好。"

他一直看着巴蒂斯特，他只是努力地要自己平静下来。他就是这样从混乱到条理作了很大的努力，然后把他的想法一个个地排列起来，直到现在，他的想法搅作一团。得作一番推理了。"谁在那儿？巴蒂斯特在那儿……那么我为什么如此痛苦？"他的胸口已经发紧了，因为答案有了，答案可能刚刚冒头："我伤心，是因为他夺走了我所爱的人。"

秘密就这样泄露了，几乎是高声说出来的，他似乎知道了尚不为人知的真相，不管怎么说，这真相毕竟折磨了他两个礼拜。但是看清楚事情总要花时间，这就叫作看透。他对自己说："大家在一起，他什么都知道，我也什么都知道；他装作没事一样，我也是，只是彼此不说话，互相躲避——但是现在是夜里，他睡着了，我可以看着他。"

现在，这张脸在他面前，种种事情开始一齐涌上他的心头；另一张脸出现了，那是一张温柔细腻的脸，另一对眼睛，另一个鼻子，另一双嘴唇；他看见了水塘周围的草地，她俯身靠着他。"一直这样下去吧！"她说。他们还太年轻，要结婚还得等两年，所以她很忧郁。但是，很快，她的真正的性格又表现出来了，她抬起头。"没关系，"她说，"总能互相拥抱吧。"他们到灌木丛后面相互亲吻。很长一段时间，他们什么也看不见了。然后，他们周围的斜坡，左边的村庄，桤木和柳树后面的水塘，整个世界渐渐地出现了；他们看见水在闪光，看见水中的天，看见天上的云像船一样游动；他们肩并着肩坐在草地上，手拉着手，不说话。他太幸福了，不能想别的事情，他觉得这种幸福不可能有结束的一天。就这样，寒来暑往，夏天很快就过去了。有一天，人家要他赶着小牛上山，他自言自语道："夏天过得真快。"他庆幸自己是被迫离开她的。他找过西多妮通知她这个消息，他在她家里、广场上和其他地方都没有找到她，整个礼拜天他都没有找到她。终于，傍晚了，他不知道该想些什么，但是，两三天以后，他看见她进了商店；他在商店的门前等着她。她拿着一大包盐，紧紧地压在左胸前。"您要怎么样？"她说。而他，他感到喘不过气来了，他不明白，他不愿意明白，他想："会解释清楚的。"他跟着她，她甚至连头也不回。"西多妮，西多妮，你怎么了？"她根本不回答。她高扬着头，骄傲地走着，这是她平常的姿态，因为她是一个要人家尊敬的姑娘，反正她是骄傲的。他又叫了两声，她一直不回答。她走得更快了。"西多妮！"没有回音，她回家了，家里有她的父亲和母亲，他们坐在桌子旁喝咖啡。于是，他跑了。他跑得很远，跑到树林里，坐在一棵松树下；一只松鼠顺着树干爬，不理会他，可能根本就没看见他，他是那样地一动也不动。他心乱如麻，开始他理不清，后来，他自语道："她是爱上另一个人了。"他终于发现他没有弄错。

不过，事情总算是过去了！还有一件事，就是这另一个人就在他面前的床上，两张床之间什么也没有，周围是一片沉寂，这一片狭窄的空间需要越过。一阵小风吹起来，石板上滚动着细碎的石子；约瑟夫还支着两肘，另一个人还在睡。这下，他们要在一起待一个夏天，三个月，他们待在一起而不说一句话。早晨，他们要打开院门，顺着斜坡赶牲口，把它们带到草还没有被吃光的地方，然后他们就下来。除此之外，他们还要在木屋中做家务；然后就没事了，他们得相互躲避，尽量少碰面；但是，他们吃饭的时候总要碰面。"他总是什么也不对我说，"他想，"因为他不愿意了解我，我也不愿意了解他……他感到我生气他也生气，他蔑视我。可是我……"他不敢想得更远了，再说，这一切都没有什么。可是她，她又出现了，她的嘴唇是红的，她莞尔一笑。对谁？……约瑟夫望着另一张床，同时，他的整个身体前倾，微微偏向一侧，抬起了头，下巴向前；怎么？应该做什么？"难道我能够忘记吗？……我永远也不会忘记。"上帝啊！上帝啊！他激动得床都喀喀作响，突然，他朝后一仰，因为巴蒂斯特也动了动；约瑟夫只是在阴影中半睁着眼，看到他也睁开了眼，左看看，右看看，仿佛不安的样子；然后在床上坐起来，打了一个长长的哈欠，大概是放心了；终于他又躺下了，好像又睡着了……然而，还是不要太性急了。约瑟夫又等了一会儿。现在，巴蒂斯特重新打起鼾来。对于约瑟夫来说，则又是刚才那一套；他不是不能想着睡觉吗？他压下了一声叹息，但是抱怨还是来了，尽管他不愿意想，但是他想得并不少："啊！他们多幸福啊，他们确信一颗心和一种友谊，两双忠诚的眼睛保护着他们！""他偷走了我的一切，这个巴蒂斯特！"他一直想下去。他攥紧了拳头。"如果他消失掉？"好啊，如果他消失掉，可能是一件好事，可能是一件好事……和姑娘们会发生什么事，谁知道？没有什么不可能的，当她说："约瑟夫不错，我很孤独，我厌烦。"他大怒，因为他想："都是他，他一个人破坏了一切，他从我的手中把她抢走了。"他突然感到很有力。有一种很简单的办法，既然他睡着了……那多好啊！他只需去找一根绳子，血也不会流。巴蒂斯特睡着了，这很容易；不等他醒，一切就结束了。他只需抱住他，把他拉向自己，弯下身来；他抓住他的手，他感到他的体温；身体还是软的，他可能很沉，但没有关系，人愿意的时候就会有力气，他会穿过空旷的牧场，直走到峭壁旁，把他推下去。他会下到村子里，说："巴蒂斯特去找花，跌下去了。"人们不会过于惊讶，人们会想："这是为了他的情人，人在这时候会昏了头的。"那她呢？他不想知道。他没有事先就听见那一声呼喊吗，但是他不想；

现在，她只是抱着头，轻轻地晃着，唉声叹气仿佛唱着一支小曲，而他在她身旁，他知道他要做什么，因为无论如何在这颗心里将有一片空白；他只需说："让我来开始吧。"便会大功告成。

他行动了，谁也听不见一点儿声音；他稍稍向后，用双手在身体的两侧支着，然后他抬起一只脚，慢慢地伸直了腰，伸出了被窝。月光下，可以看见他的一只脚，白白的。他在地板上放下脚，然后伸出了另一只。的确，一点儿声音也没有，一切都进行得十分顺利。现在，他坐在了床沿上；他只需站起来，但是，他没有站起来，他又看了看那张床，又不动了。他好一会儿一动不动，然后，突然间他收回了脚，直挺挺地躺下，裹上了被子。

再也没有什么了。只是他的肩膀有一种隐约的抽动，一个肩向上，一个肩向下，而现在，不是有一种奇怪的细微响动，仿佛水在沟里流动吗？

然而，人们还是可以听见点儿什么，就是小牛的铃声不时地在院子里轻轻地响起，那是一头牲口醒了，伸懒腰，伸长了脖子；或者困于跳蚤的叮咬，在栏门上蹭。

夜笼罩了一切，天空散布着一串串珍珠项链；在他们下面是黑洞洞的山谷，所有的东西都静止不动；还有，就是巴蒂斯特在打呼噜。

后来，那边，山的后面出现了一小块灰色；两个人起床了，他们劳动了一整天。另一天来了，接着又是一天，他们继续工作，但是他们不说话，由于我们看到的一切，他们甚至互相都不看一眼。

就这样过了一个礼拜，他们还是没说一句话。礼拜天了，那一天天气非常好。礼拜天不像平常那么紧张，大家起得不那么早。约瑟夫醒的时候，看见巴蒂斯特的床空了，感到很惊奇。巴蒂斯特不但起床了，还吃过饭了，约瑟夫到厨房的时候发现了，他们热汤的一个铁盆半空着，还冒着热气。

于是，紧接着惊奇，约瑟夫感到了不安。他心不在焉地把勺子伸进了汤盆，他又心不在焉地把勺子送进嘴里，一边偷偷地看着他，他想："他不会在外面待很长时间的。"

果然，过了一会儿，他听见巴蒂斯特走近，他那沉重的拖鞋拍在权当铺路石的平平的大石块上，他在门口停住。

巴蒂斯特出现了，约瑟夫装作没看见。

巴蒂斯特走向房间，没有看他，他也是；走到门口时，他似乎想要进去；突然，他转了个身。

"听着，我得下山。"

他说得生硬、冷淡，仿佛说话很费劲儿似的；基本的词说出来后，他就立刻停住，让人明白他没有其他的解释好作。然后，他等着回答；没有任何回答。

约瑟夫继续喝他的汤，从嘴到汤盆，他的胳膊上上下下，动作机械而有规律；人们甚至不知道他听见了没有。

巴蒂斯特又等了一会儿，然后，用同一种语气说：

"你明白，如果我对你说这些，是想让你明白是怎么回事，你得做应该做的事，别指望我会在半夜之前回来……"

总之，的确是他要求帮忙，因为约瑟夫要做双份的工作，这是他没有想到的；既没有说"请你"，也没有说"如果合适的话"，还不如说他下了个命令。约瑟夫会怎么想呢？他好像没有想什么。他回答道："我明白，你只管去你的。"他已经又开始吃了，巴蒂斯特现在已经进屋了。

阳光明亮，约瑟夫把牲口赶出栏之后又回来了；那个人一直待在房间里。

通过权当作门的檐口，约瑟夫朝里边望了一眼；他看见巴蒂斯特从床底拉出一只藏着的提箱，打开；他正在铺开礼拜天穿的衣服，一件上衣，一件背心和一条裤子，他细心地将衣服摊在床上；然后，他拿出一把剃刀和一块肥皂。

他在一个当作脸盆用的旧沙拉盆里倒上水，然后走近窗户——那儿挂着一面小镜子，他开始刮脸。

约瑟夫真想喊出来，他是那样地痛苦，但是骄傲制止了他。

他在厨房里走来走去，装出把一切都整理好的样子，好像对旁边屋子里发生的事情并不在意，但是他的思想纷纷站立，用爪子从内里抓挠着他，仿佛它们想出来。"天气这么好，"他想，"他是要和她会面了，她肯定是在等着他，他们有约会。"这时，他看不清楚了。在镜子前，巴蒂斯特在涂满肥皂的腮上拉动着刀片。

最后，约瑟夫坚持不住了，他得逃出去。就在木屋的后面，有一个陡坡，往上通向一块绝壁；草地上散布着几块滚落下来的大石头，草有几处已经变短、变黄，已经被啃过了；在松软的土上，到处是牛蹄子踩出的一条条的羊肠小路。那里，或集中，或分散，三三两两的牛正在吃草，这里那里，毛色不同，黑点、白点或红点慢慢地前后移动。一阵阵铃声传来，但是很微弱，迅速地被风吹散，四下里传开；他上去了，这个约瑟夫饱受折磨。

他胡乱地走着，只是为了动一动，他走了很久，直到木屋变成地上的一个灰色的屋顶，因为人们是从上面往下看；他躺在草里，他的头向前伸着。

突然，他抬起头，因为有人走出了木屋；那只是模模糊糊的一个小点，但是约瑟夫有一双好眼睛。他看得很清楚，巴蒂斯特一身黑，戴着一顶黑帽子，衬衣上还有一个领子。他走得很快，几乎是跑；转眼间，他就到了小路的拐角处，在那儿消失了。

他想："天气从来没有这样好，他穿上了崭新的衣服，所有新的东西他都带上了，他事先知道……而我（他看了看自己，一条旧裤子，还是破的，脚上是一种布满灰尘的、不成样子的东西，那是他干活时的鞋，还有他的脏衬衣的袖子）……我是穷人，简直就是被遗弃的！"

这些词碰撞着他的脑门，他又低下了头，慢慢地摇着脑袋，眼睛无目的地望着陡坡，这时他合起了双手，把双肘放在了膝盖上。

他待在那里，不需要怎么抬眼，就能望见山谷的空荡荡的巨大豁口，相反，不看见它是不大可能的。约瑟夫本能地回避，因为那里有明媚的阳光，那里是村庄，那里有失去的幸福。这就是为什么，现在他闭上了眼睛；他继续晃着头，哄骗着他的思想，仿佛一个想睡觉的孩子。

然而，他做不到，他站起身来，他迫切地需要动一动，他握住鞭子把儿，把它举了起来。他喊着，在牲口后面奔跑；它们吃了一惊，回过头来对着他，然后晃动着铃铛撒腿就跑，显然它们并不理解他。而他则继续喊叫，抽着鞭子；或者一个人大笑，仿佛喝醉了一样，或者一屁股坐下，不再动了，然后又跑。在他周围，是洒满阳光的群山，是空气中弥漫着的礼拜天的气氛，也就是说，是欢乐的日子，因为在下面响起了钟声，而钟声在说："和平，幸福，信任。"下面是钟声，这里是阳光……

"在我身上，又怎么样呢？"他问自己。时间一点一点地过去，这一天也快过去了。他没有回去吃饭，他也不想吃饭。他待在原地一动不动，已经很长时间。"在那里他们干什么？"那里是钟声，那里是真正的礼拜天，所有的路上都是姑娘，围着五颜六色的头巾，她们喊着，从一条路到另一条路。"上帝啊，他们在干什么？那边，这个时候？晚祷应该结束了，三点的钟声应该响起来了，他们自由了，他们想去哪儿就去哪儿，他们要到水塘边上吗？……当然，因为他们都藏起来了……可以藏在一棵柳树后边呀。"他自语道，"他们在一棵柳树后边，或者到上边的树林里去，反正这个时候他和她在一起，他说，她答，她的头微微向前，小小的下巴圆圆的，从下边狡黠地望着他，像从前对我一样……上帝啊，上帝！"

几点了，不大清楚，在人生的某些时刻，是没有钟点的。他望了望太阳，太阳已开始下山了。突然，一阵巨大的喜悦袭上心头，他想："巴蒂斯特快回来了。"

他算着，他对自己说："他可能已经上路了，因为上山要整整三个钟头，他想天黑就回来。"并不是一切都已失去，至少现在他们不能在一起了。

就这样，他突然没有道理地感到勇气十足，不过，事情的发展往往是这样。这时，他发现他还没有做他应该做的事情，他跑去给牛挤奶，然后，夜深了，他把牛群赶进栏里。

他大声吆喝，鞭子抽得嘎嘎响，他赶着牛群，不过这一次他是在坡下；牲口一头一头地从开着的门中走过，当它们都进去的时候，他关上了门。可怜的屋顶又旧又破，上面平铺着木板，下面是分岔的木桩，大部分早就没了：雨打、霜冻、风吹、年深日久，剩下的显出一种干燥的、灰突突的样子，很可笑。里面住着牲口，夜里一个挨着一个，肚子圆圆的，背上面有一根长长的、突起的脊梁。牲口在原地踏了一会儿脚，接着，一头牲口往前一动，歪着身子躺下了，一头跟着它，又是一头……渐渐地，铃铛的声音消失了，只是偶尔会有一两声犹豫不决的轻微的铃声，周围是一片深沉的寂静。

他站在那儿，穿着他的旧衬衣、旧裤子和大而硬的鞋子。他朝四周看了两三回，这时，悬岩在黑暗中闪着奇怪的苍白的灰光，仿佛它们从里边被照亮了，他看到这的确是夜里了，他想着那个人已经回来，可是突然他发出一声大喊："他没有回来！"

他颤抖了，仰起了头，半张着嘴，仿佛一个人被扼紧了喉咙。他向前伸着头，抬起了手，又放下了；他摇着头，一只手握着另一只手，叹气，走了一两步，重又站住；然后他对自己说："我去艾塞尔特怎么样？我会在路上看见……"

那是在牧场尽头的一个向前突出的山嘴，下面是一堵峭壁，小路弯弯曲曲地环绕着它。在那儿，整个一条路几乎尽收眼底。于是，他朝那儿跑去，他不能不这样做。

他有一只表，他看了看时间。已经过了九点，巴蒂斯特还没有回来。在他的脑海里，画面又从四下里涌现，先是冲撞，然后交织成一片，先是乱成一团，然后又一个套着一个，一个补充一个，而他则无意识地用右手薅起几把草："既然他待了那么久，既然他待了那么久……"可是她应该回去吃晚饭，她的父母不让她晚饭后出门，这么说，她已经得到允许，事情应该完全弄好了……他感到嘴发干，同时，他感到太阳穴下有一把小锤子……现在，他那么清楚地看见了她。他们面对着面，几乎挨着，她把手放在他的肩上，说："如果你愿意的话，我可以陪你走一段路。"他们开始并肩爬山，他搂着她，手平放在她的腰上，那腰还在动；她呢，她歪着头，好像在寻找肩窝；他们就这样走了一会儿，没有说话。后来他们坚持不住了，他们走到一个地方，路是凹的，于是……但是约瑟夫此时只看见一缕红色的火光。一阵抖动直穿他的全身，从头顶直到脚跟。过了一段时间，他才看见蔚蓝的、柔软的天空，他才看见更加阴暗的大窟窿，一片片阴影仿佛垂下的帘子——他才看见路，他才看见桥下汹涌的溪水，也许现在巴蒂斯特就要出现了……不，巴蒂斯特还没有回来，他对自己说。

他掏出表来，已经过了十点钟。他又久久地不动了，他又掏出表来，十点半了。路上没有人。他一直在想，画面一直出现，他越想画面越多，很快，他觉得脑袋要炸了。不过，他一直待在那儿，因为他对自己说："只要我看见他，我就轻松了。"很快他就睁大了眼睛，盯着那个地方，仿佛要用眼睛把巴蒂斯特拉出来，远远地让他过来，就像磁石吸铁一样。

不过，这没有用。那个时刻终于来了，他无论如何也待不住了。他站起来，弓着腰，趔趔趄趄地走着，好像喝多了，仿佛有一个重物拖着他向前，以至于每走一步都像往前跌倒一样。

他还能回去，但是他甚至没有力气脱下外衣，一头就栽在了床上。

"我应该平静下来，我应该睡觉，结束了，我感到结束了，只好接受……"他不再抵抗了，他只是非常伤心。"这不是他的错，我会对他说的，我会对他说我不怨他，他会理解我的，他将成为我的朋友。"约瑟夫没有哭，但是人们感到他的眼泪就要流下来。只需一句好话，眼泪就会流下来，而这对他有好处。"啊！是的，我会对他说的，我会对他说应该说的话。"人的变化多么快啊！他变得很温柔，他需要巨大的柔情和怜悯。一点点善意就可以使他放弃一切，一句话就行，犹如一个小孩跌倒了，他的母亲扶起他，抱着他，对他说："我朝这个包吹一吹，它就不疼了。"

他等着，感觉好多了，他不再烦躁了。时间过去了，直到外面响起了一阵脚步声，那脚步很快，约瑟夫不由自主地转过身去，拉上了被子。

正是巴蒂斯特，他进来了。他的黑毡帽戴得很靠后，他的脸色有点发热，因为他走得很快。他朝约瑟夫看了一眼，以为约瑟夫睡着了。

他把帽子挂在钉子上，脱下外衣，弯下腰，从床下拖出提箱。他没有一点儿小心的意思，甚至也不怕惊醒了约瑟夫——他在夯实的土地上拖着他的粗笨的鞋，弄得山响，他甚至还咳嗽；但是约瑟夫动也不动。巴蒂斯特继续脱衣服，把衣服叠好塞进箱子之后，他又把箱子推回床下。

"巴蒂斯特！"

听到这突然的一叫，他浑身一抖，头也不由得歪向声音来的方向。他看见约瑟夫坐在床上，看着他。

巴蒂斯特耸了耸肩。

"巴蒂斯特，"约瑟夫说（他好像没有意识到他的动作），"巴蒂斯特，还是融洽一点好，不能再这样继续下去了。你看，巴蒂斯特，我考虑过了，大家在一起要三个月呢，如果一直像现在这样生活，大家会坚持不住的……所以我想跟你说一说……真的，我没有怨恨了，我对你发誓，我不再忌妒了，你想怎样我就让你怎样，我不再想她了，我向你保证。但是，我希望你不要再怨我，大家做朋友吧，怎么样，巴蒂斯特？"

人们看到，那个人不相信，他好像不大放心，这段长长的演说是否藏着一些阴谋？他不再往前走，越发紧张，他退了一步，拧起了眉毛，两眼之间现出一道皱纹。

但是，约瑟夫还在继续，好像什么也没意识到；他刚一停下，马上就又开始了。

"我太痛苦了，"他说，"当你上路的时候，你以为我不知道你去哪儿了吗？你以为我没有立刻就想到她在等你吗？一整天了，我一直在想着你，真的，这使我苦恼，这使我精疲力竭，这毁了我，不该继续下去了……你只要告诉我，你是不是见到她了……"

"这跟你有什么关系？"

"只是想知道，我会不再那么痛苦。"

然而这一次，巴蒂斯特完全生气了，因为他大概没有明白。他大声地喊道：

"这与你有关吗？"

"你一点儿也不知道，这使我多么痛苦，你告诉我，我就会平静了。我知道，这不是你的错……"

"住嘴！"

"不，"约瑟夫温和地说，"请你告诉我，你看到她了吗？"

"我当然看到她了。"

"啊！"约瑟夫说，"我早想到了。"

他这样说着，他的语气一直很温和，很平静，顶多有点儿低沉，在句子结束时突然减弱，因为他喘不过气来。他又问：

"她对你说话了吗？"

"她当然对我说话了。"

"她对你说什么了？"

巴蒂斯特大笑。

约瑟夫肯定是疯了，于是他不再感到局促不安了，他现在用尽全力笑起来，一屁股坐在床沿上。

"好吧，你装作一个男子汉！她跟我说什么？你想让她跟我说什么？她跟我说她很爱我。"

他本想说下去，可是他不能，约瑟夫又叫了他一声。

"巴蒂斯特！"他吼道，"巴蒂斯特！"他的声音变得那么沙哑，简直让人认不出来了。

巴蒂斯特抬起了眼睛。约瑟夫用手支起身子，脖子向前，眼睛像猫一样闪亮。他第三次喊道："巴蒂斯特！"然后，他发出奇怪的笑声，他说：

"你知道，我不让你这样说。"

"什么？"巴蒂斯特说，"你不让？！你想让我说而你又禁止我说！你以为我愿意说吗？"

"我嘛，我不愿意。"约瑟夫说。

不知道他说得正经还是不正经，人们知道的，是他的声音颤抖得可怕，连床都震动起来。然后，他改变了口气，央求道：

"告诉我，你没有见到她！……"

他就这样央求他，又说：

"就这一点，你没有见到她……"（这与他先前的祈求正相反，因此不必对巴蒂斯特的不耐烦表示惊讶。再说，接受这样的命令不会让他高兴，他转过身去，背对着约瑟夫。）

他背对着约瑟夫，身子微微向前，拉了拉被子：

"我跟你说我见到她了，现在，别打搅我了。"

他一直背对着约瑟夫，抬起腿想上床。这时，他听见约瑟夫起来了。事情很突然，他根本没有时间作出一点反应。他刚刚抬起肩膀，想转过身来，墙边的一把铁锹已经被抓起来，现在，铁锹的刃到了他的头上，正要砸下来。他抬起胳膊，第一下把他的手劈成两半，他想喊，第二下已经落下来，第三下，巴蒂斯特就倒了……但是铁锹不停地砍，砍了很长时间。

他在小溪旁停下来，正好那儿有一座桥，他曾经在那儿长时间地等着巴蒂斯特，他自语道："他大概死了，他不再动了。"

他对自己说："我得洗一洗，我大概浑身沾满了血。"

他伸出胳膊看着自己的手，的确，他的手都红了。他在月光下翻来覆去地看他的手，它们的颜色令他吃惊。

在他衬衣的袖子上，一些古怪的暗斑开始出现；他的裤子上，膝盖弄出的鼓包也留下两个黑色的圆痕。"这是因为我跪在他的身上，"他想，"这没关系，我会洗掉的，不然她会害怕的，如果我洗了，她就什么也看不出来，我会对她说：'西多妮，我来看看你，然后我就永远地走了……'"

他快到村子的时候，天还没有亮。月亮已经落在山后一会儿了，如果不是裹在云里的残留的月亮还有一些反光的话，天就是完全黑的。这样，还有一种模糊的亮光，可以一边等着天亮一边走路，不能再耽搁了。

他站在一丛灌木后边，两只眼睛寻找着西多妮的房子，她住在父母家里。

那是孤零零的一座房子，离道路很远，但是到那儿很容易，不必经过村子，只需在草地上拐个弯儿，再说人们都睡了。

他往前走，没有犹豫。他贴着树，在树叶的掩盖下谨慎地走着，因为那儿有一个果园，稍微再远些是水塘。他想："这是后边的窗户。"

过去，天气好的时候，他来过这里，夜里他也来过，因为即使是在夜里，他也不能没有她。他碰到了外板窗，外板窗关着，那是些涂成蓝色的小外板窗，他多少次地站在那里啊！这是突然发生的事，仿佛刚才的事被取消了一样，而他手上的血，他袖子上的痕迹……他忘记了这一切，他先是轻轻地撞着，接着越来越用力，完全像在天气好的时候一样。她大概睡着了，他更加用力——这下有人回答了，不过他听不清楚人家在说什么。

　　现在，他用指甲挠木头——完全像过去一样。他听见有人在动，一个声音传来了，不是吗？

　　"是你吗？"

　　他低声回答：

　　"是我。"

　　完全和过去一样，这种不光彩的事情，他当然梦想过，他的那些梦，即便是现在，也已远去了。昨天她还在那儿，他像平常一样又回来了，他又说："是我。"她说（几乎听不清楚）："等等，我起来了。"他说："你有的是时间。"

　　房间里有响动，她肯定在穿衣服，因为她是一个很听话的姑娘，她总是穿戴整齐，然后再给他开门。再说，她也得谨慎小心地穿衣服，不能让人听见地板发出的轻微的喀喀声，不过这些老房子什么都是木头的，人们并不在意，她的父母从来也没有发觉什么。他很高兴，他想快乐地喊，他事先就沉浸在她的嘴唇的滋味中，事先就融化在里边了。一切都在旋转，只有腿还支撑着……但是，要不要说话？

"说吧。"

"说什么呀？"

"你怎么还没走？"

"我为什么走？"

"你说你要上山。"

"上山？到哪儿？"

"是上山啊，因为我陪你走了一段路……"

"一段路？"

"也许你改变了主意。或者你想给我一个惊喜？啊！如果是这样，你看，我就更爱你了，巴蒂斯特……"

那个名字终于出现了，他不等话说完，就逃了。这一次，他不能不懂了，而他做的第一件事情就是洗手，看到一双干净的手，他很惊讶。他的心被狠狠地撕裂了，翻腾起来，现在，他颤抖了，他颤抖了，他觉得人们在很远的地方都能听见他的牙咯喀作响。他站在一棵小树下，完全被遮住了。正在这时，外板窗开了，一张模模糊糊的脸和一个隐约而明亮的身影出现了；黑暗中，有人说话：

"巴蒂斯特，为什么你跟我闹着玩儿？你知道，我们没有多少时间……"

的确，天似乎快亮了。有某种灰色的像细微的波浪一样的东西在空气中飘动，房子的橙红色的木头开始呈现出它的颜色。她不知道该想什么，更不知道该做什么；待在那儿，她不敢；回去吧，她又遗憾。她开始害怕了，她不过是试试而已，伸着头，朝四下里望望，说了一句：

"巴蒂斯特，你太坏了。"

她朝后退了一步，她看见他从树下出来了；对她来说，一切都变得清楚了，因为他发出一阵可怕的笑声。不过，开始的时候她并没有认出他来。伴着这一阵可怕的笑声，他直奔她而来。她张开嘴想喊，但声音没有出来，她说不出话了；约瑟夫走得更近了：

"你看，我不是巴蒂斯特，我是约瑟夫，从前的约瑟夫。"

她不动了，他现在就在她身旁。他又笑起来。

"他嘛，"他说，"他回不来了……"

他大声说，跟着又笑起来，他不在那儿了。他在越来越亮的晨光中，从水塘边上逃走了。而她，她朝一边倒下，就像一棵树从根部被锯倒了。

Vieille France

古老的法兰西

罗歇·马丹·杜伽尔

罗歇·马丹·杜伽尔（1881—1958）以卷帙浩繁、规模宏大的长篇小说《蒂波一家》闻名于世，获1937年诺贝尔文学奖，显示出他是伟大的批判现实主义作家巴尔扎克的卓越继承者。童年的杜伽尔就梦想成为作家，写过一些极不成功的中短篇小说。他的理想为父亲所不齿，遂被迫进入巴黎文献学院。然而，枯燥而严格的搜集整理材料的训练却给他带来了意外的好处，使他养成了准确、客观、冷静地对待外部世界及其演变的习惯。他32岁时写出的《让·巴洛阿》（1913年）是他的第一部成功之作。《蒂波一家》的写作长达16年之久（1920—1936），搜集的材料据说足有一卡车。人物性格的鲜明丰满，心理刻画的细腻深刻，历史氛围的准确真实，使作者当得起法国历史的"书记"的称号。

相形之下，《古老的法兰西》（1933）却是一篇颇为奇特的作品。严格地说，称它为"速写"似乎更为合适。然而，小说和速写，究竟以何处为界？一双邮差的眼，一辆邮差的车，不是让读者在一个偏僻的小镇中走了一天，看了一天吗？而且还是"下马观花"，深入家家户户中去，认识了一个小镇所能有的各式各样的人物，他们的身世、他们的苦恼、他们的希望，以及他们的追求。这是一个愚昧、迟钝、落后的世界，却不是一个与世隔绝的封闭的世界。这个行将崩溃的世界是与外界相通的，人们感到了外面的暴风雨正无情地鞭打着这个老朽的角落。疏朗中有细节，冷静中见褒贬，平淡中生突兀，这是写作上的特点，至于行文中的讽刺与幽默则时时可博得读者或一叹，或一笑，或一惊，或一怒。

古老的法兰西

谨以此简单的农村速写集献给克里斯蒂阿娜和马赛尔·德·考拜

一

若阿纽划着了一根火柴。

梅丽怒气冲冲地朝墙翻了个身。

"几点了？"

"一刻。"

他嘟嘟囔囔，下了床，推开窗户。太阳已经升起——7月末，太阳比邮差起得还早。天是玫瑰色的，沉睡的房屋是玫瑰色的，空无人迹的广场也是玫瑰色的，那里，树木拖着长长的影子，如同傍晚一样。

若阿纽穿上裤子，到院子里去小便。这是个大个子农民，淡棕色的头发，乱蓬蓬的，飞扬的尘土和风吹日晒使他毛发褪色，颜面不清。

三分钟工夫，他就准备妥当，套上护腿，戴上帽子，一直到晚上都将是这身打扮。

由于天热，梅丽只穿着短袖衬衣。她的一只滚圆的膀子撂在单被外面。

"轻一点儿，你会弄醒约瑟夫的。"

车匠学徒睡在上面阁楼里；因为邮差没有孩子，那阁楼本来也闲置着不用的。

若阿纽没有应声。他可不在乎是否会弄醒那孩子。那孩子也不在乎自己被弄醒：他已经站了起来，穿着衬衣，光着脚，竖起耳朵听着。

他一听见邮差走了，就像猴子似的奔了下来，直到房间的门口：

"若阿纽太太，几点了？"

她正等着他。她两眼不安地盯着没有插上的插销，不敢出气地说：

"马上就半点了。"

好像门是玻璃的。她看见他站着，一只手搔着乱蓬蓬的头发，小鸡一样的细皮嫩肉，衬衣敞开着，忽闪着睫毛，半张着厚厚的嘴唇。

"好。"片刻之后，他说。他还在那儿站了一会儿，跟她一样，听着动静。然后，他三蹦两跳，衬衣在风中飘着，爬上了阁楼——傻瓜。

若阿纽太太听见他关上门，上了床。她吁了口气，腰一伸，打了个哈欠。然后，她插上门，开始梳洗。

骑车子，从车站到莫拜卢邮局只要五分钟，可是，从莫拜卢邮局到车站却足足要十五分钟，因为要经过的洛朗树林是上坡路。

若阿纽背着邮包，穿行在无声的房屋中间。

村镇狭长，只有一条路，为了环绕教堂，在村中心被加宽了，很难看。这个时辰，莫拜卢还在沉睡。广场上咖啡馆的主人包斯，是起得最早的人之一，他也还没有拉开百叶窗，甚至面包房也还关着门。面包师的日子过得悠闲懒散：两个老光棍，麦拉维涅兄弟俩，晚上轮流把面包放进烤炉，但是早晨两个人都睡觉，因为一个已经烤完，另一个还没开始卖。

费茹总是起得很早。他已经在柴堆前劈柴了，劈完再去干活。

"你早，老兄。"若阿纽喊道。

养路工伸了个懒腰，点点头作为回答。他的后脖颈老是弯着，仿佛背了一口袋面粉。这费茹可是个人物：去年，他出走了十七天，十七天杳无音信，警察都介入了。人家不得不在路桥局的公告上把他列为失踪。可是后来，一天早晨，人们又看见他了，在路中间埋头弄着卵石，自行车放在沟里，背包晾在草丛中。没有人知道这件事的底细——甚至连若阿纽也不知道。他同维尔格朗德的娘儿们鬼混去了吗？他一个人走的吗？他是心血来潮，自己愿意走的吗？他丢下四个娃娃、生病的老婆、上司、养路的小车，是为了忘掉一切，重新开始更好的生活吗？是什么原因又把他拖回到他的石子前？悔恨？苦难？习惯？还算运气，由于他家人口多，区长阿纳尔东才算争取到督察员不砸他的饭碗。

只剩下最后几幢房子了，再过去就是公墓。坟墓中间，一尊为纪念死者而用花岗岩雕的正在拼刺刀的士兵像，总是喜气洋洋。这是个老伙伴了，像个气压表——下雨的日子，他全身黑色；下雾，他就具有石板的颜色；而在灿烂的阳光下，他就变成蓝色。好家伙，恰恰是天蓝色，他的撒满碎玻璃碴儿的头盔，正闪闪发亮。

他用力一蹬，经过一座小木桥，过了叶莱特河；然后过总是那么清凉的伊勒河，那是一段沼泽地，夹在河的大小两条支流间，现在还笼罩在早晨的水汽之中；然后腿上再一使劲儿，越过叶尔河上的一座拱形老石桥。现在该上坡了，直到车站，中间经过一片乌鸦盘旋的田野。早晨的大自然洁净、安详，百鸟啁啾，已感到炎热的威胁，尽管它们还在高空中翱翔；路上，空气温和、凝滞，还有些凉意，犹如春光明媚的那些日子。路旁的野草沾满尘土，被羊啃过，被昨天的太阳晒得焦黄，仿佛趁着夜晚和露水又绿了起来。

邮差推着自行车，低着头，大步爬上山坡。他熟悉路上所有的坑坑洼洼，每一块重修的地方，每一堆石子，每一丛灌木。什么也不能使他内心的思考分神。然而，在路的拐角，他总要停下几秒钟，以主人的身份，朝洛朗树林那边山坡上他的葡萄园望上一眼。葡萄园坐落在一棵枝叶婆娑、其冠如盖的大核桃树和一排迎风挺立的桃树之间。

火车五十五分才进站。若阿纽总是提前到。十二年中，火车和他只有一次没有碰上，差了三分钟：那一天，若阿纽以为面包房失火了。再说，人们永远也不会知道麦拉维涅兄弟和他们的小女用那一夜在炉子里烧了些什么，肯定不是木头或面包皮。一窝小猫，像他们自己说的那样？这倒可能，因为有一股烧焦了的动物尸体的臭味儿。

车站到了，在山坡上。屋顶上冒出一缕轻烟，飘荡在梧桐树的枝叶间。独身的站长正在生火煮咖啡。

二

候车室从昨天晚上就关着门，里面充满烟斗和脏衣服的气味。

货栈的棚子底下，搬运工弗拉马尔，一个大力士，正把一筐一筐的蔬菜往小车上装。每天早晨，菜农鲁特尔在他的伙计的帮助下，从他的小卡车上把这些蔬菜卸下来。

若阿纽朝这三个人走去。

"一会儿路上就该热了！我说！"

"婊子天气！"满身大汗的大力士一边干活，一边嘟囔着。

鲁特尔没有应声。不过，他扁平的脸上也是汗流不止。但是，太阳越是晒，对蔬菜越是好：只要浇水就行了。在菜农的园子中央，有股永不枯竭的泉水。

弗拉马尔把一筐香喷喷的甜瓜拖向磅秤。鲁特尔去办公室办手续。

只剩下那伙计了。邮差懒洋洋地卷着一支烟。

"嗯，过一会儿，太阳就毒了！我说，德国兵！"

那伙计把车篷扣上。

"太阳就途（毒）了，系（是）啊……"

大家都叫他德国兵，他是巴伐利亚人，因为战争流落到此地。他身材奇特，发育不好，什么都长歪了。脑袋太沉，总是朝肩膀歪着。脖子又长又白，令人想到那些由于发育不良而成为同类的出气筒的家禽，脖子上的毛被啄得精光。然而，他却有一双梦幻般迷惘的眼睛，模样儿也讨人喜欢。他坐在汽车的踏板上，小声地唱起来。草帽的边儿在他头上宛如一圈光环。金褐色的眼睛盯着邮差，一抹笑意经久不逝。他像在睡梦中一样重复着：

"太阳就途了，系啊，雅（若）阿纽先星（生）……"

邮差走近弗拉马尔。他一个人正在磅秤前摆弄那些秤砣。为了不弄错，他大声地数着："二百五十二加二十，二百七十二……"他那公羊似的脸上的肉好像煮熟的一样，两眼深陷在鼓起的脑门和突出的颧骨之间，又圆又小，又蓝又呆——是醉鬼的那种呆，犟汉的那种呆。

"我得跟你谈谈。"他称完以后说。

若阿纽跟着他走向灯具室。

在这个属于大家的车站里，搬运工给自己留了这一角地方放煤油灯。在这儿油腻的抹布和渗油的灯之间，他可以安安静静地吃饭，尽情地想他自己的事。每天，第一班车到来之前，他拉来邮差吃点东西。他老婆给他安排好了：筐子里总是有两个人吃的。若阿纽也乐得享用，一年以来，他省去了早点。

在油腻肮脏的木板上，弗拉马尔摆上面包、酒和一盒沙丁鱼，他只一改锥就把罐头开了膛。两个人坐下了。窗外响起了尖细的铃声。

"离开梅居了。"若阿纽说。

他们照老样子，老规矩，不慌不忙地把一片面包放在左手心上。他们轮流地，弗拉马尔在先，若阿纽在后，用刀尖扎住一条油腻的鱼，在面包上摊布。然后，他们从面包片上切下一个小方块，麻利地放进嘴里，在开始用力大嚼之前，两个人都不忘用手背擦一擦小胡子。

搬运工不吃了，俯下身来：

"臭娘儿们，她想收拾顶楼。"

若阿纽刀子举在半空中，想了片刻，问道：

"干什么用？"

"改成一间屋子，她说。改成一间屋子好出租。"

弗拉马尔把两只粗壮的手举到胸前，喀嚓一声合上；然后，在一片沉寂中说：

"可我说：'不！'"

若阿纽小心翼翼地停留在泛泛而谈上：

"你得交租房税吗？"

"谈不上。臭娘儿们会算计，她比你我都内行。她说，所有费用付清，每个月可以给我带来至少三百、三百五十法郎。你算吧！"他给邮差时间去估量牺牲的大小，咬着牙重复说："去它的钱吧。我说：'不！'"

"是啊……"若阿纽说。

他们面面相觑，彼此打量了一会儿，仿佛相互憎恨一样，其实是在揣摩对方。但是，比弗拉马尔还要狡猾的人都得放弃去猜测若阿纽脑袋里的玩意儿。他的毛茸茸的牧羊神般的脸从不泄露真情。他的眼睛有双重保险，不仅隐蔽在睫毛下面，而且藏在弯弯的眼皮缝里，至于嘴的表情，总是躲在一副警察式的小胡子底下。他慢慢吞吞地，像一架复杂的机器开动所有的齿轮那样，又开始大嚼。弗拉马尔却不然，这一切使他心慌意乱，连吃都不关心了。

弗拉马尔过去当过步兵下级军官。他娶的这位驻地的姑娘替他在铁路上谋了份差事。现在她在距车站四公里的地方开了个零售店，一幢孤零零的破房子坐落在三岔路口上。一些开车的人在那儿落脚。窗户总是半开半掩。人们说，那里面什么事都有。"婊子"独自一人，可以整天整天地背着她男人胡搞。弗拉马尔心里明白。疑心折磨着他，但他受制于列车时刻表，只能在他的灯具间里暴跳如雷。何况，"婊子"自有办法：零售店赚钱很多，多得弗拉马尔不管说什么，却从未认真考虑过放弃这桩买卖。为了至少可以监督信件的往来，他去年把心事向邮差和盘托出，其代价是他拿出了早餐的二分之一。若阿纽却是个谨慎的同谋，作为交换，他让他看些这儿那儿来的无伤大雅的明信片。

"过路的人也罢了，"弗拉马尔突然喊道，"如果让一个人住在那儿，我可就完了！"

他的脖子变成紫红色。眼珠滴溜溜转。幻象朝他袭来。他胸中发出了一阵意想不到的咯咯声：

"总有一天他要从我手里把她夺走，我的这个婊子！"

若阿纽冷笑一声。然而他错了：尽管他眼尖耳灵，他不明白，大力士嘴唇发抖，那是激动多于愤怒，那咯咯声是一阵绝望的抽泣。

窗外铃声戛然而止。火车近了。

弗拉马尔站起来，在大圆面包上揩净刀子，折起来。

"在你送信之前，若阿纽，我跟你说这些，是让你能顺路跟那婊子说一声。"

"这倒可以。"若阿纽说。

他窃笑不止。今天早晨他本来就打算去零售店，因为他正好要向弗拉马尔太太传递一封私人信件。

一扇镶玻璃的门开了，站长身着制服，扣着扣子，出现在站台上。

"你好，站长！"若阿纽说。

老头机械地把两只手指放在帽檐上。

"早安，若阿纽。"

他为人热情，却不与人深交。这是个忧郁的站长。他弓着腰，背着手，出于习惯，侧着身子迎着火车走去。

邮车上，一个职员穿着背心，从窗口递出一个上了挂锁的邮袋。

若阿纽把他的递过去：

"再见，白尔戎！你倒凉快！"

那是个老头，一副患佝偻病的样子，倚在车门上，在手心里磕净烟斗，吐了口黑唾沫，没有回答。

那边筐子都装上了。弗拉马尔汗流浃背。火车头叫了。火车刚一开动，一个人大喊一声，只见弗拉马尔从车厢里一下子拉出一笼毛羽散乱、半死不活的母鸡，当它们撞在地上的时候，最后又惨叫了一声。

若阿纽骑上自行车。

站长回去写他的账目，弗拉马尔回到他的灯具室里。

空无一人的站台上，太阳光下，撞得半死的母鸡挤在笼子里奄奄一息。

三

六点半的钟声刚刚打过，镇子已经骚动起来。百年来的习惯，比懒惰更有力量，它冷酷地把人们从睡梦中拖起来，让他们重新像关在笼子里的松鼠一样骚动不已。

厨房在邮局办公室后面，梅丽刚刚梳洗过，嘴里啃着一大块抹上黄油的面包。是什么使她有了这一副娇艳的样子？她的健康的牙齿，她的小发卷，她的轻薄的内衣，还是她的姿态？对于一个短腿、肥胖的女人来说，她是惊人地轻盈。

若阿纽侍弄园子去了。八点钟他才开始送信。

梅丽利用这段时间爬上阁楼去收拾学徒的床。这从未包括在租金中，但是人们知道十六岁的孩子是什么：如果无人给他把东西弄干净……每天早晨，一次不落，梅丽总上去抖抖约瑟夫睡过的单子，翻一翻还是温热的、上面压出了一个窝儿的羽毛褥子。

除非对奴役状态有种邪恶的兴趣，否则，收发这种生活只是在他有个老婆，而这老婆还能管办公室的情况下才是可能的。若阿纽把梅丽训练出来了。最艰巨的是让她放弃生孩子：一个女人总是想崽子的，像母兽一样。然而，生儿育女与规律的邮递服务不能相容，这很容易明白。梅丽为这事哭过多少个夜晚啊。他不得不同意她养些小狗，何况，若阿纽将它们出售，还挺赚钱。

余下的，她完全跟上趟儿了。她会收发电报、查阅邮费、处理各种票据存根。

尽管有栅栏，窗户上镶的是毛玻璃，可邮局终究不是监狱。只是墙角有些起硝，墙的上部贴满了悦目的通知和布告。气味也是好闻的，是那种公共场所的气味。事实上，办公室里人来人往，感到无聊的时间永远不会长的。

教堂自然要晚于区政府。因为区政府的大钟已经到了七点十分，凡尔纳小姐才决定敲钟。

凡尔纳小姐是神父的姐姐，掌管着教堂的钥匙；夜里，她把它藏在枕头底下。早晨，是她打开十字形耳堂的矮门，第一个钻进轰响的拱穹底下。那是一个无与伦比的骄傲的时刻，仿佛上帝只属于她，像对一个宠儿一样地对着她说着话。唯独她有特权，可以用她的木底皮面套鞋打破中殿神圣的宁静，可以拉住钟绳向还在安眠的镇子发出晨祷的钟声。在她打钟做弥撒的时候，她弟弟才来。当他打开圣器室，准备祭坛时，只见两个黑影先后穿行在廊柱间，过来跪在凡尔纳小姐身后——那是马索小姐和赛莱斯蒂娜。三位圣女每日都参加祭礼，因为神父先生常常没有儿童唱诗班，她们就每人一天，轮流去做。

如果仁慈的上帝唤回其中的一位，幸存的两位将会轮得更经常些；然而，这是个罪恶的希望，每当它一出现，就会受到她们每个人的排斥。

做弥撒的钟声一响，若阿纽便收拾好工具，回到办公室去。

他把邮袋里的东西都倒在那张大黑桌子上，戴好眼镜。他喜欢把信件分类这营生。整个地区都在那儿，在他面前，连同当时的小秘密，若阿纽总是怀着新鲜的乐趣东搜西查。他一个一个地拿起那些信封，随意检查，然后在后面打上湿漉漉的邮戳，根据永远不变的路线分好。他嗅觉很灵，差不多知道大部分信件中写的是什么。十二年，只要有点眼力，就能注意、联想、回忆和猜到些东西。

不时地，当他拿起某一封信的时候，他会突然停住。他把它翻过来、掉过去，掂一掂，对着亮光看一看，闻一闻。如果这封信执意不肯泄露秘密，他也不坚持，因为他知道终归是他说了算。他不把它放在信堆里，却迅速地塞进外衣的口袋里。过一会儿，面对面地了结这桩公案吧：如果求助于开水的话，只要加上必要的时间，没有一封信不最终走上招供的道路。

四

八点钟刚打第一响，若阿纽就斜挎着邮包，歪戴着帽子，脚后跟着两条西班牙种猎犬，穿过广场，穿过学校的院子，进入空空的教室，叫道：

"埃纳伯格先生！"

小学教师立刻过来拿他的和区政府的信。他不愿意让邮差一直进到厨房，那儿，他全家正在进早餐。埃纳伯格先生从未给过邮差一支烟，也没给过两条狗一块骨头。若阿纽不喜欢他。对于他本人，对于他的思想，也没有什么好反对的；但这是一个冷漠阴沉的东部人。

若阿纽走了，小学教师回到厨房。炉子上晾着尿布。狭窄的房间里充满了煮沸的牛奶、碱水和刷锅水的气味。三个孩子挤在桌子的一头，争抢着食物，像一窝饥饿的小鸡。埃纳伯格太太穿着短上衣，笑着、骂着，在每一个伸过来的小盆里舀进一点儿木薯粉羹。她棕色头发，丰满得连皮肤甚至头发都是油腻腻的。接连不断地生孩子，使她体形大变。这倒也不算什么，只是由于不断生孩子使她天性中所有庸俗的本能一个接一个地解放，如同解放魔鬼一样。

埃纳伯格先生默默地重新坐在他的位置上。他打开报纸，放在他妹妹的碗和他的碗之间。

埃纳伯格先生和他的妹妹长得很像。两个人都同样瘦小、苍白、金发。一样的目光，清澈然而近视。一样的白斑狗鱼般的牙床骨，一样的说话方式，口开得不够。一样的挖苦人的微笑，一样的有点傲慢的笑声，闭着嘴，从鼻孔里短促地哼出来。

莫拜卢的女教师正好是埃纳伯格先生的妹妹，这真是运气。她没有结婚，和这一家子一同吃饭，这也是运气。她把大部分薪俸交给嫂子，让出厨房供洗衣服用，让出一间小房子让大侄女住，这还是运气。没有这些，小学教师、他老婆和三个孩子简直不能在国家提供的私人住房（一间卧室，一间办公室，一间厨房）里生活下去。

埃纳伯格先生和他妹妹被共同的希望、共同的愤慨和共同的怨恨联系在一起，他们俯身向着党报，一同谈着这个世界的新闻，这个世界的组织在他们看来是罪恶的，更是荒谬的。不时地，无需互相表示，他们一同耸耸尖尖的肩膀，从鼻孔中哼出共同的嘲讽。

"妈妈！"大女儿叫道。

埃纳伯格太太一把抓住最小的一个，打开通向小胡同的门，蹲在门槛上，伸开胳膊把着孩子。孩子被撩起衣服，在阳光下蹬着小腿。

"我连一块干尿布都没得换了，"她叹了口气，站起来，"如果阿纳尔东先生当选的话，最终，这一切也许会改变的。"

埃纳伯格先生不是不知道他老婆如何把孩子的尿布与区长在省议院中当选联系起来。她希望丈夫晋升，离开这个收入不多的职位。她一天骂他二十次不去找门路。但是，小学教师明白他极少有运气能找到这样一个区，他妹妹能与他同时被委任为教员，而埃纳伯格小姐和他的联系，比他自己想的还要重要：他们的和睦，他们的感情，他们共同的信仰，多少抵消了每日里婚姻、事业和社会生活缓慢地加之于他的失望。

八点半，在各自所在的学校，埃纳伯格先生和埃纳伯格小姐准时地擦净黑板，开始上课。但是不间断的木底鞋的嘎嘎声和学生吵吵嚷嚷地来来去去，一直要闹到九点钟。开始的时候，每个迟到的学生都要受罚。家长们提出抗议，区长毫不犹豫地支持他们的抗议——尽管每一次发奖的时候，他照例要在这些家长的掌声中，颂扬共和国对儿童的义务和民主施于全民的教育，他还是不得不让步。两个小学教员原则上继续给坏分数，只是没有任何惩罚了。唯独他们俩对每节课缩短半小时给予某种重视，在区里，唯独他们俩认真对待非宗教教育和义务教育。

五

同邮局、区政府相比，咖啡馆是广场上第三个主要的吸引人的地方。

咖啡馆主人包斯总是有信，至少人家把左翼报纸送给他看。

若阿纽推开门。两条西班牙种猎犬先进去了。

"这儿来，比克！这儿来，米拉包尔！"

两条狗已将半个身子伸进垃圾箱中。

"让它们去吧。"包斯太太同情地说。

若阿纽也不坚持。他早就明白，一个邮差如果养着纯种狗的话，应该从送信中捞取什么好处，只要他多少被人认为是可畏和谨慎的。他的一对狗知道每个主妇的习惯和当地每个垃圾箱的准确位置。跑这一圈，一方面是它们的锻炼，一方面也是它们的饭食。出售小狗是一桩几乎净赚的买卖。

包斯在镇议会中的最热烈的追随者都认为，这个咖啡馆主人有着苦役犯的外貌：窄额头，蛤蟆眼，可怕的下巴颏儿。总之，他很容易驾驭，但是好记仇。

他在柜台后面，俯身在漏斗上，正神秘地倒着各种饮料。他停下来，倒了两杯罗姆酒。这是每日的什一税。若阿纽可是一个强有力的人物。

正在擦瓷砖的包斯太太，也把抹布浸进桶里，走进柜台。

她头上缠着棕色的发带，目光锐利，动作琐碎，鼻子像鸡冠一样红，好像一只黑母鸡正要下嘴啄什么。

"这是真的吗，若阿纽先生？人们说的关于戴涅大妈的事。"

"什么事？"若阿纽含糊地问。

她兜了个圈子：

"这老东西该有多大岁数了？还是七十六，七十七吗？"

若阿纽由他打褶儿的眼皮掩护着，不动声色，但随时准备向任何一个猎物扑过去。

"看她那瘘管，那股恶臭，"包斯太太说得更明白，"谁都明白她担心前景啊！不是吗，艾米尔？"

包斯在等着机会说话。他稍微扬了扬头，把他那杯罗姆酒一下子倒进肚里。

沉默。

包斯太太明白她该掷牌了：

"据说她考虑卖掉她的破房子？考虑给盖洛尔家钱，以便终身生活在他们家？这会是真的吗，若阿纽先生？"

"人家跟我讲的有这点儿意思。"若阿纽说。

包斯声音嘶哑地冲口而出：

"我看，这是神父的姐姐暗中搞的！"

"这样，"包斯太太以一种突如其来的温柔接下去，"可怜的戴涅老妈妈可就错了。如果她想安静地死去，想在死之前受到适当的照顾，像在正经人中间那样，可不应到一个教堂的臭虫，像盖洛尔那样懒的人家里去呀！"她伸长了脖子，噘起嘴结束道："我说就是这样。"

"这可能！"若阿纽说，口气是说："明白了！"

丈夫和妻子迅速地交换了一下眼色。

"反正，"包斯太太叹了口气，又去干她的活儿，

"不能强让人享福啊……不是吗，艾米尔？"

若阿纽喝完了酒，正一正邮包，用口哨招呼他的狗，但胳膊肘却不从柜台上抬起来。

于是，包斯俯下身来：

"听着，若阿纽，你了解我。我不大知道我们能把它，戴涅大妈的别墅，卖个什么价钱。但是，谁能让老太太改变主意，一旦事情做成，谁就拿百分之十，这是真的，就像我们俩在这儿一样真。"

"是这样……"若阿纽郑重地说，"你我之间，谈不上这个，艾米尔。如果我能在这上面帮你的忙，我会高高兴兴去干的。"他那双狡黠的眼睛眯得更厉害，有气无力地补充说："剩下的，哥儿们之间，总是好说的。"

两个人伸出手，好像签订了一项协定。

六

面包房和食品店好像是对过儿。但是，从咖啡馆走，却是先到面包房，后到食品店，再说，若阿纽送信的时候，总是不自觉地先进面包房，然后再到克萨维埃太太那儿去。

昨天夜里，是小麦拉维涅烤面包，那就该大麦拉维涅卖了；或者更确切地说，是他看着埃尔奈斯蒂卖，埃尔奈斯蒂是他们的女用人，是个头发乱糟糟的邋遢鬼，还不满十七岁。

这对孪生兄弟中，大的眼皮上有个疣，人们据此把他们区别开来。除此以外，什么都是一样的：勾鼻子、没有血色的脸、灰色的山羊胡子沾满面粉，在毛衣的开口处拳曲着。

生意不佳，没有办法对付维尔格朗德的供应站，那儿的小卡车装满热面包，早晚停在教堂的广场上。办事员给的分量好，可以赊一点儿账，而且不直勾勾地看女人。麦拉维涅兄弟俩就是另一码事了，老是哭丧着脸，要现钱，眼睛直看到女顾客的衣服底下，还把走了味儿的面包在炉子里弄湿，然后偷偷塞给你。只有近邻，因为害怕报复，还去面包房。若阿纽知道这一切没有好结果，因为最近他在信箱里发现了一封可疑的信，他得悉了内容：一封寄给供应站经理的匿名恐吓信。人家都说，麦拉维涅兄弟俩什么都干得出来。镇上的人都怕他们，也说不出为什么。本地的姑娘没有一个愿去他们那儿干活。维尔格朗德的职业介绍所向他们提供像埃尔奈斯蒂那样的小破鞋，他们把她关在那儿六个月，悄悄地训练她适应他们的需要，然后某一天，再把她带到城里去换一个更新鲜的。

克萨维埃太太，食品店主，已经坐在店铺后间的尽头了，两眼一动不动，双手放在围裙的凹处。看见邮差进来，她没有动——只是看见顾客进来，她才站起来。因为，当邮差给她拿来报纸时，她知道自己是邮差的顾客。

看得出来，克萨维埃太太有点儿疯疯癫癫。就是在休息时，散乱的头发下面，她的脸也好像在不停地动，被痛苦折磨着。她还夜游，夜里，她女儿把她关起来，免得吓着了邻居。不止一个饶舌的女人，虽然不敢直说她是一个像古代那样的女巫，却都认为她那样的一双眼睛会带来不吉利，所以从来没有一个大肚子女人进食品店。

克萨维埃太太的天性像猫，可她却讨厌猫，见了就赶。像猫一样，她在静止的、窥伺的梦中怡然自得；像猫一样，她似乎据有一个与人类不相通的世界。当她跨进一扇门时，哪怕是她自己房间的、一天要进二十次的门，她也要本能地犹豫一下，以怀疑的目光左顾右盼。夜里，在厨房里，她都小心翼翼地坐在尽头，背靠着墙，正好看得见人进来的位置。当她吃饭的时候，哪怕是她自己刚做好的炖肉，她也要先闻闻盘子，用牙咬一小块尝尝，好像害怕中毒一样。

同这样一个女鬼共同生活，毫无愉快可言。因此，美丽的爱斯贝朗斯，她的女儿，早在结婚年龄之前，就已幻想着婚姻，就像囚犯想着解除监禁一样，但只是徒然地等待。爱斯贝朗斯实在是太漂亮了。她贫穷，可人家知道她订了一份时装杂志。所有的小伙子都围着她转，但没有一个会娶她。

七

戴涅太太的破房子虽说只有两扇窗户，却早在它被画在施工图的方格纸上的时候、早在今天靠年金生活的戴涅太太还在省城一个公证人的壁炉前出汗的时候，就已被称为别墅了。然而，别墅这一雅号被当地接受，却是以后的事。那是在一扇黄门上修了玻璃挡雨披檐之后，披檐仿淡色橡木，饰以银色插销，犹如富人的棺材一样。特别是当若阿纽在镇上传遍了老厨娘的一位爱开玩笑的通信人写来的一封信之后。那信封上写着：戴涅太太，昂斯–杜–巴尼埃别墅。

戴涅太太躺在床上，身穿短衫和衬裙。十年前，她长了一个明显的瘘，人们一跨进别墅的门槛，就不由自主地想到它。戴涅太太的卧室肮脏而风骚：一个带镜子的衣柜，椅子附有一张式样轻佻的茶几，前面铺着一方钉着的地毯。

"打搅您了，戴涅太太，而且是为了一件小事，我跟您说！不过是一份广告单……但是，公事公办。"

（若阿纽的邮包里总有些无用的印刷品，这使他可以任意闯进任何人的家里。）

"啊，若阿纽先生，可怜可怜我吧，静脉曲张真叫我的腿难受，好人啊！我甚至连做饭的力气都没有了。我买了一个小羊头，还有酸醋龙蒿汁，大热天吃了很补的……可是，我还没来得及吃，虫子却饱餐了一顿……你相信吗，昨天我吃饭时，刚刚能在葡萄酒里泡两块饼干，我站不住啊！……啊，好人啊！——要是腿碍事的话，白有东西，白住得好，若阿纽先生……"

"我要说您住得不好，那可是说谎了，戴涅太太，"邮差附和道，坐在尽量离床远的地方，"可是，不管怎么说，根据您的年纪和病，我还是更喜欢看见您在人们活动的中心，周围有能帮助您的人，而不是像您现在这样，与世隔绝，孤孤单单地在您的漂亮别墅里！"

老太婆满腹狐疑地看了若阿纽一眼。她萎缩的肌肉使眼皮底下形成两个小囊，腮帮上有几根灰毛拳曲着，稀稀拉拉的头发被罩在大眼的白棉发网下面，好几处露出了像小猪崽皮一样粉红色的头发。

"您为什么跟我说这些，若阿纽先生？您是想到了盖洛尔家吗？"

"想到盖洛尔？"

他的神情那么天真，她说出来几乎后悔了。但是，无论如何，这是个精明人，能出个主意。

"啊，若阿纽先生，我离不开我的房子，这简直不能令人相信，就是这个让我发愁啊……在别人家里我永远也不会习惯！"

"那么有这个问题喽，戴涅太太？……在盖洛尔家？您听见人家说什么来着？人家对我说——在包斯家。"

老太婆睁大了眼睛：

"在包斯家？"

"是呀！说真的，这真让我为您担心啊……但是在盖洛尔家，但愿如此……在他们的小楼里，真的吗？再没有比这幢小楼对您更好的了……园子尽头，肯定有些潮湿，是啊……再说，您只要生好火，一年到头……"

"在包斯家？"老太婆重复着，挑起来的眉毛似乎永远也回不到原处了。

"既然您有了盖洛尔家的小楼，就别再跟我说包斯家了，戴涅太太。为了心平气和，安安静静，您在方圆十里以内再也找不到更好的地方了！您可以待在里面，整天整礼拜听不见一声驴叫，看不见一个人。而且在您这个年纪，应该注意点儿饮食。盖洛尔夫妇，他们可是正经人，关心人的人啊：他们什么也不吃，只喝汤，吃一小块奶酪。不用担心人家给您吃各种加汁的小菜，把肠子弄得乱七八糟的！"

"那在包斯家呢？"

"别再跟我说包斯家了，戴涅太太。那儿跟您的需要正相反。首先，住在一个广场上，对上年纪的人来说是太闹了——您会整天躲在窗帘后面看着人们来来往往。其次，在一个咖啡馆里，总是人来人往，聊天、唱歌、自动钢琴！一个人上了年纪，就不能再娱乐了。可是，最坏的我还没说，那就是饮食。"

"为什么，若阿纽先生？"

"因为您是烹调行家，戴涅太太，据说您口味精细。当烩肉香喷喷的，人家直让您吃，好像每天都吃结婚宴会一样，要忍住可是难啊。只要吃得好，包斯两口子可是什么也不顾的。"

"如果您知道包斯太太扔给我的狗什么东西：土豆炖菜，其他人简直会当作星期天的好菜呀！"

若阿纽站起身来：

"我跟您说：别想包斯家了，戴涅太太。我往您脑袋里灌了这么多老生常谈，我真会后悔一辈子的……算了！身体健康，好好享受！我真希望您已经住在老实的盖洛尔家里了。"

"听着，若阿纽先生，我也不强求，您从架子上把那蓝色的瓶子拿下来吧。您总还有点时间的，咱们来一块儿喝点儿。"

"为了不拂您的好意，戴涅太太。再说，应该及时享受啊……当您去了盖洛尔家，您就避免了这些有害的诱惑。已经有人参加同盟了，像神父一样……"

"参加同盟？"

"是啊，好太太，我很荣幸！盖洛尔太太有她的道德准则：她每年都向反对饮酒同盟交费！"

老太婆使了使劲，坐到床垫的沿上。她喃喃地说：

"好人啊！反对饮酒同盟？"

八

理发师兼化妆品商人费尔迪南先生正望着他的儿子小弗朗西在理发室中唯一的座椅周围撒新鲜的锯屑。

"你好，费尔迪南！"邮差喊道，"你的臭报纸来了！"

费尔迪南先生是"反动委员会"的积极分子，只给他的顾客看正派的报纸。

他身材矮小，大腹便便，灰色的小胡子早晨起来用铁钳卷起，一顶假发遮掩着秃头，否则会影响洗发剂的出售。

父亲、祖父和曾祖父都是理发师，他却因生了一个满头乱蓬蓬的红棕色头发的儿子而懊恼得无以复加，那头发硬得像麦秸，直把祖传的职业随随便便抛诸脑后。

"剪子到你手里就变得发愁了。"他总是绝望地重复着。因为费尔迪南先生宣称一个天生的理发师能从他剪子的咔嚓声中认出来，那应该像复活节的钟声一样欢乐。他却也证明了：剪子在他的指尖飞舞，叽叽喳喳，像春天鸟儿的鸣叫响在顾客耳边。

费尔迪南先生热爱他的手艺。他技术熟练，刮脸用大拇指和用手是一样的。这种最新的方式更现代化，但不保险，反而更贵，在莫拜卢不大受欢迎，尤其是因为费尔迪南先生出于卫生，总是让大拇指接受水龙头的洗礼，然后再伸向顾客的颊下。

由于咖啡馆是反教会的左派公认的中心，而且镇上独此一家，右派就选择了费尔迪南先生的理发馆来开会。事实上，因为每个人都星期六刮脸，星期天找喝的，所以左派和右派轮番在包斯的咖啡馆和费尔迪南的理发馆里对峙。

左派倒也有一个理由宽待理发师：费尔迪南太太是当地唯一的接生婆。她以膂力大著称，接生不分党派，剪左派的脐带和剪右派的脐带一样灵巧。

除了有集市的日子外，五金店里总是空无一人。若阿纽总是想办法不见过分笃信上帝的盖洛尔夫妇。他进了铺子，铃响了；但是，还没等人从屋子里出来，信已经放在桌子上，邮差也已走远了。

懒虫，如同包斯太太所说。他们比镇上其他居民活动得少，人们因此而不原谅他们。天气凉爽的时候，盖洛尔在铺子里或在园子里转转，天热的时候就睡午觉。而他老婆从早到晚坐在厨房里给手巾缲边，缝补抹布，用破烂的旧料子给女儿吕西缝裤子，那是一个浑身散了架似的、戴眼镜的大姑娘，厌恶针线活，整天躲在角落里读女教师借给她的书。

三个月来，夫妻俩就在反复商量俘获戴涅大妈。盖洛尔太太酷爱衣物，她已打定主意要获得她的衣柜。盖洛尔则上百次地盘算着："卖掉别墅……抚养老太婆……作最坏的打算，就算她再活五年或六年吧，收益还是不小……"

如果说若阿纽几乎从不进赛莱斯蒂娜的门，他的狗可总是钻进去喝喂猫的奶。

可是今天门却关着。赛莱斯蒂娜该是早就做完了家务吧。

赛莱斯蒂娜坐在床上哭。

可真是一桩不幸的事啊。

换工的那一天，在圣·约翰，赛莱斯蒂娜去市场，在那儿丢了她从领圣体以来一直戴着的项链。她从来也不出门，她到人堆里去干什么？肯定是那一天魔鬼附了身！……她一声未吭，点上了祝福的蜡烛，许下愿："善良的圣·安多尼，如果您还给我项链，我捐给教堂一座您的塑像。"第二天，一个小牧童给她带来了那玩意儿。于是，她向维尔格朗德订购了一座四十法郎的塑像，月底可以拿到。昨天晚上，她听到消息：盖洛尔太太，杂货商的老婆，跟神父先生说好在教堂里放一尊圣·安多尼的塑像。塑像穿过整个镇子，立在一辆独轮小车上，在一个有孔的箱子里。盖洛尔两口子把它放在院子里的棚子底下。据说塑像有真人一般大小，遍身涂上了颜色。

赛莱斯蒂娜在恐惧和祷告中过了一夜。怨谁呢？她谁也没告诉：她本想给神父先生来个冷不防，可是，总不能在教堂里放两尊圣·安多尼啊……

她哭哭啼啼，以为要下地狱了。

突然，她抬起头，跳下床，甚至没有穿衬裙，直上到她的阁楼。她一直攀到小窗口。越过一片房子，她的目光落到一条小胡同里。那儿有一排矮篱笆，稍远些，有一个棚子；棚子与篱笆之间，有一垛干木柴。一根火柴，一张纸就够了……

她在那儿呆呆地站了好一会儿，扭着脖子。她的眼睛——已经——射出火焰……那棚子是盖洛尔家的。

九

神父的住宅位于院子和园子之间。如果在正门按铃，不可避免地要碰上凡尔纳小姐。所以，门铃没响过几次。

凡尔纳小姐天生是一个神父的姐姐：不知趣，常有理，老而葆其童贞。她管理教区，以全镇大多数人为敌，她恨他们，他们也毫不客气地回敬她。她说话武断，领导着一个为所有教堂所卵翼的反动的、抵抗一切进步的小团体。

哪怕是冬天，一进入小胡同，若阿纽也准能看见神父先生在他的园子里。他站在车镫子上，隔着篱笆叫道：

"凡尔纳先生！"

神父浑身一颤，放下铲子，东摇西摆地走过来。这些年来，即便是讲道时，他的身体也是这样乱摆。"那不是个神父，"掘墓人帕斯卡隆说，"那是个大木偶。"

凡尔纳神父礼貌地摘下绒线帽，接过他的信。信经常会迟到一天。若阿纽对"黑衣人"的通信给予特殊的关照。"黑衣人"也料得到，他接受了，并加以饶恕，既出于无所谓，也出于仁慈。

神父先生是位黑皮肤的老人，目光热情，身材瘦削，是个病态的神经质的人。

三十五年前，他落脚在莫拜卢，这个神学院学生胸怀着年轻使徒的热情。最初，他千方百计地要在信徒中建立基督徒的互助精神，与这古老僵化的地方对宗教的冷漠作斗争，但终属徒劳。这里的人只想自己，想自己的小营生，想自己小小的积蓄，想自己小小的安全。所有的人，甚至那些从事宗教活动的人，都回避他的倡导。他在理论上建立的教养院、缝纫工场、慈善委员会，从未成立过，因为没有人。重新激励这些追逐蝇头小利的劳动者是不可能的。多少代以来，平日奉行的生存经济窒息了他们所有的仁慈的天性。现在，贪婪像溃疡一样吞噬着这些多疑、忌妒、精于盘算的人们。是古往今来一直如此吗？这是神父常常满怀焦虑地向自己提出的问题。几个世纪中，小小的法兰西人民的确曾前来跪倒在教堂里，今天却背弃了它。究竟是什么引他们去那里呢？爱？信仰？现已衰退的精神上的需要？……难道不是说恐惧更为恰当吗？恐惧上帝，恐惧教士？对已建立的秩序习惯性的尊重？凡尔纳神父清楚地知道，这些杠杆业已折断。何况，他也对使用它们感到厌恶。

渐渐地，普遍的冷漠战胜了他的勇气，他的耐心——他的健康。于是，他反躬自省，制订了一套自用的苦修会会士的准则。他的庇护所，就是这方菜园子，上天有眼，给了他这面积广大、水源充足、土地肥沃的菜园。每天十个钟头，他都在侍弄他的地。由于额外收入微乎其微，他就种些时鲜菜蔬，贱卖给鲁特尔，这足以过活——甚至还作些施舍。

他不经战斗，就将神父住宅、教堂，直至教区拱手送给他专制而整日大吵大闹的姐姐。只是在做日课的时候，人们才能在教堂里看见他。每个礼拜日做大弥撒的时候，不管参加的人多么少，他还是自觉地登上讲坛，尽其所能地向几个忠于凡尔纳小姐、忠于上帝的女人和老姑娘说教。

住宅的一扇窗户"啪"的一声开了。

"快来！"凡尔纳小姐喊道。

神父从醋栗丛中站起来，放下篮子，急忙扣上长礼服的扣子。

炉子旁边，赛莱斯蒂娜正倒在一把椅子上抽抽搭搭地哭。

"神父先生，我是在她以前许下的愿！"

凡尔纳小姐总是准备好要探测别人的心和掂量别人的良心，她信心十足地解释和评论着事件。

"您不要这样，我可怜的孩子，"神父说，"我有全权解除您许下的愿。您可以给教堂另一件馈赠，比方说，一尊圣女贞德的像……您就会如愿了。"

但是，赛莱斯蒂娜绞着手，哭得更凶了。想到贞德可把她吓坏了。

"圣·安多尼永远不会明白这一点，神父先生。为了惩罚我，他会让我的一切生意都完蛋的！"

神父控制着自己。他的脸比以往抽搐得更厉害，他坐立不安，在两个泪流满面的圣女周围转来转去。

凡尔纳小姐拿他出气：

"都怪你！你为什么让盖洛尔两口子捐那塑像？去找他们！你跟他们说去！"

盖洛尔太太正在厨房里女儿吕西的身边做针线。厨房里苍蝇成群，一股白菜味儿。

盖洛尔太太拉过一把椅子：

"请坐，神父先生……"她心里想，"是戴涅大妈让他来的吗？"她随便支开吕西，让她去园子里摘生菜。

神父坐下，又站起来，最后还是站着。他两只脚乱动，抽着鼻子，像一条从水里爬出来的狗一样晃着肩，说明来意。

"您是个好心肠的女人，盖洛尔太太，我呼吁您的仁慈。可怜的姑娘以为要下地狱了：她睡不着觉，她要病倒的。看普通人，应该看他们的意愿……"

盖洛尔太太脸红了，望着地，胳膊紧抱着上身。

"当然了，如果早知道，就不会破费了……可是，生米做成熟饭了，神父先生。底座已经镶上，牌子上也作为捐赠者写上了我们的名字！"她的声音变得越来越尖，"人家花了钱，人家至少要得到好处吧，不是吗？"

"她提出担负垫款呀！"

"全部担负？"

"全部担负。"

这下子，盖洛尔太太犹豫了：

"我得叫掌柜的。"

还在床上想入非非的盖洛尔跳下床，系好吊袜带。这是个梨形的、盘腿打坐的菩萨，头又小又尖，下巴颏好像融化进脖子里，脖子融进肩膀里，上身越往下越宽，直至裤裆。如果他坐在地上，任什么也掀不倒他。

他一听说，就跟老婆迅速地交换了一下眼色。

"神父先生，我是这样一个人，如果老婆同意，我就帮忙。只是，天呀，这很贵啊，我们本想把事情办好。我们的塑像，是花了二百法郎的塑像，我一会儿给您看价目表。加上运费和虚价，总共二百二十法郎，而且是现钱。您就不用管底座上的牌子了，我会用胶泥涂上的，看在上帝的分上……"

凡尔纳神父高兴得手舞足蹈。这桩愚蠢的公案可算了结了。

盖洛尔一声不吭地盘算着。塑像加上雕刻的底座，正好花了他二十个苏：盖洛尔太太曾经——话说回来，那还是够冒失的——买了一张圣童会的彩票，她赢了，可以到一个做宗教物品的作坊里买价值二百法郎的东西。运送是免费的，但是，汽车司机喝了一杯红葡萄酒。整个算起来，这个早晨没有白过。

他还不知道他最大的收益呢，如果他说不，夜里他的棚子就会大火冲天。

十

教堂后面，一缕烟掠过屋顶升起来。那是从车匠普约德家里冒出来的。

普约德每三个月才干一回给车轱辘包铁皮的活儿，因为得等订货多到值得一干的时候，而每干一次，邻居们都大饱眼福。若阿纽今天尽管既无信也无报给普约德家送，但也抵挡不住诱惑，还是钻进小胡同，在那些好奇的人们中停留了一会儿。车匠的院子里一片忙乱。普约德老头有儿子尼古拉和学徒约瑟夫做帮手，正在一堆巨大的、燃烧着的炭火周围咆哮着、喘息着，那堆炭火简直像古代土平台上焚尸的柴堆。

车匠是个长得像田径运动员的老人。一圈灰色的胡子勾勒出一张烟熏火燎的脸，使他活像一只海狼。谁也没见他笑过。他老婆在忍受了十五年的奴役之后死了，他使她过的生活实在是太艰苦了，结果她死于肺痨。他和儿子尼古拉一道生活，尼古拉瞧不起手艺，想学耍笔杆儿，但他从未敢跟老头子说。在当地，普约德名声不好，人们说他没有朋友，但这并不妨碍他的手艺直到维尔格朗德都赫赫有名。

活儿打昨天就开始了。普约德已经在一堆干草和木柴上放了十来个铁圈，摆成一摞；里面，用几个老树桩填满，周围竖起三层木柴，直到铁圈消失在一大堆木头里。今天早晨，只剩下那上面倒上半桶煤油，点上火。

木头噼啪乱响；黑烟像长长的羽毛翎子一样冒出来，在院子里盘旋，然后在热气中舒展开来，久久地飘荡在屋顶上。

当若阿纽走近的时候，有几处烧成炭的木头已开始塌陷，露出一摞摞在红红的火炭上的铁圈。普约德正等着这个时候开始干呢。他乘戾而专制，什么都是他干，两个孩子只是递家伙或听他粗暴的呵斥。他喊道：

"拿来！"

尼古拉和约瑟夫跑去拿第一个要上铁箍的车轮。他们把它直推到火堆旁，平放在一大堆铁板上，用一个木桩通过毂固定住。于是，三个人各执一根带钩的长铁棍，在火堆周围等距离地站好。

"一、二、三！"老头发号施令。

同时，他们从炉子里拉出一个白炽的铁圈，放到其直径与铁圈差不多的辊轳上面，准确地套上去。辊轳边缘的木头一接触烧红的铁，立刻燃烧起来。

"快！"普约德喊道。

两个盛满水的洗衣桶就放在手边。尼古拉和约瑟夫把喷壶伸进大桶，急忙把水浇在燃烧的辊轳上。一片水汽升起来，嘶嘶地叫，遮住了一切，使看热闹的人纷纷后退。火在一端熄灭，又在另一端冒出来；喷壶装满水又倒干，水流如注。两个孩子在泥水里踩着，与辊轳周围死而复生的火焰搏斗。普约德则用一个长柄木槌敲打着铁圈，直到它与辊轳的边缘紧紧贴在一起。立刻，在一片白色的水汽中，所有的火苗都熄灭了，铁圈变冷变紧，不可分割地裹住了木头。第一个辊轳上了铁圈。

"嗨！"老头儿喊道。

两个孩子小心翼翼地抬起辊轳，普约德在毂中穿进一根铁棍，滚到一个人字形的架子前，那架子装在盛满水的犀斗上方。在那上面，普约德放好辊轳，使它能长时间地自己转，最后冷却。果然，噼啪声越来越小，辊轳最后无声地沉入水中。

小约瑟夫已经精疲力竭。疲劳使他的目光直冒火。他的蓝布裤子一直湿到膝盖，汗水把衬衣粘在脊背上。

"下一个！"车匠喊道。

"加油啊，小伙子们！"若阿纽喊道，一边吹口哨唤他的西班牙猎犬。

十一

马索太太的住宅和生活都是朴素的。从街上，人们只见一堵外表阔气的高墙，大家都叫它马索墙，正面开了一道监狱似的门。马索太太和女儿有钱，可是似乎唯独她们俩不知道这一点，过着圣洁的穷人一样的生活，日夜恐惧着有一天没钱用。

若阿纽领着狗，勇敢地深入这座教权派的堡垒中。

石板铺砌的院落三面环屋，院中有一个三十五岁、有男子气的健妇，顶着太阳，头上戴着用报纸折成的两角帽，正在清理一个大鸟笼。

"您母亲有一个挂号的包裹，小姐。需要她签字。"

马索小姐放下喷壶。她满怀着敌意，惊愕不止地打量着邮差。她仿佛同时准备好或者让位给他，或者向他进攻，把他推出门外。然而，她却点了点头，转身登上台阶。若阿纽跟着她。他们穿过铺着石砖的前厅，那里像座地窖一样凉快，踏上一段梯级已被脚步磨平了的古老石阶。

马索太太闭门不出，更兼耳聋，正在背着关起的百叶窗打毛线。她穿着宽大的罗缎袍子，像肖像画一般，只是袍子已经穿破。一整天，甚至在夜里，她都在数针眼，在毛线里沙沙地穿着长针，因为她几乎不睡觉了。二十五年来，镇上所有的孩子（和战时本区所有的士兵）都在马索太太一双虔诚的手织就的袜子、裤子、背心或围脖中出过汗，但他们毫无感激之情。这是她唯一的破费，她因此而买到了说"我的可怜的人"的权力。

聋子甚至没有听见开门。她女儿在她耳边大吼一声，把她吓了一跳：

"妈妈，这是邮差，要您签字。"

那张苍白的，脆弱得像绢纸的老脸惊恐地转向若阿纽，然后又转向她女儿。

马索小姐明白了。她问：

"这至少不要付现款吧？"

"不要，小姐。"

"什么钱也不花。"马索小姐用令人放心的声音喊道。

于是，马索太太以一种意想不到的活泼劲儿站了起来，从裙子底下掏出一串钥匙，一蹦一跳地走到文件橱前，打开。她从里面拿出一个小玻璃瓶，小心翼翼地拧开盖儿，把一只生了锈的笔尖浸进去。

"这儿……"若阿纽说，指着他册子上该签字的地方。

墨水的颜色已经褪得使他只能吹气，而不敢使用吸墨纸。

两个女人又交换了一下眼色。不，对反教会的邮差不给小费。

小院子里没有树阴，只有金丝雀在叽叽喳喳地叫着，两条西班牙猎犬嗅完鸟笼，舔完喷壶上的水，到处搜寻而一无所获之后，便伸着舌头，趴在滚烫的石板上。

马索小姐站在台阶上，看若阿纽是否关好了大门。

当马索太太和她的女儿搬进这所她丈夫的故祖母留下的长期无人居住的房子时，当地没有一个人认识她，人们着实散布了些令人不快的流言。但是，谁会相信这个虔诚的总是钉在教堂里的人，在她放荡的青年时代，曾经在马赛的咖啡馆音乐会上唱过歌呢？谁会相信她轻盈的大腿，像人们说的那样，曾经在南阿尔及利亚驻军中引起一场决斗，而使马索上尉丧了命呢？

这已是二十五年前的事了，谁都不再去想它了。二十五年来，马索太太独自与女儿住在这座老宅子里，房子和她一样，散发着樟脑、皮手套、长年关着的箱子底的气味。两个女人只住了两间房子。铺石板的走廊、堆满空纸盒的壁橱和那些白墙上镶着粗糙的护壁、摆放着摇摇晃晃的椅子和带帐子的床的房子，都为蛀虫、苍蝇、老鼠和灰尘所占据。窗前一堆堆黑色的东西，微风吹过，就响起一片沙沙的枯叶声：原来是死苍蝇——死于无聊。

马索太太站在房中央，在木偶般的手指间把那小小的挂号包裹翻过来掉过去。对于任何需要率先行动的事情，她都要依赖那个粗壮、骨骼粗大、多血质的姑娘，她会泵水、锯木头、打烟筒、擦地板、在弥撒中作答、跟收税人说话，甚至在需要的时候，能麻利地宰兔子，同时用刀尖儿把眼睛剜出来。

马索小姐很快就打开了包裹。但是，足足十五分钟以后，两个女人才明白是怎么回事；她们生活中的这个不速之客原来是一支铅笔，一个无害的牙膏样品，卷在一本化妆品的厂商样本里。

终于，一度动荡起来的生活又恢复了常态：母亲又去打她的毛线，女儿则去照管她的金丝雀。

她现在有三十多只。春天，阵阵骚乱不断地把她吸引到鸟笼前，这个活跃的姑娘可以几小时不动地站在鸟笼前，望着鸟窝。雌鸟在里面孵蛋，当小鸟孵出来的时候，她的不可告人的快乐是在上衣里藏一只热乎乎的小鸟，然后装作若无其事的样子去干她的活儿。有一次，她居然去教堂也带了一只！

每天，冬季三点钟，夏季五点钟，人们可以看见她从十字形耳堂的小门进入教堂。她直奔忏悔室，从帘子底下拿出围裙和头巾。一般地说，凡尔纳小姐总是在她前头。不慌不忙地，像两个喜欢干活儿，慢慢品尝着乐趣的女工一样，两个女人扫地、擦凳子、摆椅子、往圣灯里添油。瞻礼前夕对她们来说已经是节日了，那些天中，整个下午都要干活：要擦亮枝形大烛台、换祭台的台布、检查饰物、往装树枝和花的瓶子里灌水。她们总是想办法在一起干活儿，像两个洗衣妇一样不停地闲谈；当天的所有新闻都要从她们的富有感化力的严峻中细细地过一遍，但是，她们的声音那么低，那么单调，像是在念经；每次经过神殿时，她们都一边说着别人的坏话，一边行一下屈膝礼：这是一种礼貌的表示，既敬重又亲切，因为她们觉得自己不是外人。

马索小姐不漂亮，但她自己不知道。她筋肉强健，长着母马一样的脖颈，浓眉，一双仿佛是因生冻疮而红肿的手；难看到家的却是嘴角上一抹黑黑的汗毛。近几年来，她常常感到有一股火直冲两颊；一块块红斑在她的脖子上、肩膀上、胳膊上，也许还在身体的其他部位上生而复失，失而复生。她倒是真想去找医生，但是要她在一个男人的眼皮底下脱衣服，她宁愿去死；原因很多，其中有一个就是她的下部的状况。当她每月第一个和第三个星期天换内衣的时候，她总是打开带镜子的衣柜的门，以免受到自我观看的不庄严的诱惑；她用牙叼着该换的衬衣，等到穿上了干净的衣服之后，才让它滑落到地上。

人们若问她是否幸福，她准会大吃一惊，脸上的表情多半是不安；有些时候，一种奇怪的活力使她两眼发亮；而她看孩子们时的目光常常充满着过分的温情。

夏日的一个晚上，她给养路工费茹的老婆送婴儿长袖衫回来，走上了河边的一条小路。三个男孩子从水里出来，四仰八叉地躺在草地上。她得从他们中间过去。其中一个，那个最大的，已经不是个孩子了……

几个月中，马索小姐都骚乱不已：睡觉之前，总是不由自主地想到那件事。事情虽然已经过了五六年，她却再也没有走过那条小路。

十二

鲁特尔一家住在沼泽边上，那儿总是没有别处热。菜贩的房子很花哨，收拾得很好——是那个德国兵，星期天，修了房顶，给窗户涂了漆，做了些小风车，涂上光怪陆离的颜色，一有点儿小风，它们就在篱笆的所有桩子上转起来。

若阿纽推开门栏：

"你好，小家伙！"

棚子底下，一个小男孩坐在一堆筐子上，用柳条修理筐盖的边儿。

孩子顶着日头走上前来，弯下腰抚摸着两条狗，用清脆的声音叫道：

"妈妈！"

他的脸晒得黝黑，映照之下，目光像泉水般清澈，金色的卷发几同白色。

"请到客厅里去吧，若阿纽先生，"鲁特尔太太说，她刚刚出现在门口，"男人们正好有话跟您说。去，叫他们，艾里克！"

孩子敏捷地一跳，越过门栏，跑着走了。

园子一直伸展到沼泽，分割成一块块长方形的田畦，四周的水在阳光下闪闪发亮；可以望见两个肩并肩穿着背心的脊背；只见孩子双脚一并，跳过好像排列整齐的火罐一样的圆钟形的菜罩，走近他们。

战前，鲁特尔一家以放牧为主，没有孩子，辛辛苦苦地养着几只奶牛，把奶卖给镇上的人。女人继承了这栋破烂不堪的房子和几公顷淤泥中的草地。

战争来了。刚过几个星期，鲁特尔从德国写信来说，他和他们全班的人都成了俘虏。鲁特尔太太只得自谋生路。牲口很好卖，她扩大了放牧，她要了一个德国俘虏来帮忙。

德国兵年轻时一直在巴伐利亚一个菜农那里干活。他手巧、勤快，一眼就看出了可以从这片沼泽地里得到的好处。在邻居的嘲笑声中，他挖沟、排水、晒地，别出心裁地用铁锹做成小闸门，利用斜坡建成了一套灌溉系统。鲁特尔太太像一个男子汉一样跟他一块儿干。两年工夫，柔软的草地变成了肥沃的良田，鲁特尔太太求利心切，找到销路后，开始经营蔬菜种植。

镇上的人不再嘲笑了，他们心怀敌意和妒忌看着他们事业的成功，于是就在这一对男女身上风言风语以示报复。一个男孩的诞生使丑闻达到了顶点。人们悻悻地等着战争结束和丈夫的归来，他们知道他脾气粗暴。停战了，出乎大家意料，这不害臊的女人居然没有撵走她的德国兵。

一天，鲁特尔突然回来了。五十二个月的集中营生活使这个鲁汉子变成了一个苍白、懒惰的病人，只想喝酒和安逸。他发现他女人胖了、富了，房子重新翻盖了，桌上食物丰盛，买卖也兴旺发达，在一个德国兵用柳条编的摇篮里，一个现成的小崽子来得正是时候。他惊呆了，看着这一切，并不发怒，在他窄窄的额头里，他掂量着是否应该反对，特别是是否应该赞成。

"别装傻，"女人对他说，"你要愿意享受，就跟我们一起干，德国兵会教你的。"

鲁特尔一声不吭；但是，过了几天，他屈服了，开始学干活。

事实上，管事的是女人。银行的户头写着她的名字。当说到她丈夫和巴伐利亚人时，她说"我的人"，像个班长一样。

　　房中两间卧室，各有一张床。鲁特尔太太睡一张，他儿子睡另外一张。但是，谁也不知道两个男人哪一个和孩子睡在一起，也不知道是否总是同一个。

　　"您来喝一杯凉快凉快，若阿纽先生。"鲁特尔太太说。她那农妇的脸是平静的，略显严厉。她在桌子上放了一把渗出水珠的酒壶，在三个杯子里倒满一种起泡沫的饮料。"这是德国人给我做的，"她说，"用花楸果在蜂蜜中发酵。"

　　客厅不像当地别的客厅，若阿纽从不敢让他的狗进去。家具、地板都用蜡打成金黄色，麻织的帘子使阳光变得柔和。窗前，五颜六色的木条做成的花盆架上鲜花盛开，这肯定也是德国兵搞的。

　　两个男人进来了，因为地板的缘故只穿着袜子。他们穿着一样的干净衬衣和人字斜纹布裤子。但是，在德国人身边，五短身材、脊背厚实的法国农民，却像个帮工。

　　"慢慢喝，这么热的天气可得小心呀。"女人以命令的口吻说。

　　她环视了一下，慢慢地退出了。

　　三个男人默默地在桌旁坐下。

　　"你得帮帮忙，若阿纽，"鲁特尔说，眼睛像螺旋钻似的，鼻子尖儿像尾巴根一样地朝上翻卷着，使他看起来比实际上还要狡猾，"事关德国人，我们想使他归化。"

　　巴伐利亚人的脑袋歪向一边，眼睛望着地板。

　　"什么？"鲁特尔叫道，好像若阿纽已经表示出惊讶，"别说不行，这对大家都好。"他喝了一口，停了一会儿，又继续说："我们不知道怎么办手续。得你去向区长说，替我们尽快地搞成。"

若阿纽感到德国兵金褐色的目光和鲁特尔蓝色的目光一同盯着他。

"我马上就跟你说，若阿纽，"鲁特尔又说，"你为这件事费的时间，自然不会白费的。女人也同意了。帮忙总是帮忙，钱也总是钱啊。"

"谈不上这个，"邮差说，"德国人是我敬重的人。你若愿意，我去向区长说。不过，我跟你说，今天谈归化，可要花大钱的。"

"真的？"

"我是这样想。"

德国人重又望着地，用他骨节粗大的手指笨拙地摸着他那鸟一样拔了毛的脖子。鲁特尔垂下眼皮，摆弄了一会儿空杯子。然后，他站起来：

"这样的话，你看，得首先知道价钱。这原本是女人的主意。据我看，这笔花费并不急。你去打听打听……我们再看看值不值得。"

"好。"若阿纽说，拿起了他的邮包。

鲁特尔太太一直站在门后，她的脸色比刚才还要严峻。她直盯着邮差：

"那么，我们就指望您了，是不是，若阿纽先生？这个小瓜，甜得像糖，拿回去给您太太午餐时吃吧。"

十三

两个比利时人总是比公鸡醒得早，可是两个人起床得费好几个钟头。老婆子第一个下床。她的腰弯成了直角形，得难受好半天才能站起来。使一下劲儿休息一会儿，她终于穿上长袜和衬裙。

老头儿躺在床上看着，他想帮她一把。然而女人需要他，他却更需要女人。她好不容易收拾停当，就掀开被子，把她男人沉重的双腿拖出床垫。然后，她走到床后面，脚后跟蹬在踏脚板上，而老头儿则抓住吊在天花板上的绳子，她于是把手放在他的背上，用尽气力推他。他们一块儿互相鼓励着："嗨，嗨……"老头儿的上身起来又倒下，反复许多次。她生气了，骂他，说他没心肝，说他自私，有时，她甚至失望得哭了。终于，他猛地一冲，摇晃好大一会儿，站了起来。他站着，光着腿，两膝外翻，加上勾鼻子和像木套鞋底子一样的下巴，活像个小丑。但是，最艰巨的已经过去了。他拄着棍子，走到墙边，倚在上面。于是，她在他前面坐下，给他穿上袜子和裤子。他用粗糙的手摸摸她的后脖颈，表示感谢。

他们彼此搀扶着，迈着小步，走到外面坐下。一天开始了。一整天，比利时老两口都待在院子里。

他们是1914年8月来到莫拜卢的。同他们一起来的那些难民早已都离开此地了。而他们俩，买了这幢有些孤零零的小房子，留下来终老。他们对所有的人都彬彬有礼，遇事肯帮忙，跟谁都不来往。大家不怎么喜欢他们，因为总是见他们卖东西，从不见他们买点什么。尽管那么大年纪，老婆子去年还毫不犹豫地每月一次跑上二十四里地，从莫拜卢到维尔格朗德，为了一对鸽子或一篮子克洛德李子能多卖上二十五个苏。可现在是真老了。老头儿总是卧床或躺在稻草编的椅子上，老婆子蜷缩在他身旁，非起来不可时才起来——烧点汤、提壶水、拿夜壶，或者给兔子窝里仅存的最后一只兔子撒一把糠。

若阿纽看见他们坐在厨房前。

从前收拾得干干净净的院子，现在长满了土灰色的荨麻。两个老人周围，一株枝叶干枯的刺槐投下一片稀稀落落的树阴。不过，他们变冷的血已经不怕阳光了。

"你好，邻居！"

老头儿微笑了。自从若阿纽买下洛朗树林坡上的那片葡萄园以后，因为那片葡萄园恰恰与老头儿的葡萄园相邻，他就叫若阿纽"邻居"了。

"家乡来信了，"邮差说，一边打开背包，"不用嘱咐，得把邮票给我留下，站长集邮。"

老婆子忧愁地晃着脑袋。在她褪了色的黑草帽下面，人们会打赌说那是个骷髅头，可笑地披着白色的发卷儿。

"老了真愁人，若阿纽先生。特别是像我们俩这样，七十多岁了，又孤零零地远在他乡……您坐一会儿，我们不常有人来……夜里，您可以相信，有时候我真害怕，算了……要是我们俩有一个死了，比方说我吧，他会怎么样呢，一个人，孤孤单单的？……我跟您说，若阿纽先生，他一个人连大小便都不能啊！"

老头儿一动不动，手杖夹在两个高耸的膝盖之间，清澈如水的目光盯着邮差，流露出羞耻和恐惧。

"你们为什么不雇一个女仆呢？"

老婆子绷紧了嘴唇。

"多谢！那得付她工钱啊！我们租出园子的一半和葡萄园，好容易弄点儿钱，还要流到另一个人的腰包里吗？没门儿！啊，正直的若阿纽先生，我们俩常常这样说——应该做的，是趁着我们还能活动的时候，找一个好姑娘，健康，稳重。我们对她说：'来同我们一道生活吧，当然什么也不挣。而我们死后，把一切都留给您：房子、园子、洛朗树林的葡萄园，甚至还有一笔小小的积蓄！……'"她绞着一双干枯的手，叹了口气，"本来是应该这样做的，若阿纽先生，可现在，太晚了。今天要找这样一个姑娘，简直是让我不戴眼镜穿针线啊……"

"仁慈的上帝啊！"若阿纽心里说，"房子、园子……葡萄园……"

他出了镇子，顶着烈日，又蹬向岔路口弗拉马尔太太的零售店。

一个小姑娘躺在山坡上，让她的山羊顺着一道篱笆吃草。那是莫里索特的女儿，人们称痨病鬼莫里索的老婆作莫里索特。小姑娘十五岁了，长就一副好身材，这从她破烂的小罩衫底下，那刚刚长出来的胸脯上就能看出来。

若阿纽跳下车子，很高兴找到一个借口喘口气。

"家里好吗，孩子？"

她看着他过来，一动也不动。她乱蓬蓬的头发被汗水粘成一片，明亮的眼睛，长长的睫毛，黝黑的皮肤，使她活像一个年轻的波希米亚人。

她耸了耸肩：

"昨天夜里，他又吐血了。"

邮差看见两条狗闻着女孩的腿肚子。

"是为了逗狗还是招蚊子，你才这样晾着大腿呢？"

她收回腿，朝裸露的膝盖拉拉裙子，嘲弄道：

"这跟你有什么关系？"

"嘴真他妈厉害，"若阿纽快活地说，"我肯定你连裤衩都没穿……真该在你这小婊子的屁股上打一巴掌！"

她已经站起来，像小山羊一样，跳到一边。

"等着瞧吧！"

在她周围，炽热的空气好像在人们白日点燃的火上颤动着。

邮差眯起了眼睛：

"等我有一天看见你一个人在树林里，我的小鹿，你大概不会像在大路上那么神气了！"

他笑着，擦去额上的汗，跨上车子，又上了路，还念念不忘房子、园子、葡萄园……尤其是那片葡萄园在他脑子里打转：一块好地，我的天，正朝阳，正贴着他的葡萄园……突然，他猛蹬了一下："莫里索特，真的！"他摇晃着，又直起腰，一蹓儿骑下去，吹着口哨。

他不再感到太阳烤着脊背了，身后，两条狗在尘土经久不散的路上小步跟着。他现在完全是在田野上了，一个人也没有，只有车轮发出的嗞嗞声和两条狗的喘息声打破了沉寂。右边，一片刚收割过的土地在阳光下泛着金黄色；左边，没有一棵树，只见一排排的甜菜，肥大的甜菜仿佛露出了牙床的白齿，拱出了憋着它们的干燥的土地。蓦地，一群山鹑，扑楞楞地飞过去，为了省力气，它们紧贴着地面，落到最近的一排篱笆的阴影里。

若阿纽没有直奔岔路口，而是穿过田野拐进一条小路。

莫里索的破房子位于一片田地中间。一个三十岁的棕发、健壮的女人，正在井边刷锅。看到两条狗走近，她站起来，转身走了。

"他在哪儿？"若阿纽喊道，"能看看他吗？"他压低了声音，"我有两句话跟你说，莫里索特……"

他们只有一间烟熏火燎的屋子，还散发着酸味儿。在屋子凹进去的地方，那快死的人直挺挺地坐在一张草垫子上，上身夹在两个装满草的破口袋之间。没有碗橱，也没有椅子，一口箱子翻过来，当作饭桌，前面只有一条长凳。一个角落里，另有一张草垫子，那是小波希米亚人的。窗户开着，进来一股浓厚的被太阳晒透的粪水气味。狗在屋子里转了一圈，在快死的人身上闻了闻，然后朝门口走去。

"不见好吗？"邮差问。

"见好。"莫里索说，声音好像是从坟墓里发出来的一样。他挑战似的看了他女人一眼："我明天就起来！"

妻子和丈夫恶狠狠地互相打量着，旁若无人。

"除了要酒喝，他才不起来呢，混账东西，"莫里索特嘘道，"可这儿一滴酒也没有了，他要去镇子里喝酒，我倒放心了，走不到酒馆，他就得死十回！"

莫里索气得直打嗝，紧咬着牙关。他被钉在那儿，无能为力。真是乾坤倒置。六个星期以前，不为什么，仅仅为了取乐，他还可以对这个娘们饱以老拳，现在他却不得不受她的捉弄。他气得喘不过气来——那是一种野兽掉进了陷阱里的无可奈何的愤怒。

此地人们早就认识他们：两个孤儿，就在附近长大，区里的视察员使他们结了婚。她原是旅店的侍女，十七岁时怀了孕；而他是个壮工、偷猎者，名誉不好，没人不怕，经常没有工作，因为很少有人愿意雇用一个孤儿，一个私生子。他没有办法，在得病以前，接受了最苦的工作和最低的工钱。他为了解闷消愁，晚上就在包斯那儿把工钱全喝光。人醉了，钱袋空了，酒馆主人就把他赶到外面。他跌倒在沟里，手脸被篱笆划破，回到他的破房子。为了消气——或消他的羞耻——他把老婆从床上揪起来，动手就打。然后，当他打够了的时候，一个念头攫住了他，他就把她翻倒在草垫子上。

孩子被惊醒了，又恨又怕，牙齿咬得咯咯响。她也经常挨揍，但最近几个月来，她却受到抚爱。母亲为了安静，自己睡去了，由他去干。"你不是他的女儿，"她说，"不然的话，我就让他蹲监狱。"

若阿纽手扶车把，在路中间走着。他迈着大步，解释那桩买卖。莫里索特不说话，小跑跟着他。最后，她喃喃地说：

"这太美了，简直不是真的。"

"别当傻子！"若阿纽咕噜道，"让我去搞，你懂吗？你一半，我一半。如果我把你放到比利时人那儿去，你给我签个字据，你继承财产的时候，我要葡萄园。"

他们走到大路上。她在他前面，脚上一双木鞋，站得稳稳的。她的腋下，衬衣湿了一大片。邮差的眼睛甜滋滋地看着那宽大的屁股、高耸的乳房。你一半，我一半，这些已经行了。下一步就是要搞成。

他招呼两条狗，闻了闻闷热的空气，尽管天上没有一丝云影，他却说："要来暴风雨了……"

她又上了小路，脑袋里一团火，踉踉跄跄，充满了希望。让那个快死的人在那儿叫吧，哪怕他把肠子都吐在草袋子上呢！如果她能有结果他的办法，而且别久拖……

十四

岔路口的零售店，是一座低矮的房子，上面写着"酒与饮料"，坐落在三条路的交叉口上，周围一片轮伐林。

门窗都关着。邮差在窗前刹住车，敲敲窗板：

"弗拉马尔太太！"

里面一阵轻轻的骚动，然后，一个声音有点喘息地喊道：

"来了……"

钥匙吱地一响，门开了：

"啊，是您哪，若阿纽先生？请进……我刚穿好衣服。"

她穿着丝衬裙，在她随时可以奉献的胸脯上，她正在扣一件粉红色的短上衣，上衣的领口慷慨地开着。

屋子里很凉快，近于昏暗，弥漫着柠檬水和化妆品的酸味。若阿纽侧耳倾听，似乎听见朝树林开的后门轻轻地一关。

"我打搅到您了吗？"他问道。

她好像没有听见。她从柜台上拿出一瓶白葡萄酒和两个杯子，过来对着他坐下了。

他一言不发，径直地把一封信放在她面前。

"可这是给弗拉马尔的呀？"

"只管打开。"

她服从了。当她拆信封的时候，邮差的眼睛惬意地看着那双裸露的胳膊，白得像大腿，嵌着三个撩人的牛痘瘢痕。然后，他的目光向上移动，看着脖子上层层的皱褶，搽了粉的面颊、螺旋形的、油光光的发髻，上面插满了玻璃别针和精雕细刻的梳子。不管怎么说，弗拉马尔太太是口美味啊。

她抬起头，把信递给他：

"是哪个流氓写的这东西？"

他早在她之前就读过"这东西"了，但他还在装傻：

"没署名？我料得到的……鼻子尖的话，很远就能闻到匿名人的味儿。"他正了正眼镜，装作看信的样子。

一只光溜溜的胳膊突然落到桌子上：

"这是古凡！"

"不该没有把握地控告一个人，弗拉马尔太太，"若阿纽教训地说，"尤其是一个宣过誓的人！"

她脸上冒火，重复说：

"是他！是那个乡警！……我自有理由！"

"这样的话……"若阿纽说，他拿起信，漫不经心地查看着，微笑了，"好小子古凡！"

乡警是邮差的敌人。他原是国防军的一个士官长，他在包斯那儿加入了领战争抚恤金的那一伙，对于在洗劫柏林之前就签订停战协定大为不满。若阿纽疑心他正在为德·比埃勒先生进行一场阴险的宣传，后者在省议院的选举中是区长的对手，他因此严密地监视着古凡，特别使他痛恨的是乡警的那套制服，他因为自己不是镇上唯一戴军帽的人而十分恼火。

他把信放回邮包。现在，他可有了一件武器来反对古凡了。

"不要紧！"他说，"要是没有我，这会让您倒霉的！"

"倒霉？"她骄傲地笑了，突然用你来称呼邮差：

"你别为我操心，伙计！弗拉马尔的忌妒，让我来管！谁要能真的让弗拉马尔生我的气，那他得比你们大家起得都早！"立刻，她又后悔说了这些话："您还是做得很得体，若阿纽先生。因为这准会让他苦恼的，我感谢您使他避免了这件事。"

若阿纽卷了一支烟，望着弗拉马尔太太的下部，抽着鼻子，仿佛嗅着什么，决心正面进攻：

"说句知心话，弗拉马尔太太，为什么您过着这样的生活？"

"什么生活？"

当她这样抬起头来，她的张开的、一动一动的鼻孔，令人想到一只小牝牛的鼻子。

"得了，得了，"若阿纽傻乎乎地说，"不该跟我要花枪……既然谈到这件事，我甚至要直截了当地说出我的想法。一个能够每天晚上同一个像弗拉马尔那样的壮汉睡觉的女人，应当心满意足了，应当安安静静地过日子了！"

"是吗？"

弗拉马尔太太并不生气。她的厚嘴唇上浮动着一丝快乐的、令人心慌意乱的微笑，好像并非对别人而发，只是内心欢悦的反映。她在自己肥胖的胳膊上按死一只苍蝇，弹到地上，未说话之前先看了看邮差。

"您是可以交谈的人，若阿纽先生，因为您不是一个说话左躲右闪的人……那好，我来告诉您一件好事：弗拉马尔，他不是个男子汉。这使你惊讶，我的孩子？可这是真的。不管他多么壮，他跟女人也什么事都没有。我们一块儿睡了六年，他从未……碰我一下！"

她喝了一口酒，慢慢地放下杯子，若有所思地继续道：

"甚至可能正因为这样，我才倾心于他，如果您愿意我说的话……在我的婊子生活中，有过许多男人，我并不隐瞒——本性难移。但是弗拉马尔与众不同，这是个我一见钟情的人。他围着我转了一年，每天晚上都到小咖啡馆里去，带着花、小礼物……但是，当我对他说'跟我上床'的时候，他却像孩子一样地逃了。真的！……而当我终于知道他为什么那样胆小的时候，您会不知道，不，您不会知道这使我怎么样。我发誓抛弃一切与他生活在一起，我说话算话，我甚至从没后悔过！如果我弄钱让人说坏话，这不是为了我自己！当然，尽管我像大家一样喜欢赚钱。这是为了我男人……我比他大十二岁，看不出来，但是这起作用。应该明白，我干的事不能永远继续下去。而我，我愿意我的小伙子日后，甚至在我死亡后，面包上有黄油，咖啡里有酒，烟斗里有烟，永远不会缺什么！"

她把胳膊肘放在桌子上，手捧着她的双下巴，严肃地凝视着邮差。后者眯起眼睛，一言不发。

"事情就是这样，伙计。问题在于理解，不要仓促判断看见的事情……"

"原来这样！"若阿纽喃喃道，惊讶不已。

十五

当若阿纽在零售店的时候，不过一刻钟之间，天空突然乌云密布。林子里烘箱般地闷热；蚊子成阵，如同傍晚；蘑菇的气味刚刚钻出地面。在松林中，发红的土地在车轮底下像面包粉一样发出轻微的响声，一丝风也没有，蕨草新弱的茎上，宽大的叶子纹丝不动。

"加油，比克！加油，米拉包尔！"邮差对着两条狗喊，它们跟着他，伸着舌头，不断地软塌塌地摔倒，又立刻气喘吁吁地爬起来跟上。

维尔格朗德那边，乌云在天际翻滚。当若阿纽回到镇上的时候，远远的雷声宣告暴雨终于来了。

在晒得滚烫的墙壁和关闭的窗户后面，在空气凝滞满是苍蝇的房子里，莫拜卢的人们骚动不已，汗流浃背；潮湿之中，散发出一种洞穴的霉味儿，人们从早到晚地忙乱着。这是生命的节奏，愚蠢而古老。男人们额上长着一道道忧虑重重的皱纹，不知疲倦地跑个不停，从柜台到马厩，从打铁炉到马车房，从工作台到地窖，从菜园到干草房；而女人们，犹如固执的蚂蚁，同样不知疲倦地往来穿梭，从摇篮到鸡窝，从生炉子到洗衣服，为了一个有用的动作，要完成十个无用的动作，从来不能做一件有持续性的工作，从来不能拿出一小时从容地娱乐一下。所有的人都匆匆忙忙，好像为活着而动就是大事，好像去赶最后的约会，一分钟也不容浪费，好像面包真的只能用汗水换得。

若阿纽穿越广场的时候，狂风骤起，卷得尘土飞扬，直升到教堂的房顶。百叶窗和门都呼答呼答地响着。天暗如铅。雷声更加清晰，更加频繁。

"点上蜡烛吧，费尔迪南，要变天了！"若阿纽对理发师说，后者站在空无一人的铺子门口，察看着天色。

"……要下雨了。"包斯太太说着，跑过去了。

办公室前，邮差碰到一个胖子，血色很盛，花白头发，头戴一顶黑色军帽，脚穿皮靴，正是乡警古凡。

他直冲他说：

"你还在这儿干什么，上尉？快去吧！你还不知道吗？弗拉马尔杀了他老婆！"

古凡一下子愣住了，脸白得像大油。寂静之中响起一声惊雷。若阿纽正面盯着他，突然笑起来：

"别激动，笨蛋！这是开玩笑……现在，我知道了我想知道的事了。"

他转过身去，唤回吃饱了的狗，扣好衣服扣子，准备去"汇报"。每天早晨，送信回来之后，他都要进区政府去见阿纳尔东先生。

办公室里，区长正在共和女神的胸像下面来回走着，嘴上衔着烟斗。埃纳伯格先生的课完了，正坐在办公室里处理日常事务。

"说准确……不要吹牛……我绝不允许省当局试图这样对市议员施加压力……蔑视公民投票不因时间而失效的原则……他们在省里会看到我的手段！……这个我们明天再写……把您的座位给我，亲爱的，让我来签您那些玩意儿。"

他说话简短，语句尖锐："办事果断！""直截了当！""少说话，多行动！"——还有其他果断的口头禅，意在表示阿纳尔东先生是个知道往哪里去，不兜圈子的领袖。

他年近六十，毛发还没有一根变灰。五官端正，像是用砍刀在硬木上削砍而成。眼睛是蓝色的，目光准确，然而不深沉。小胡子剪得很短，衬托出一张像扑满口一样的嘴。这张僵硬的脸只有冷漠的表情，这是一种除了向上爬的野心其余都不存在的人的那种冷漠。

小学教师站着，把纸一张一张地往区长的笔下塞。每签一份，他便机械地盖上区政府的印鉴。他灰心丧气地想着，越来越多的公文表格日甚一日地阻碍着社会机器的运转，一个陷在这种官僚主义之中的制度是注定要完蛋的。然而，这只是他深藏不露的想法。长期以来，他根据区长的所为来判断他。他知道，在这位实践家身上，军人的坦率、男子汉的正直，掩盖着一个夸夸其谈的吹牛家的形象——没有方法，没有理论，没有性格，也不光明正大。
由于区政府秘书这一职务的束缚，他闭口不言，他对他的
所见感到羞耻，对人家让他干的事情感到厌恶，但是，他
内心痛苦。无论如何，埃纳伯格还保持着青年活动家的信
仰。他诚心诚意地相信人类的尊严，相信公民理论上的平
等，相信通过世俗的民主的胜利能获得最后解放，相信人
民的主权，相信人有权自由思想，有权自己管理自己，自
己保卫自己，同时不断反对在资本主义政党的共和伪装下
随时可能再生的旧制度。然而，这正是阿纳尔东先生在他
的演说中不厌其烦、滔滔不绝地重复的词句。在埃纳伯格
看来，这恰是最致命的伤口：他不能原谅法国所有的阿纳
尔东们的，正是他们成为一种政治理想可笑的化身，而为
这种政治理想，埃纳伯格明天却可以在一场内战中英勇地
献身于街垒之上。

阿纳尔东先生毫不疑心小学教师心怀不满，但是，已
经好几次了，若阿纽——他偷拆信件——向他报告过：

"区长先生，我跟您说，您的埃纳伯格，不单不讲交
情，还是个假兄弟！"

十六

广场上，大滴大滴的雨珠已经无声地落在尘土之中。
狂风摇动着栗子树的树枝，打落了那发红的叶子。

邮差急忙回家吃午饭。

梅丽端来饭菜，若阿纽在桌旁坐下。

他稳稳地坐在椅子上，下巴颏凑近盘子，皱着眉头，

两眼在浓密的眉毛和睫毛的覆盖下半闭着，不说话，既不着急也不停下来，什么也不管，甚至连正敲打着窗户的暴雨也不理会。他嚼着，考虑着他的手段，宛如那生活在仓库里的毛茸茸的蜘蛛，白天趴在蛛网的中央，一动不动，令人生畏，只要这张开的罗网稍微一动，便随时一跃而起。

梅丽已经习惯于这种沉默。在家里，这个由于能说会道而博得全镇信任的话匣子，只是吃、喝、打呼噜时才张嘴。面对他坐着，她也在琢磨自己的琐事，对于菜，也是这叼一点那叼一点，并无胃口，她用眼角瞟着丈夫，适时地递给他酒或面包片：这是一种不关痛痒的关照，已成为本能，纯粹是夫妻间的服侍。

突然一声惊雷，震得屋子的一切都跳动起来，酒杯在搁板上颤动不已。

梅丽哆嗦了一下。一片寂静之中只听她喃喃说道：

"雷大概落得不会很远……"

可是，雷声已经过去了。风突然停了，雨也几乎立刻停止了。

喝过咖啡——去车站前总是如此——邮差进了他的房间，关上门睡午觉。他很少在床上磨蹭。这个时候，保证不会被打搅，他在酒精灯上烧一点水，用他那指甲发黄的手指灵活地揭开那些引起他兴趣的信封。

今天收获不坏：猎物表上，有一封给古凡的信，它终于带来了若阿纽几个月前就嗅到的叛卖的证据，区长先生会高兴的。

但是，尽管有这桩意外的所得，邮差还是心神不定。他斜躺在床上，眼望着天花板，坠入幻梦之中。梅丽刚吃完饭，脸上略微有些发红，她走过来倒咖啡的时候，若阿纽粗暴地一拉，把女人连同咖啡壶一起拉到自己身上，但是，梅丽灵活地挣脱了。

"你疯了，嗯？再使点劲儿，你就烫了我的手！"

他看她生气了，便笑起来，然后一声不吭地喝了他的咖啡。

十三点，若阿纽戴上军帽，下了床，去接十三点二十七分的火车。

正是最热的时候，雨下得时间太短，只是压了压尘土；空气凉爽了一会儿，很快又变得烫人了。公墓里，花岗岩士兵在太阳底下闪着蓝光。

突然，当若阿纽手扶着自行车，停下来擦额上汗水的时候，那块暗中燃烧的小火炭又出乎意料地烧起来，一下子燃遍了这个大个子邮差的全身，他伫立在路旁：那边，远远地，通向洛朗树林的那条小路的头上，一个红头巾刚刚消失在一片轮伐林中。那戴头巾的，是菲利伯尔特，她捡干柴去了。

"好。"若阿纽说，朝火车站那边直冲过去。

公务第一。

十七

从路堤底下拐个弯，越过站台齐胸高的栅栏，就看到站长在散步。从他那前倾的侧影和唐·吉诃德一样瘦削的身材上，人们远远就认出了他，但这只是一个老唐·吉诃德，没有一点征服者的神态。

他叫住邮差：

"早晨没有我的信吗？"

"有。"若阿纽大胆地答道，走过去把车子放好。

他在长长的胡子底下暗自笑着，他知道站长半个月来等着什么。那个官方的黄信封，上面的字歪歪扭扭，他那天从车站的箱里拿出来时，就觉得可疑，他认为应该在寄走之前先看一下：天哪，可真是他一生中最令人愉快而又惊讶的发现之一！

站长急忙走上前去。

"这就是。"若阿纽说。他不慌不忙地从口袋里掏出那张比利时邮票。

"没别的了吗？"

老人失望了，望着地上。这种态度，在他是习以为常的，并无特别之处，但是，由于他下垂的鼻子、沉重的眼皮、山羊胡子和驼背，他好像总是比别人往下看得更低。

"那么，站长，"若阿纽嘲弄地说，"快了吗，退休？"

老人含含糊糊地摇了摇头，他把邮票塞进帽子的饰带底下，大步回到他的小屋里。

若阿纽直奔灯具室。他看见弗拉马尔正在等火车，他抽着烟斗，汗流浃背。

"路上真热，我说！"若阿纽说。

搬运工倒了一杯酒，作为回答。

"你看见她了吗？跟她谈了吗？"

若阿纽擦了擦后脖颈，坐下，微笑着，右手舒舒服服地握住凉爽的酒杯。他从一进来，就想着弗拉马尔太太泄露的秘密，现在他带着开心的想法望着这个巨人。

"我看见她了，是的，我们谈了……从某种意义上说，你知道，她没错……应该想想。"

弗拉马尔喘着气，好像一头被追赶的公牛。在紧贴着肉的背心下面，胸脯像个患哮喘病的女人的胸脯那样一起一伏。突然，他握紧了拳头，噘起了嘴：

"我没说她不对，笨蛋！但讨厌的是当王八！"

两个人不说话，意味深长地互望一眼，然后，都细心地思索起来。

"钱总是钱。"邮差最后说。

旁边，办公室里，关着的小窗后面，站长坐着，端详着他两只皮鞋间的地板。

是啊，不出两个月，他就要退休了。另一位站长将坐在这儿，登记货物，掌管一切。而他，他将去哪儿呢？

他穿公司的制服已经三十年了。三十年中，没受一次批评；三十年中，没登错过一次。而现在，要退休了，这并不比死亡更容易躲啊。

在他身后，一种职业结束了——火车站长的生涯结束了，这并不是件大事，但是他希望这是一段堪为表率的生涯。三十年中，他唯一的乐趣就是好好地完成任务；他英勇地抵制了一般人不能抵制的所有坏习气。他不抽烟，不要情妇，甚至合法的妻子也不要。（只要掌握一点儿权力，为了运用它，就应该表现出无情，不要流露出任何软弱的迹象。）他允许自己享有的两种消遣都属于精神方面的：集邮和书籍。两次列车的间隙中，他整理邮票或者翻阅他教父——一个戏剧爱好者遗赠给他的十四卷合订本的《斯克里伯全集》。除此之外，一切都为这理想而牺牲了——做一个完美的火车站长。而今天，在离开这一切的前夕，在活着入土的前夕，完成使命的满足之感竟没有给他的绝望带来丝毫酬报。

外面，警报器在拼命地、哆哆嗦嗦地响着。二〇九次列车不远了。幸好还有公务，否则……

站长戴上帽子，走到月台上。如果有什么事可做，比如运输，或者旅客，那该多好！可是，这个模范站长的月台上总是空空如也。

若阿纽在灯具室油腻的窗户后面看见站长过去了，一道嘲讽的目光在睫毛间闪出来，随即消失。

他想着半个月前，老人寄给小报纸的一则广告：

> 某先生，若许年纪，独身，积蓄若干，小笔退休金，性情随和，意有助于一严肃、体贴、眷恋、温柔妇人之幸福。信寄报社办公室。C.V.39。急。

十八

若阿纽走出车站。为什么不呢？……他一只脚站在人行道上，屁股坐在车座上，蹬车之前，先卷了一支烟，思想早已经飞到洛朗树林了。

　　菲利伯尔特是南方的一粒黑橄榄。她瘦削，有一副神经质的肉体，吵吵嚷嚷的，不很漂亮，但像一头山羊一样机灵。一到夏天，她都光着大腿，穿着一双草绳底帆布鞋，走遍这个地方，再热的天，她也戴着那条红围巾，把它在下巴颏底下打个三角形的结。

　　看得出来，她不是本地人。她是被镇上的一个小伙子带来的，一次征兵碰巧把他征去，派到那包纳去服役。小伙子突然死了，已经两年了，从此，她带着两个年幼的女儿，灾难重重。因为有孩子，她不能到别人家里去做工。菲利伯尔特住在一座茅草房里，那房子坐落在属于镇上的一片荒地上。根据机会，她或者靠施舍或者以偷窃为生。下午，她把两个孩子捆在摇篮里，自己出去拾干柴。

　　若阿纽只要兴致一来，总能知道在哪儿会找到她。他穿过树林，来到轮伐林，口里吹着一首猎歌。她总是等不了多久就露面了。她驯服地，然而没有一丝笑容地跟着他走进林子的最隐蔽的地方。他要她干的事情，她都不情愿地干了；否则，如果他愿意的话，他能让区长把她从茅草房里赶出来。再说，他总是给她二十或三十个苏，反正，这钱挣得也快。三十个苏，可以买两天的面包。况且，自己也应该明白：这种事情，不会持续很长时间，等到孩子大一些，她可以把她们送进学校，自己去给人家洗衣裳，因为现在很难找洗衣裳的女人。那时，六个月的工夫，她就能攒钱回鲁巴涅，在那包纳附近。在鲁巴涅，她还有个残废婶子，鲁巴涅，每天晚上睡觉时都梦见的地方，那儿的人，我向你们保证，不像这儿的人那样。

从山坡的高处下来时，他看见他们了，那三个人，在水边上，蹲在柳树丛中。他们是镇上的三个懒汉，三个拿战争抚恤金的人，三个阿纳尔东先生在演说中称为"我们的英雄"的人——帕斯卡隆、杜尔和胡斯丹。

　　若阿纽把车子靠桥头放好，悄悄地走近三个钓鱼的人。他们三个每碰到一起就要吵架，但是白费，一种秘密的力量总使他们三个聚在广场上的同一个角落里，咖啡馆的同一张桌子旁，或者河岸的同一棵树下。

　　帕斯卡隆跛足，尤其是当他穿过镇子的时候。他是三个人中拿抚恤金最少，最不懒惰的人。他是掘墓人和修鞋匠。战争的第一年他就回到镇上，他会利用这一机会，在区政府召见他的当天晚上，就使区里任命他为公墓的看守，住在公墓里一片松树荫蔽下的一间小棚子里。他独自过活，但是他的敌人，那三个因战争失去丈夫的女人，声称晚上在小棚子里发生的事根本与丧事无关。帕斯卡隆顶住这些流言，并且还以此为乐。当天气凉快，瘸子感到自己还想干点活儿的时候，他就坐在教堂的阴影里，一边回忆着他从前得挣口饭吃时所从事的职业，一边给皮鞋上底，胡乱补补套鞋——挣的钱也够他胡闹了。他身材矮小，一根头发也没有了，粉红的圆脸上闪烁着一对轻浮的眼睛。当他不在公墓，也不靠着教堂坐着的时候，他就泡在咖啡馆里。所有的顾客都给他喝一杯，如何抵挡得了他呢？他一瘸一拐地围着桌子转，眨着眼睛，声音嘶哑地说："你好，伙计！没什么润润嗓子吗？"

　　杜尔，少了一只胳膊——少了右胳膊，这不妨碍钓鱼，但不能干活。法国和他姐姐包斯太太，咖啡馆主人的老婆，养活着他。他住在咖啡馆里，中午才起床，看交易所的行情。星期天，他扎上围裙，装作帮忙的样子。他的专长是引人投钱让自动钢琴演奏。重要的是收到更多的钱，除了维护钢琴的需要，多余的部分是他一星期的烟钱。至于国家的钱，那可是神圣不可侵犯的，他存了起来。

第三个是胡斯丹，中过毒气。他最受忌妒，因为他身上的东西什么也没少，还拿那么多钱。他身材高大，金发，软绵绵的，衣衫不整，脸上总有一层稀稀拉拉的茸毛。他走路时塌着胸，不住地轻轻咳着，这是他的习惯（那几个战争中失去男人的寡妇说），他每月都得在一个复员委员会面前为自己辩护而养成的习惯。他留在镇上的老婆，在战争期间，带着家具跑了。他回来只看见自己的房子和加里巴勒迪——他的狗：发黄的长卷毛乱七八糟，跟它的主人一样，这是一条真正的马戏团的狗，能赚钱，晚上，胡斯丹让它在广场上耍把戏。

一阵淤泥的新鲜气味从潮湿的草地上冒出来。芦苇丛中，河水流畅、澄澈，暗绿色的波浪冲弯蒿草，像头发一样地梳拢着它们。

"要是鱼……"

"别说话。"杜尔悄悄地说。

"……像蚊子那样爱咬就好了！"帕斯卡隆喃喃地说。

那个中毒气者，在稍远的地方，靠在一株柳树上。他本能地找了一块肮脏的地方，河水在那儿拐了个弯，积聚起来的水沫好像一层疮痂。为了凉快，他把光脚伸进腐臭的泡沫中。他睡意蒙眬。幸好加里巴勒迪坐在那儿，嘴上衔着一只小桶，看着浮子。

若阿纽站着，不理会成群的蚊子在耳边嗡嗡，看了一会儿流水。

帕斯卡隆朝他转过头来，露出一口坏牙，微笑着：

"没什么润润嗓子吗？"

十九

若阿纽到了区长宅前。二层楼的一扇窗子开着，里面一组小调琶音，在呼哧呼哧的琴键上跌跌撞撞，犹豫的音符断断续续地直传到街上。

若阿纽在栅栏前按了铃，琶音立刻中止，阿纳尔东小姐出现在窗口。尽管她刚过三十岁，可已经是个老姑娘了，而且一眼即可看出。她朝着邮差微笑了，仿佛任何微小的意外都会立即给她带来欢乐似的。

"你好，若阿纽先生，我就下去。"

阿纳尔东先生很早就死了太太，一直没有再娶。玛丽·冉娜是他的二女儿，只有她还跟他生活在一起。

两姐妹一直属于莫拜卢人所说的世上幸福之人。事实上，她们从没"缺什么"。

小时候，她们有幸被送到维尔格朗德进寄宿学校，接受了一种终生受用的良好教育。刚入青年的那个春天，她们回到莫拜卢，等待结婚，她们在诺埃米婶婶宽容的监督下，过着无忧无虑的生活。诺埃米婶婶是个老姑娘，独自一人住在老宅的另一端。

年复一年，两个姑娘早都过了二十五岁，姐姐泰雷兹，害怕像诺埃米婶婶那样老而无夫无子，终于嫁给一个和她父亲一般年纪的人，那是个埃洛阿镇的大农场主，死了老婆，身边只有一个未婚的女儿。她在那边继续过着令人艳羡的幸福生活，从早到晚在庄园里忙忙碌碌，身边有一个性情粗暴的老人和一个对她的闯入不能原谅的心怀妒意的继女。但总有可以抱怨的事情：泰雷兹感到绝望，丈夫实在太老了，不能指望生孩子。

姐姐的明智榜样并没有使玛丽·冉娜在婚姻中寻求幸福，反而使她陷入老姑娘自私自利的常轨之中。她替父亲管家，消极地一天一天拖下去。据邻居说，她很任性，几乎不知控制自己的异想天开。她自幼幻想着学音乐，但是为了不损害父亲的政治地位，她却连教堂里的风琴都未能一试，不过她还是让父亲给她买了一架钢琴，那琴盖着一层印花布套和一层灰尘，在马索太太的客厅里睡了足足几代：一架令人肃然起敬的乐器，几乎不响了，只是低音部分还有着像中国锣一样美妙的音色。维尔格朗德的调琴师，既老且瞎，好像他该瞎了，有着熟练的音乐家的声誉，竟逐渐地调出了大部分音；一不做，二不休，他还每两星期给玛丽·冉娜上一次课。进城成为老姑娘每月两次的乐事，她事先弹琶琶音，用汽油洗手套，做好准备。她还保持着易于激动的天性，每次进城之前，一夜都不能成眠，起来的时候，眼睛睁不开，两颊比往日更红。但是，管它呢，有点儿疯狂，生活才有味儿……邻居说得不错：玛丽·冉娜再正经，还是喜欢寻欢作乐。

阿纳尔东只住了一间楼下的房子——餐厅。当他不在地方上跑来跑去握手的时候，他就坐在那儿，面前的餐桌从来也不收拾，桌上，文件挨着脏盘子、黄油碟子、面包筐。虽然他极瘦，他可是全区第一号大吃家，也许是全省的第一号大吃家。他从没有连续两个小时不吃东西的时候。一天十次，他推开门，朝楼梯上大喊："玛丽·冉娜，我要吃东西！"玛丽·冉娜也习惯了，她端来一碗汤，里面两个荷包蛋，或者一盘冷肉，或者单单一块羊奶酪，在灰里发得恰到好处。

但这只是些小点心。应该看看每顿正餐开始时的区长。女儿一放好餐具，只见他站着，把一盘颇肥的熟肉酱抹在新鲜面包上，用一把小木铲就着钵子，狼吞虎咽起来，据他说这是解第一阵饿。奇怪的是他并不因此而身体不好，甚至也没有消化不良。所有的菜都吃光了，他才离开桌子，喝满满一杯咖啡，两杯白兰地，点着烟斗，上茅房，然后回来办公，就像只吞了一个鸡蛋一样轻松。

邮差进来了，阿纳尔东先生放下报纸，抬起头：

"说吧，若阿纽……"就语气之简捷和亲切，区长是独一无二的，"准备好跟我去……警察局接到一封关于帕格家的检举信，控告他们虐待老人。队长报告我说他一会儿去白磨房。"

"看热闹吧。"邮差说，一边坐下了。

是他检举的，但这与任何人无关。

"您哪，若阿纽，有什么新闻？"

"有啊……"邮差咕噜道，他准备着更好的效果，"您该说我唠叨了，区长先生……留神乡警，他跟您的对手有联系。"

阿纳尔东先生耸耸肩膀。

"可是您没有给我拿出证据来……"

若阿纽从桌上拿起烟盒子，夹在两腿间，不慌不忙地卷一支细长的烟。然后，他从口袋里拿出一张纸，不动声色地说：

"证据？……这就是。"

阿纳尔东先生小声地念道：

莫拜卢乡警古凡先生

　　比埃勒先生委托我转告您已获知您本月二十二日信中向他提供的机密情报，这些情报对他的竞选活动是宝贵的。他嘱我向您转达他的谢意以及他对您的忠实感情。

民族主义委员会书记

法布尔

若阿纽用眼角溜着区长，他等待着夸奖。但是，阿纳尔东是个领袖，他把信放在桌上，严厉地说：

"不该截这封信，若阿纽，应该截二十二号的那封。"

若阿纽并不慌乱：

"别急……我在那头有个伙伴，他已发现了线索。"

这一回，阿纳尔东先生赞许地点点头。

于是，邮差弯下腰，伸直胳膊，手指碰到桌沿。

"这还没完，区长先生，问题在于想想我，我需要钱。"

"还要？"

"还要？从六月份以来，我没见过一个子儿。应该通情达理啊。您看得清楚，我出了力并不讨价还价，不是吹牛，我脚踏实地地为您的当选而工作。但是，我把时间都用上了，我甚至一天中找不出一个钟头侍弄我的园子。梅丽什么都得买，甚至青菜也得买。生活费用很高，我很快就没有酒喝了，收获葡萄之前，我还得买半桶酒，相应地……"

区长看着邮差说话。他眉头紧皱，厚而突出的下嘴唇耷拉着，小口小口地抽着烟斗，烟像气泡一样地从他嘴里吐出来。

若阿纽推出最后一颗卒子：

"如果我想赚更多的钱，我只要说一句话就能提升。我有权这样做。但是，只要我能生活在此地，对党有利，我就待在莫拜卢。只是，我需要帮助。应该通情达理，区长先生。"

区长没有回答，从口袋里掏出钱包，在漆布上摊开一张票子。

过了几秒钟，若阿纽才伸出手，说了声"谢谢"。真笨！不管他在各种场合下是多么自信，只要一见到钱，血就涌上喉咙，令他喘不过气来，一刹那间，他仿佛被雷击了一样。

二十

"西卡涅太太，"若阿纽喊道，"您的神父学徒的消息！"

奥古斯丁·西卡涅在教区神学院学习。

西卡涅太太咬着嘴唇，接过信去，眼睛里充满反感。

邮差急忙缓和气氛：

"小教士字写得好，这我可不说瞎话！"

"当然了！"格戴太太和杜什太太一齐说道。

每天从早到晚，格戴太太和杜什太太都在西卡涅太太家里一道做活儿。三人都是战争中失去丈夫的寡妇，她们差不多一般年纪，每人都有一个由国家抚养的儿子。把她们联系在一起的还别的理由，诸如她们的黑袍子，她们的虔诚，她们的说长道短，她们对有夫之妇的怨恨，她们对逃避打仗的人（即那些在战争中幸免于难的人）的痛恨，她们对抚恤的要求，以及她们那先是使身体失常继而使脑子逐渐失常的骄傲的贞操。

她们每日九十个钟头地缝着粗麻袋，维尔格朗德的工厂却从中捞取了大量利润。真是费力不讨好的工作，直干得她们的手指出血，咳嗽不止，而工钱连吃饭都不够；但是，活儿在家做，不禁你抢我夺，竟至必须有区长的保护才能到手，所以她们每个星期都担惊受怕，唯恐工作丧失。

杜什太太身体肥胖，腮帮子好似两块大生肉片。她拥有高级证书，出语不凡，卫生之道不绝于口，自吹为医术行家。儿子被她送到维尔格朗德一个药商那里，向她提供药草、药膏之类。一旦镇上出了病人，杜什太太就立刻飞到他的床前——尤其是，那些居心不良的人说，如果是一个男人病了的话，她就给他脱掉衣服，拍拍这儿，摸摸那儿，检查检查；在肚子上抹糊剂，在腰上拔火罐，在腹股沟上敷上水蛭，忍不住还要查查膀胱麻痹。她的忠诚甚至常常超过病人：她自愿送终，自告奋勇地参加守灵。对于年轻夫妇，她提出一系列具体的劝告，不识趣地注意着生育或不生育的夫妇，根据情况，送给他们一些药品目录，那是她秘密地让人寄来的——她想不到若阿纽在她之前早就翻过了。

格戴太太，名叫雷翁蒂娜，是三人之中最年轻的一个。她似乎永远也忘不了她曾经是个金发美人，至今还保护着自己的皮肤免遭日晒。她低垂的眼睛周围有一圈玫瑰色的阴影。她一生围着儿子转，那是个自命不凡、体质孱弱的孩子，她为他请求了一笔助学金进维尔格朗德的职业学校。每逢放假回来，他就穿得漂漂亮亮在镇上傲慢地走来走去；为了陪儿子，她停止一切工作；她不让他跟别人一道去咖啡馆，甚至去理发馆她也要陪着他。圣诞节时，那孩子得了严重的气管炎，杜什太太想给他看看，可是雷翁蒂娜从未让她的朋友进入年轻人的房间。杜什太太通过传播关于格戴太太做母亲的感情的种种骇人听闻的事情，而狠狠地报了仇；格戴太太则对任何人也不隐讳杜什太太想要毁坏她儿子的清白。

三人同盟的中流砥柱是西卡涅太太。由于姓氏的关系，再加上脖子细长，人们都叫她鹳鸟。她高挑着一个忧郁的脑袋，上面高贵地顶着深色的辫子。人人都注意到她呼吸的臭味。自从她的儿子奥古斯丁进了神学院，这个圣洁的莫尼克在忧郁之上又加了一重庄严。她紧闭成一条线的嘴唇有种咄咄逼人的东西，好像是说："自从守寡之后，我就从来没有笑过。"褐色的眼睛暗淡无光，像清澈而多变的水，然而是那种深深的不动的水；而她看人的方式，是那种闪电式的，使得镇上没有一个人未曾想过（至少有一次，其中也包括神父先生），西卡涅太太是不是暗中爱上了自己。有趣的是她本人也语义双关地给所有的男人都扣上色鬼的帽子，如果有人亲昵地向她打招呼，她就有意地流露出她又一次地成为淫欲的目标。

尽管西卡涅太太家是反动派腐臭的中心，当若阿纽有机会踏脚于此的时候，他总是暂时藏起不满，并且如果可能，他总要留在那儿，多找几句话说，他很少不带回些颇有味道的闲话。

"过节的那些天，"杜什太太悄悄地说，"好像她从维尔格朗德弄来一些像她一样的娘儿们……"

"……为了吵得更热闹！"格戴太太结束道。

按照惯例，谈话还是围绕着别人来进行。但是，邮差不能马上弄明白哪个女人是她们饶舌的对象。

杜什太太朝他扭过头：

"若阿纽先生关于她能说得更详细，如果他愿意的话！"

"关于谁？"

"关于弗拉马尔屋里人。"

西卡涅太太使劲一咧嘴，松开了嘴唇。她正在读神学院来的那封信，眼睛也不抬，清清楚楚地说道：

"这样的女人，真该在教堂前面的广场上用鞭子抽，像过去有国王的时候那样。"

"我很高兴去干。"若阿纽笑道。

三双眼睛射出一排迅疾的火力，使他不敢再说下去。

街上响过三四匹马不祥的蹄声，分了他们的神。

"警察在巡逻。"邮差以一种洞悉内中底细的神气说。他一把抓起邮包，匆匆告辞。

二十一

警察的马拴在区政府门前，热得在栗树阴下打盹。

消息不胫而走，传遍了全镇："来抓帕格他们了。"

白磨房中发生的事早已让人觉得神秘。即便是若阿纽也从来没有越过庄园的栏杆，因为帕格家有两条狗，令人望而却步。

财产属于帕格师傅，镇上的人都认识他。战争中，帕格老爹失去两个大儿子，他们死在战场上。接着又没了老婆。还剩下一个大家都叫他东京人的二十七八岁的儿子，和一个稍微年轻些的女儿。人们常常远远地看到他们俩在地里干活。人们也常常看到他们身边有个四五岁的小男孩，他在一个冬夜来到世上，人不知鬼不觉，而东京人声称不知孩子的父亲是谁。至于老人，已经好几年没人见到了。说真的，直到今天晚上，人们也没有怎么担心过。但是，警察来了，这可使人们的想象力奔驰起来。是不是老家伙已被干掉了，眼下没人再怀疑了。但尸首他们怎么处理呢？埋在一块田地里，还是在他们的老炉子里烧掉了呢？

队伍威风凛凛。

打头的是队长和两个手下人，然后是区长和埃纳伯格先生，由乡警和邮差陪同。在不远不近的地方，走着镇上的人，不分党派：胡斯丹、杜尔和帕斯卡隆，包斯和盖洛尔、麦拉维涅弟兄和费尔迪南，车匠普约德和学校里所有的孩子。后面跟着女人们，仿佛是参加葬礼一样。还有，在相当远的地方，后卫的末端，好像是偶然散步走到那儿似的，是神父的姐姐凡尔纳小姐，两边是马索小姐和赛莱斯蒂娜。

警察离开大路，一走上通往农庄的小径，拴在院子里的帕格的两条狗就冲出窝来，獠牙毕露，挣着锁链，汪汪狂吠起来，令人毛骨悚然。通过栅栏，人们看到庄园沉重的大门开了个缝儿，立刻又关上了。

队伍停住了。队长外表上不动声色，独自走到栅栏前，在寂静中大声喊道：

"在家吗，帕格？"

看门狗口沫横飞，叫得更凶。胡斯丹得紧紧抓住加里巴勒迪的颈圈——它已经准备蹿出去，支援政府。

过了片刻。

门口出现了一个瘦瘦的小伙子，眼睛吊着，额头黄而窄。人群中喊喊喳喳：

"东京人……"

他关上身后的门，望着队长，并不上前：

"您要干什么？"

"叫住您的狗，给我拿开栏杆。"

语气强而有力，人人心中都感到一种威胁。东京人捻着小胡子，然后，慢条斯理地服从了。

跟着，队长、区长一伙人勇敢地进了院子，其余好奇的人都挤在栅栏前。

"您的父亲还在这儿住吗？"

那人犹豫了，但他转过身来，顶了一句：

"这与任何人无关。"

"对不起，这与我有关。我有话跟他说。"

"说吧，我转达。"

"我要面对面地跟他本人说。"队长坚定地说，同时向房子迈了一步。

东京人在紧闭的大门前站着不动。他眼睛直望着队长说：

"别以为可以这样进我们家！啊，不行！"

队长把手放在手枪套上，人群中响起一阵不赞成的絮语声——大家不怎么喜欢帕格这家人，但是更恨警察。

队长从手枪套中抽出一张纸，在那个农民眼皮底下展开：

"小心点，帕格，这将会对您不利。有人控告您虐待一个无依无靠的老人，我们奉命来此为了把事情搞清楚。让我进去，否则……"

两名警察动了一下，仿佛准备抓住那人，给他戴上手铐似的。他抬起一双被追逼的野兽的眼睛，一个一个地打量着警察、区长，所有进到他院子里的人。他愤怒地晃了晃肩膀，像吐唾沫似的说：

"我才不在乎呢！您高兴进就进吧！"然后，他用拳头敲了敲门，粗暴地命令道："开门！"

人们听见门插滑动，门在门轴上转开了。

这是一间农村的屋子，特别阴暗，烟气腾腾。

帕格的女儿退到房间深处，那儿有一张床，上方有一个装饰着干黄杨木的基督受难像。她骨瘦如柴，没有屁股。小男孩穿着短衬衣，脑袋藏在妈妈的围裙里，只露着一个红屁股。东京人走过去站在妹妹身旁，好像要保护她似的。一片沉寂。

"好，"队长说，"父亲呢，他在哪儿？"

"在他那儿。"那人说。

"什么地方？"

"在他房间里。"

"在哪儿？"

儿子和女儿同时抬起手，指了指床脚那边的一扇矮门。

"带路。"队长说。

那人朝他妹妹转过身去，然后一直走到门前，把门打开。门通到一个潮湿、黑暗的洗东西的地方，尽头还有一扇门，帕格的儿子用自己的钥匙打开了。

队长弯腰进入一间四平方米的破屋子，里面散发着一股恶臭。

一张小床上，坐着一个老人，他身穿一件崭新的罩衣，仿佛靠它才能保持上身的挺直，两只疙疙瘩瘩的手紧抓着膝盖，眼圈发红，毫无表情，一眨一眨地望着来人。

破屋子是个小偏房，只有门口能让人直起腰来。没有顶棚。在斜铺着的瓦中央，两条椽子当中开了一个透气的死窟窿，装了块玻璃。地是土的，板凳上放着一个干净盒子，破床前，有一个便桶，没有盖，里面空空的，但是冒出一股臭味。

"您好，帕格老爹。"队长说。

老头吓坏了，朝队长抬起头，没有应声。

"您在这小房子里干什么？为什么您不跟孩子们一块儿在大房子里？"

"他更喜欢在这儿！"女儿粗暴地喊道。

所有的人，甚至老人，都转眼望着她。她是斜眼，这个缺陷似乎更增加了她态度的蛮横。

"我是跟老人说话……让他回答……天气这么好，您为什么待在屋子里，老爹？这有害……您不愿意到外面去？"

老人看看女儿，看看儿子，然后又看看队长。他仍然一声不吭。

"来，"队长说，"站起来。我们来让您呼吸呼吸新鲜空气，我认为您并不高兴待在这儿。"

"正相反！"女儿顶了一句，"他待在这儿才高兴呢！"

队长动手去拉帕格老爹的胳膊，但是出人意料，老人突然挣脱了。

"不！"

她女儿嘲弄地笑了。

"您不愿意别人帮您？那好，那就起来吧，咱们俩到大房子里去谈谈。"

"不！"

"为什么？"

一阵沉默。

"您怕您的孩子们吗？"

"我谁也不怕。"老人咕噜道。

"那么，您为什么让人关在这儿？"

"他没有被关着！"那女儿抗议道。

"对不起，锁只能用钥匙才能打开，而两扇门的钥匙全都在外面。这就叫作被关着！"

"如果他觉得这样好呢？"那女儿尖声叫道，"别找我们麻烦！"

"别找我们麻烦！"老人重复道，声调同样地尖厉。

"算了吧，"队长说，"这一眼就看得出来：您的孩子把您关在这里好自己当家作主，他们代替您享用您的财产！"

"瞎说！"那女儿咬着牙说。

老人望着她，咕噜道：

"瞎说……"

"他老了，"东京人解释说，神气恼怒而狡猾，"他没有力气了，脑袋也糊涂了。他愿意待在那儿，因为他愿意安静……但是，他想吃饱就吃饱，他想有什么就有什么！不是吗，父亲？"

"是。"

女儿插进来了：

"他脚上穿的厚袜子，是我给他织的，因为他老是腿冷，不是吗？"

"是。"

儿子上前一步：

"把你的烟给警察看看。"

老人服服帖帖地在草垫底下摸着，他掏出来一个熏黑的烟袋锅和一个用报纸糊的纸袋，里面装着烟草。

东京人得胜似的说：

"什么也不拒绝他。他想怎么样就怎么样……不是吗，父亲？"

"是。"

队长糊涂了，嘟囔着：

"这反正不正常，得了吧！"

他弯下腰去，一只手放在老人肩上：

"喂，帕格老爹，最后一次，告诉我真相，我们不坑害您。您为什么在这儿？是您愿意呢，还是有人虐待您？"

老人晃了晃肩膀，不说话。

那女儿叫起来：

"这关谁的事？他是这儿的主人，还是他妈的不是？"

"住嘴！"哥哥说。

帕格老爹怨恨地望了女儿一眼，可是他像回声似的重复道：

"我是主人，还是他妈的不是？"

一阵沉默。

队长直起腰，摇摇头，用眼睛询问手下的人、区长、乡警和邮差，最后，他朝门口退去：

"我，我反正是不管了。我来是为了让您从这儿出去，但是，如果您愿意死在这屎窝子里，这是您的事！随您吧！"

……

院子里，十几个大胆的好奇者，顶着太阳聚在门前。

那女儿看见他们，加倍地愤怒：

"让人跟在我们后面也不害臊！"她抬起一只脚，抓住木套鞋，好像要给队长一下子似的。但是，哥哥的手按住了她的手腕，她狂怒地叫了一声，松开了套鞋。

外面，人们开始说笑了，这场戏以闹剧结束。

"走，"队长怒吼道，"别聚在一块儿！散开！"

他朝区长转过身去，高声说道：

"您看到底是怎么回事，区长先生？我没有更多要说的了，我的差事完了。"

他后面跟着两个警察，庄严地走出院子，穿过人群，好像没听见身后充满敌意和讥讽的口哨声。

"肮脏的职业……"若阿纽悄悄地说，用胳膊肘给古凡腰上来了一下子，"我跟你说，上尉，我宁肯当个没用的乡警，也不愿当警察！"

二十二

一个细长的驼背老头儿从他的园子的阴影中钻了出来，穿得像个稻草人，这真是一幕奇景。德·纳维埃尔先生无疑是莫拜卢唯一的既不关心帕格一家也不关心警察的居民，今天，他有其他事情要干。

远远地，他一看见邮差，就像个年幼的孩子，捶着一只疲弱无力的手。

"你好，保罗，原谅我……"德·纳维埃尔先生用"你"称呼全镇的人，而且他仅仅知道他们的名字，"我想托你寄封信……是的……等你再打这儿过的时候……一会儿……我有一封信要寄……"

"这能办。"若阿纽说。

老头儿放心了，又消失在绿阴中。

他住在镇上最老的一幢房子里，房子位于路下面，一片人们称作伊勒阿的沼泽地上，像其主人一样地破败不堪，淹没在一片未砍伐过的森林里的常青藤中，活像弃置不用的公墓中一座举行丧礼的小教堂。

他说的那封信是寄给巴黎卡尔那瓦莱某博物馆馆长先生的：

"……在我变动不定的生涯中，"德·纳维埃尔先生写道，"一种偶然的恩惠使我收集了一组美妙的古董。我希望这些昔日的遗物不至于在我死后被沙漠之风吹得四散飘零。馆长先生，我指的是公开拍卖之风……"

这组古董包括几米花边，一本耗子咬过的《圣经》，一件带小花边的路易·菲利普式背心，两枚在当地发现的罗马古钱，一本全小牛皮的《日课经》。德·纳维埃尔先生经过一番支离破碎的考证，估计这些东西曾属于索阿索奈地方的一个议事司铎。

他原是一家信用公司的会计，自从退休以来，他生活的一部分就是围着这堆无主的东西转。他把他的收藏放在一个黑梨木箱子里，箱子里面贴了一张写给未来时代的说明书：

木柜式样高雅，年代久远，在我殁于1872年的叔祖斯坦尼斯拉一路易·德·纳维埃尔之监督下，出自莫拜卢的细木工师傅吉约玛之作坊，其具体年代已不可考。我叔祖在他任美术部专员时，曾荣幸地为巴黎

> 大剧院的建筑师加尔涅效过微劳，也许，至少可以不揣冒昧地设想他对本家具的整体设计曾得到其杰出的朋友的启发。

德·纳维埃尔的年龄比他的柜子还难以确定。这高大而软绵绵的躯体看不出年纪。弧形的眉毛下面一对漂亮的灰色眼睛，对什么都感到惊奇。一个油腻的鼻子，一副白胡子。不论冬夏，他总是在发灰的法兰绒衬衣上面套一件长外套，这件外套已经磨出了经纬，满是污点和头皮。他一个人过日子。自从战争以来，他就失去了经济来源，背了一屁股债，生活在这座家庭墓室的最深处，与一只瞎了眼的老母猫为伴，这伙伴倒是不吵闹，因为它总是缩在一块破毡子里，每两天才动一次，到"书房"的一角去拉屎。尽管这间位于一楼的房间里一本书也没有，可德·纳维埃尔先生却这样称呼它。他在那儿守着一堆满是尘土的旧货杂物，心平气和地等死，阳光透过树叶和发绿的窗户射在上面，发出一种养鱼缸里的光彩。

他习惯于孤独，只是偶尔闪过年老衰颓的念头。为了稍稍克服一下自己的迟钝，他没完没了地对自己说话，渐渐地，那沉浊的声音不但不能使他清醒，反而终于使他睡着了。虽然他吃得不好，他的力气的衰弱却是慢得令人失望。他像他的猫一样，只吃一点泡在奶里的碎面包。他牙齿一直不好，战前，他花钱装了一副假牙，可是后来都脱落了，令他十分难受，他太穷了，修不起，终于弃而不用了。

"啊，"若阿纽想，"我差点忘了老废物。"

一条脚踩出来的小径，弯弯曲曲地穿过一片荨麻，通到德·纳维埃尔先生的小房子。门关着，门口放着一只奶罐子，盖子的凹处放着几枚硬币，好像是为献给林中某个精灵而永远丢在那儿的一份供品。

德·纳维埃尔先生从来也不接待什么人，因此，每次他听见门环响，心里总是一跳，他急忙站起来，焦急地四下望了望，检查一下裤子前面的开口，在前厅的石板地上趿拉着拖鞋去开门。

"你来了，保罗……进来，我的朋友……我就把信托付于你，别弄丢了，里面有说明清单，一式两份。维尔格朗德考古学会会员，德·纳维埃尔先生的遗赠。如果你日后一旦有机会去巴黎……我是指……但是关系不大……这是我的信，把它放在你的包里，这是我为邮票准备的钱……"

他厚厚的舌头在唾沫中汩汩作响，下唇边上不断地出现一滴黏糊糊的东西，仿佛时刻准备掉下来，但是老头儿像魔术师一样准确及时地将它收回。

"好，"若阿纽说，掂了掂那封信，"只是，太沉了，大概要两张邮票。"

"两张邮票？"老头盯着信，眼神失去了光彩，"两张邮票寄一封信？保罗，你没弄错吧？"

他在口袋里找钱。他从裤兜里摸出三个苏，从上衣掏出一个苏，然后又在壁炉上的一个盘子里，在五斗柜的抽屉里，在挂在壁橱门上的背心的口袋里找来找去，一无所获。藏在老猫压着的地毯之下的一个破钱包里倒是有一张未破开的钞票，可那是他们俩下个月的伙食费，无论如何，现在不能动。

"等等，朋友，我一会儿就来。"

他突然想到了他放在奶罐盖上的钱。每天晚上，莫里斯特的女儿在门口放一升羊奶，他总是事先付钱。活该，明天，猫和他只好喝半升奶了。

若阿纽拿了钱，朝门口走去。老头儿坐下了，若有所思：

"钱，看见了吗，保罗，钱，总是钱……我之所以要卖掉我的收藏……但是，我鄙视金钱。这是个不该存在的东西，我知道这是什么，我当了三十年的出纳，我成卷成捆地摆弄过，我对这些事看得很清楚……人们来到我的窗口前，我见过他们的眼睛！……钱，总是钱……这是万恶之源。别人，那边，明白了这一点，你看……我说的是在俄国发生的事……你读报吗，保罗？"

他对世界的演变毫无所知，但是俄国资本的崩溃加速了他的破产，他对俄国的事情有种模模糊糊的好奇心。

"那边，没有钱了。那边，钱不存在了。人人都工作，人人都不拿钱了……"

"那好，我跟您说，"若阿纽嘲笑道，"这对我行不通，对我。"

"为什么？那边，朋友，国家养活你。国家给你房子，给你衣服。国家抚养你的孩子，如果你病了，国家给你治病，如果你老了，国家养活你。不要钱了。不需要钱了，奇怪吗？嗯？……不用欠债了，不用发愁了，不用花钱买奶了，不用抵押了，不用争吵了！你什么都有，什么也不用买……人们很难理解……但是，为什么不呢？实际上，如果一切都这样组织起来，为什么不呢？"

"我更喜欢像我们这儿这样。"若阿纽说，走进前厅。

老头子拖着步子，机械地跟着邮差。他沉溺在自己的思想中，嘟嘟囔囔地，目光茫然：

"不，不……在我们这儿，不像你说的那么好，保罗……钱，这不好，保罗……这是个不该存在的东西……怎么样，朋友？为什么不改变现存的这些东西，既然不好？……"

他站在门口，眨着眼，手放在低下的额头上遮着阳光，他盯着脚边的奶罐子，不理会走远了的邮差，紫色的嘴唇上出现了一丝痴呆的微笑：

"只是，真的，人们难以理解。就说我吧，我老了，我疲倦，我需要人照顾，我需要人给我拿奶来，国家就给我拿来，好……但国家又是谁呢？官员？谁呢？收税的？区长？他们有那么多事情要办……如果他们忘了我的奶呢？如果我待在那儿，没有奶，怎么办呢？……"

二十三

区政府的钟打了十八点，梅丽收拾好存根册子，出去放好窗板，拿下入口处门上的钩式执手。

每逢若阿纽在包斯那儿搞完他的政治之后，他只是为了吃晚饭才回家。

梅丽看了一眼汤，就溜到阁楼上去。她去干什么？她自己知道吗？看看洗的衣服干了没有……正是学徒干完活回来打扮一下准备到广场上闲逛的时候。

梅丽等着。阁楼里发出一股湿衣服的味儿，但也有晒热的瓦片味儿、椴树味儿和耗子味儿。

下边的门啪一响，开了，梅丽叫道：

"是你吗，约瑟夫？递给我一把椅子，行吗？"

她挪到拉门的边上，一丝风吹鼓了她的薄裙。楼梯平台上，学徒抬起头，顿时脸红了。

梅丽说要把绳子拉直，可是，地不平，椅子不稳。

"算了，"约瑟夫说，声音都变了，"我扶着您。"

这回是她脸红了——或者是觉得脸红了。

"你上去吧……我怕摔下来。"

他服从了。

"拉直绳子，再打个结。"

他伸直胳膊，挺直腰，才能够到钉子。他又窄又硬的屁股正对着女人的脸，触到她的脸和一眨一眨的睫毛。从这干完活儿的年轻人身上散发出一种健康的气味，蓝斜纹布裤子上油迹斑斑，紧包着大腿和圆圆的膝头。梅丽垂下眼睛。小伙子光着脚，穿着棕色草绳底帆布鞋，她近得可以看见他细嫩的皮肤下面的血管。

他跳下椅子：

"好了。"

"谢谢。"

她离开他，遗憾这么快就完了。

走之前，她摸摸晾的衣服，拿下已经干了的长裤，强笑道：

"虽说这么热，这可不算长！"

他呢，在绳子的另一端，耷拉着胳膊，看着她。他孩子气的厚嘴唇半开着，露出了牙。他还没长胡子，但是在从小窗户透进来的阳光的照射之下，他的脸蒙上一层毛茸茸的晕光，嘴上面汗津津的。他把手伸进散开的衬衣中，像猴子一样地搔着胳肢窝，说不出话来。

她从他面前过去，胳膊下夹着衣服。他的眼睛跟着她，而她走下楼梯，嘴里哼着歌儿。

这时他才朝小阁楼走去，半路上，绳子上搭着的一条女人短裤撩着他的脸，他都没有特别在意。

二十四

一天结束了。

广场上，树影依稀，在飞扬的尘土中形成一个个淡淡的圆点。

晚上吃过食，中毒气者的狗加里巴勒迪在包斯咖啡馆的外面表演，使一群孩子和几个好奇的人兴高采烈，永远是这些人，而且总是乐此不疲。

由于白日的炎热而凝滞的空气又开始流动，抚摩着汗水淋淋的前额，令人舒畅。

胡斯丹拍着脑门儿："加里巴勒迪！今晚来盘好生菜怎么样？"

那条长卷毛狗就抖着身子，找着一丛青草，挖出来，把它放在主人脚前。胡斯丹命令道："醋！"狗立刻抬起一只爪子放在草上。"油！"加里巴勒迪换了一只爪子，又放在草上。众人大笑。于是，胡斯丹揪着头发："上帝！你忘了胡椒和盐！"狗转过身来，用后爪发狂似的刨地，用沙子把草埋上。众人鼓掌，有几个人扔钱，加里巴勒迪衔回来，吐在中毒气者的口袋里。

邮局前面，若阿纽、梅丽和学徒约瑟夫，坐在一条长凳上乘凉。这正是那些送信晚的人来投信的时候，也常常是围着邮差进行一场有关市政的闲谈的时候。

一群小伙子，年龄在十八到二十岁之间，走出包斯的咖啡馆。回家之前，他们停下来看小弗朗西跑步，就是费尔迪南的儿子，那个"使剪子发愁"的孩子。红头发，机灵的眼睛，只穿一件麻布短裤，为了找点事情发泄他对于行动的渴望，他就每天晚上围着广场跑步。

"你们好，小伙子们！"若阿纽说，他很注意赢得明天的一代。

他们当中有低沟的农民茹的大儿子，一个目光冷酷精力饱满的小伙子，嘴角上总是叼着一截烟头，他已经是个好工人了，模仿巴黎人的样子，两只手插在口袋里。还有尼古拉·普约德，车匠的儿子。

若阿纽愉快地开着玩笑：

"镇上没有姑娘了吗，小伙子都像老头一样聚在咖啡馆里？"

大个子茹从容地反唇相讥：

"我们可不像结了婚的人那么上瘾，若阿纽先生！"

"回得好！"梅丽称赞道。

"这家伙，"若阿纽说，"可不用别人给他磨快舌头！但是，我跟你说，小伙子，等你成为低沟的主人的时候，可得比你父亲随和些！你相信那个吝啬鬼竟拒绝给我一车粪吗？"

"我？"茹说，"低沟的主人？多谢！"

"你不愿意留在田庄上？"

"您还不认识我，若阿纽先生！"

"这，这倒新鲜……那你想去哪儿？"

"随便哪儿……外地！你认为怎么样，尼古拉？"

尼古拉是个不安分的人。他跟约瑟夫在修车铺干活，因为普约德老爹决不会允许有个儿子耍笔杆，但他等着服役好离开——不想回来了。他用刺人的声调赞同说：

"我们年轻，我们想生活，怎的？！"

"那我们呢，也许我们没活着？"邮差反驳道。

"我们并不反对任何人，若阿纽先生，"大个子茹解释道，"只不过是应该公正，这里，一切都老朽了……反正在大城市，人们不像我们这儿那么落后！"

这时，鲁特尔的儿子在路中心跳下车子。他拿来一篮子被太阳晒得热乎乎的油桃，是他母亲送给若阿纽太太的。一路上，风吹乱了他浅色的秀发，吹干了他那张兴奋的脸上的汗水，他的脸和油桃是一样的颜色。

"落后？"若阿纽说，转向他老婆，"这样一个区，我们总是有百分之九十的选民投左派的票？"

大个子茹笑起来：

"但是，我们既不左也不右，若阿纽先生！"

"政治，谁去管它！"弗朗西宣称，他大部分时间都用来读理发馆里的报纸。

茹吐掉烟头，从口袋里抽出手，目光严厉地盯着若阿纽：

"坦率地说，若阿纽先生，同我们一样，您看得很清楚，事情是怎么发展。您不会说世界顺利吧，也不会说人们能让它更顺利吧！……我们，如果有朝一日我们介入你们的政治……"

"好一个不在乎的黄嘴小子！"邮差低声道，一边往四下里生气地望了一眼，"鼻子眼里还流奶呢，就已经想什么都改变了！"

"老栗子都熟了，现在，"茹又说，"只需在密处打一竿子，您看那会怎么滚吧！"

尼古拉嘲笑道：

"您还有得看呢，若阿纽先生！"

小鲁特尔倚在车把上听着，脸颊上火辣辣的，两眼放着光——他觉得自己像一张美丽的帆时刻准备着远航。

约瑟夫的脸也变了模样。他突然从凳子上站了起来，好离若阿纽夫妇远一点，离茹、尼古拉和弗朗西近一点。他在这儿过的生活，在车匠的熔炉里过的生活，一下子显得烟笼雾罩，臭气熏天。

"你也一样吗，约瑟夫，你也唾弃这地方吗？"梅丽略含焦虑地问道，她一直在望着他。

"当然！"孩子冲口说道，那响亮的声音是梅丽从未听见过的。

二十五

夜慢慢地临近，它似乎不急于占据白日丢给它的这个潮湿的广场。同样，在生活好像终止了的镇子里，每个人都想凉快凉快，他们拖延着，不愿意回到那闷人的屋子里去，回到那又热、又软、又过于狭窄的床上去。

二十点十二分的火车过去了。火车站有整整一夜可以睡觉。

站长回到房间。他终于脱掉帽子、领子和呢子制服。他坐在床沿上，慢慢地解开粗制皮鞋的鞋带，抚摸着两只浮肿的脚。

落日的余晖染红了开着的窗口。点灯有什么用呢？今晚，站长没有心思读书，甚至连翻看他的集邮册的心思也没有。邮差给他的比利时邮票，他已经有了，并且，正是他可以把无所事事的日子全部用上的时候，他对集邮却几乎不感兴趣了，而平日他对于它，几乎不敢使公务有几分钟的疏忽。

楼下，关得严严实实的温凉适中的灯具室里，一个代替弗拉马尔上夜班的搬运工，像个打谷机似的打着呼噜。

在昔日沼泽地的低洼处，潮湿的田野已经睡去，笼罩着一片黑暗和凉意。第一颗星星透过白杨树闪闪烁烁。鲁特尔太太提着奶桶从草地上回来，然而，无论是夜晚的温暖，还是当她走近房子时那似乎迎她而来的手风琴声，都不能使她精于盘算的、严肃的脸舒展开来。在为利益而奔波的生活中是没有间歇的。

鲁特尔和德国兵已干完了活儿。一筐筐甜瓜装满了小卡车，待明日运走。两个男人在德国兵做的板凳上肩并肩地歇息着。巴伐利亚人哼着一段思乡的小曲，轻轻地自己伴奏着，他伸着拔了毛的鸟脖子，把手风琴压在心口上，拉出一支呼哧呼哧的老调。他俯耳倾听着，因为他拉琴只是为了自己，为了静悄悄的夜。鲁特尔轻声重复着那些他每天都听，然而不懂的外国歌词。

鲁特尔太太把桶放在凳子旁边，手放在屁股上，一动不动地站了一会儿。没有什么迹象显示出她在听这支悲歌。在她身边，刚挤的牛奶的味道混杂着热乎乎的土地肥料和甜瓜的味道。

"明天，"她好像在说给自己听似的，"该开始收豌豆了。"

莫里索特和她女儿躺在破房子后面的坡上，迟迟不愿回屋，屋里痨病鬼发出嘶哑的喘息声。

莫里索特想着比利时人，但愿女儿别弄出丑事来把一切都搅乱！

"如果你真肚子大了，"母亲说，"唯一要做的事情就是让麦拉维涅弟兄俩追你，然后，一上手，我就去让他们招认，剩下的事我来管……但是，不许你讲这里发生的事，甚至他死了——否则我就送你到教养院直到二十岁！"

小波希米亚人听着，仰面躺着，两手放在脑后。她厌恶地想着两个胡子拉碴的面包师。她也想着若阿纽先生，邮差……她把两条光腿伸进凉爽的草丛中，凝视着白日将逝的天上的第一颗星星。

帕格老爹正透过椽子中间挖的天窗望着这同一颗星星，他躺在破床上，吸着已经灭了的烟袋，什么也不想。

是星星眨眼睛还是他的眼皮发烫？便桶的气味和盆里发酸的残羹的味道混杂在一起。外面，每夜都来的猫头鹰发出软绵绵的叫声，在谷仓周围寻找猎物。

墙的另一头，老人听见儿子和女儿睡不着觉，在大房子里的大床上骚动和喘息，他怕他们，但更恨他们：就在那张床上，当他还是主人的时候，他在老伴身旁睡了四十年；就在那张床上，当战争杀死他的两个儿子以后，他老伴忿忿地死去了。

院子里，解开链子的看家狗嗅着，对夜里的每一种回声都报以狂吠。在庄园深处，帕格家三个人的血都同样因怨恨而沸腾，他们梦想着复仇，倾听着所有的声响。

在"书房"里，黄昏比别处开始得早。此时，家具与墙壁浑然一色，只有镜子还留得一方光明，德·纳维埃尔不喜欢这个时候。

夜之将近引起老头儿一种等待的惶惶不安，一种空虚的感觉，好像是饥饿时的眩晕，他想是不是忘了喝奶。在他的头脑里，在他不动的四肢中，掠过一种要干点儿什么的念头，似乎是一种想要看到新鲜事物，想要走向陌生的、更好些的人们的欲望，他们也许在某个地方存在着。但是同时——并无遗憾，甚至带着某种宽慰——他感到无能为力。太晚了，什么都太晚了，而这似乎更好。

为了节约，他推迟了点煤油灯的时间。何况，他常常摸黑上床。有时候，他甚至忘了睡觉，晨光熹微中，他躺在破旧的安乐椅上自言自语，两手放在膝盖上，猫趴在脚旁。他可以几个钟头地在充满唾沫的嘴里不知疲倦地摇动着舌头，陷入沉思。因为他爱沉思。他自己也这样说，并引以为豪。但是，他已经生就如此，非大声地道出他的思想不可：

"金钱……金钱……万恶之源，就是金钱。这是个不该存在的东西，不该存在。所有的人都要钱：面包师、收税官、拿着邮票的邮差……总是钱。但是，谁都没有钱，这是最坏的……过去，还可以行得通，但是现在，世界，政治，行不通了，一点儿也行不通了……那又怎么样呢？为什么不改变？为什么不改变现存的东西呢，既然行不通了？"

他想着国家将给他的奶，不花分文，想到他的假牙，国家将给他修理，不要发票。他又可以咀嚼、撕咬松脆的炸面包块了，他笑了，只要一想到这儿，他就感到甜丝丝的。他啧啧有声地吞下唾沫，犹如一条鲤鱼吞下一块浸水的面包。然后，一切都模糊了。村镇、房屋和他的大脑都变得灰蒙蒙的。他打了一会儿盹，重又醒了。他在自己家里，一切照旧，猫也在那儿。他感觉良好。他又开始想："金钱，我的朋友，金钱……"他感到幸福。

二十六

黑暗渐渐笼罩了神父住宅的院子。围着甘菊茶，在圣·安多尼的庇护下，凡尔纳小姐，在马索小姐和西卡涅太太的协助下，刚刚对赛莱斯蒂娜和盖洛尔太太调解成功。

楼上，神父先生在房间里手舞足蹈，他在床与壁炉之间，在桌子与祷告跪凳之中走来走去。神经病使他无法再跪着沉思了。

窗户开着，盖洛尔太太尖厉的声音直冲他的耳朵：

"你们要是知道课堂上他借口教他们植物学讲的那些东西！"

"没有上帝的学校！"凡尔纳小姐叹息道。

赛莱斯蒂娜恐惧地重复道：

"没有上帝的学校……"

眼睛望着地，下巴贴着胸，两臂交叉，神父力图静默。

"我的上帝，饶恕我缺乏勇气吧。在这片荒芜之中我感到窒息……我知道，并非所有的工人全都应召到主的葡萄园干同一件事情，其中许多人不该享受收获的喜悦，他们越是满怀信心，不声不响地等待，他们的报酬越优厚……但是，我痛苦……我不甘于您给我选择的使命。我本该爱他人，然而在我身上苦多于爱……帮助我爱这个不信神的种族吧，爱这个忘恩负义的种族吧，他们把您排斥在家庭之外，无论在生活中，还是在他们心中，都不给您丝毫的位置。真是一些糊涂人啊！他们活着，似乎他们自己是永恒的，看不见在他们奔跑的尽头有深渊在等着他们，也看不出他们朝着深渊的奔跑是多么短促！……我该怜悯他们，可我只知道宣判他们——憎恨他们！……我的上帝，饶恕我吧……我有什么权利比您还要严厉呢？您曾说过：'我怜悯这芸芸众生。'您还说过：'饶恕他们吧，因他们不知道他们的所为……'"

楼下，三个圣女的窃窃私语还在继续：

"我去给他买酸馍，"马索小姐说，"中午了，床还没有收拾！"

西卡涅太太更是添枝加叶：

"我从窗口看见他们了，你们想想吧，她多懒，是她丈夫起来煮咖啡。"

"这是个骚货，乱花钱的人，"盖洛尔太太宣布道，"丈夫挣的钱，都让她穿了！"

"这还不像她那守财奴姐姐，"西卡涅太太讽刺道，"她总是穿得像个穷人！"

"反正，"凡尔纳小姐最后说，"两个毒蛇的舌头！她们总是要说人坏话！"

"对，两个毒蛇的舌头！"赛莱斯蒂娜跟着说。

神父在房间里走来走去，突然跪到受难像前：

"我的上帝，当您要我汇报我的使命之时，我将何以回答您呢？您怎么能宽恕我没有尽职和我的教区没有信徒呢？如果说这块贫瘠的土地寸草不生，那是谁的过错？无疑，另一个教士，不那么不称职，该会使良种生根发芽！……当然，如果我更为虔诚，更配享有您的信任和您的爱，本应该掀倒这渎神的大山，而在这些死灭的灵魂中激发出您曾经在您的创造物心中播下的火花……因为，在您的每一个创造物身上，我的上帝，不是都有您的神明的反映吗？"

从院子里传来凡尔纳小姐尖厉的声音：

"预言家们已经宣布：当车开始自己行走，男人开始在天上飞，女人开始想同男人一样生活时，世界将无法拯救，它的末日就要临近了！"

神父站起来，轻轻地走过去，对着无法拯救的世界关上了窗户。

二十七

埃纳伯格先生很久以来不得不放弃他个人的学习，即他的阅读。他在维尔格朗德当药剂师的岳父，给他找了一个有报酬的正经的工作。每天晚上直到深夜，人们可以看到他俯身在灯下——那是沉睡的镇子中唯一的灯光——为当地实验室抛出的药品和肥料编写广告册子。

但是，夏天，在开始工作之前，他总要在教室的门口和他妹妹坐一会儿。

他们前面，在夯实的变色的土地上，栗子树的阴影已经模糊难辨了。不时地，一个熟透了的果子掉下来，在闷声闷气的爆裂声中从荚里蹦出来。

"他们又用栗子砸碎了一块玻璃。"埃纳伯格先生轻轻地说。（最微不足道的修理也得打报告，造预算，填无数的表格；今冬之前，他得自己掏腰包换玻璃。）"总也看不见有人视察……"他沉默了一会儿又说。学年要结束了，如同以往一样，在普遍的冷漠中结束，没有一个人来看看他们的努力，没有一个人来给他鼓鼓劲。

二楼上，在顶棚很低，因放着大床和摇篮而显得过小的屋子里，孩子们热得烦躁，随处拉屎。埃纳伯格太太把她的大女儿推到窗口，狠狠地用她的梳子给她梳绞成一团的头发。孩子大叫，不耐烦地跺着脚。母亲穿着短袖衬衣，满脸是汗，喊着、威吓着，每隔一会儿，打个耳光解解气。在黑暗中，男孩子不说话，两手拍着桶里的水玩，桶里浸满脏尿布。摇篮里，为了吸引人们的注意，婴儿发怒了，两只小拳头在空中舞着。

埃纳伯格小姐比平时更加沉默。

"怎么了，妹妹？"埃纳伯格问。

小学女教师做了个厌倦的手势。

"我接待了盖洛尔太太的来访，"她说，"什么样的女人啊！她对我说：'小家伙已经知道得太多了，太多了对她没有好处！我们不想让她进邮局，更不愿意让她当教师！'"

埃纳伯格先生鼻子里哼了一声，表示嘲笑。

一阵争吵声在一个院子里响起，复又消失。然后，人们听见路上有脚步声；从栅栏上望去，出现了乡警的高大身影，他刚巡逻回来，帽子扣在耳朵上，棍子夹在胳膊底下。

"结果我白让她用功了。"年轻姑娘添了一句。

她没说她多么喜爱这小姑娘。七年中，她第一次在学生中遇到一个能够有点宽宏大量的气度、有求知欲、有进取心的学生。埃纳伯格小姐梦想着使她摆脱堕落的影响，通过接触教育她，使她获得发展。七年的辛苦几乎白费，这就是惩罚……泪水涌上她的眼睛。这一晚上，她自问是否白白地牺牲了她的青春，她的女人的心，她的母亲的禀性，她的幸福。

一个孩子拖着一辆吱吱呀呀的小车走来，埃纳伯格认识他，他是小费茹，养路工的儿子。埃纳伯格期待着他学生的微笑，期待着他看他一眼，可是，孩子吹着口哨走过，甚至没有朝他的学校转一下头。

由于他们同时想着同样的事，埃纳伯格小姐叹了口气：

"你认为法国所有的镇子都是这样吗？"

埃纳伯格先生没有回答，只是用舌头尖儿在牙上碰了几个响，在课堂上，他也是这样来让大家静下来的。有些想法，如果人们想保持住勇气，就非得系统地摆脱掉不可。

天差不多完全黑了下来。

兄妹两个，就这样，紧挨着，在黑暗中又待了一会儿。不时地，天际闪过一道迅疾的光亮。

"一道热的闪电。"埃纳伯格小姐喃喃地说。

小学教员在想他的工作，他的学生和明天的听写；完成任务的兴趣，每天都要比前一天干得多些好些的兴趣，在他身上真是根深蒂固。

年轻姑娘则想着她的孤独，镇上的生活和还在底层爬行的野蛮的人类。"为什么世界是这样？这真是社会的过错吗？……"这可怕的问题，她已提出过好几次了，现在又一次缠住了她，"不会是人类本身的过错吗？……"

但是，她心中保留着一种对于信念的如此强烈的需要和天真的热忱，她不能忍受对于人类本性的怀疑。不，不！……让一个新社会的统治来临吧——组织得更好，不那么不合理，不那么不正义——人们也许终于会看到人类能给予什么！

九点钟在他们头上刚打第一下，埃纳伯格先生就站了起来。

"晚安，妹妹。"

她把前额伸给他，没有回答。她刚刚想起她昨天夜里睡得多么坏。突然，那个荒谬的噩梦，她本来已经完全忘了，又浮现在脑际：她哥哥，穿着衬衣，俯身在一张床上，不声不响地用晾衣服的绳子勒死他的老婆……

Il faut qu'une porte soit
ouverte ou fermée

门不开着，就得关着

◎阿尔弗莱德·德·缪塞

阿尔弗莱德·德·缪塞（1810—1857），19世纪著名的浪漫派诗人、小说家和剧作家。缪塞早熟，有"神童"之称。他的组诗《夜歌》是浪漫派诗歌的名作，兼有抒情和叙事，表达了精神的苦闷和爱情的失意，尤其对恋人的心态作了深刻的分析和细腻的刻画。长篇小说《一个世纪儿的忏悔》塑造了一个世纪初陷于精神危机、染上了"世纪病"的青年形象。1840年以后，他的创作逐渐减少，1852年进入学士院，1857年几乎是默默无闻地死去。

缪塞的剧作十分丰富，主要作品有《不要和爱情开玩笑》和《罗朗萨丘》。他因为最初的剧本演出失败，遂发誓不为剧院写戏，从此他不再考虑剧本的演出效果，这反而使他的剧本具有内容丰富、语言优美、时空跨度宏大的特殊风格。《罗朗萨丘》发表于1834年，但不为同时代人理解，又由于舞台效果的原因，直到1896年才被搬上舞台，演出获得了巨大成功。

《门不开着，就得关着》是缪塞发表于1845年的一出独幕剧，一个求婚，一个待嫁，但都不明言，而是唇枪舌剑，机锋频露，充分显示了缪塞剧作的风格。

门不开着，就得关着

人物：

伯爵

侯爵夫人

地点：

巴黎

〔一间小客厅中，侯爵夫人坐在一张挨近壁炉的长沙发上，做着绣活儿。〕

〔伯爵上，施礼。〕

伯爵 我真不知道什么时候能改改我这笨头笨脑的毛病，总是这样冒冒失失的。我简直记不住您会客的日子，每次我想到看您，总躲不开星期二。

侯爵夫人 您有什么话对我说吗？

伯爵 没有，不过，就算有我也没有法子讲，因为今天凑巧您一个人在家，过不了一会儿，您就有一大帮熟朋友，我对您说了吧，他们一来我就得走。

侯爵夫人 今天的确是我会客的日子，我就不太清楚我怎么会有这样一个日子。这是一种风气，道理总归有的。我们的妈咪过去总让大门开着，知心朋友并不多，来往的人总是让人厌烦得不得了，到了紧要关头，就得受那份儿活罪。现在呀，可不同了，你不接见便罢，一接见就是全巴黎，全巴黎。在我们今天这个年月，真还就是全巴黎，城里呀，郊区呀，赶在一块儿来。人在家里呀，活活儿跟在街上一样。简直得想个办法才是，所以这才每人有了自己会客的日子，这是尽量少见面的唯一办法。所以我说我星期二会客，明白得很，就是说：别的日子，请你让我安静安静吧。

伯爵 您许我平日来看您，我今天就更不该来了。

侯爵夫人 算了，别说啦，请坐吧。您要是心情好，您有话就说吧；要不，您就取取暖吧。看样子我今天没有多少客人来，一会儿我给您放幻灯看。可您怎么啦？我觉得您好像……

伯爵 什么？

侯爵夫人 为了我的名声，我可不愿意说。

伯爵 真的，我会对您讲实话的。进门以前，我是准备了点儿话的。

侯爵夫人 什么话？这回是我要求您说了。

伯爵 我说了，您要不要生我的气？

侯爵夫人 今儿晚上我有个舞会，我愿意露露脸，白天才不要生气呐！

伯爵 哎呀！我先前可烦闷啦。我也不晓得是怎么回子事；这是一种时髦病，跟您的会客一样。中午以来，把我苦死了；我串了四家，谁家也没有人，按说我该在什么地方用晚饭才是；我向人道歉，也说不出个理由来。今天晚上一出戏也没有，我冒着严寒出了门，我看到的尽是冻得发红的鼻子和发紫的腮帮子。我不知道干什么才好，我蠢得叫人发笑。

侯爵夫人 我跟您一样，我也烦得要命。不用说了，全是天气不好。

伯爵 寒冷可讨厌啦，冬天是一场病。爱逛马路的人看路面干净，天空晴朗，一阵干风吹来，冻掉了耳朵，他们还说是一场好冻。跟害急性肺炎一样，直说害得好。这种好呀，我可领情啦。

侯爵夫人 同意归同意，可是您的看法还不够。我觉得我的烦闷呀，外头空气多么冷，也跟不上外人呼出来的气那么叫我烦闷。也许我们老了。我快三十岁了，生活的本领我已经没有了。

伯爵 我从来就没有这种本领，怕的倒是，我有这种本领。一天一天老下去，不变得庸庸碌碌也变成疯子。我真怕像有理智的人那样死掉。

侯爵夫人 打铃叫人给炉子添些柴火吧，您的想法儿叫我冻死了。

〔外面一阵铃响。〕

伯爵 不必了。有人在门口拉铃，您那些客人来了。

侯爵夫人 看看领头的是谁，你可千万别走啊。

伯爵 才不呢，我拿定了主意走。

侯爵夫人 您到哪儿去？

伯爵 去哪儿我还没个准儿。（站起，致意，开门）告辞了，夫人，星期四晚上见。

侯爵夫人 为什么星期四？

伯爵 （站住，抓着门把手）那不是您上意大利剧院的日子吗？我到包厢看望您一趟。

侯爵夫人 您可别来，您那样子太死气沉沉了。再说，我要带卡缪先生来。

伯爵 卡缪先生，您乡下的那位邻居？

侯爵夫人 可不是，他卖给我土豆、干草，可有情有意啦，人家那么有礼有貌，我也得回敬回敬人家啊。

伯爵 您这人呀，可真有您的。顶讨厌的家伙！人该拿他卖的东西喂他自己才是。倒是，您知道人家说什么吗？

侯爵夫人 不知道。可没有人来呀，谁拉的铃？

伯爵 （朝窗外望）没有人，我想是个小姑娘，拿着个盒子，不知道是什么玩意儿，一个洗衣服的吧。她在那儿，在院子里，跟您的底下人在说话呢。

侯爵夫人 您把那叫什么玩意儿，您可真有礼貌，那是我的帽子。得啦！关于我，关于卡缪先生，人家都说了些什么——关上那扇门吧，风刮大了。

伯爵 （关门）人家说您想结婚，说卡缪先生是百万富翁，时常上您这儿来。

侯爵夫人 也真是的！光是这个？您当着我的面跟我说这话，就这么直率？

伯爵 我跟您说这话，是因为人家是这么说的。

侯爵夫人 理由可真充分啊！社交界里说您的话，难道我都跟您再讲过？

伯爵 说我，夫人？请问，别人讲我的话，有什么不能再说的呢？

侯爵夫人 这有什么不清楚的，既然您告诉我，我就要当卡缪夫人了，有什么不能再讲一遍的？人说您的事，至少同样严重，因为赶巧不幸叫人说中了。

伯爵 到底是什么呀？您说得我怕起来了。

侯爵夫人 更证明人家没有说错。

伯爵 求您了，把话说清楚。

侯爵夫人 噢，我才不说呐！自己的事自己知道。

伯爵 （坐下）我求您了，侯爵夫人，求您发发慈悲吧。世人的意见就数您的对我最有价值了。

侯爵夫人 您是说世人之一吧？

伯爵 不，夫人，我是说，本人，受尊重，她的感情，她……

侯爵夫人 啊，天呀！您要说动听的话啦。

伯爵 一点也不。如果您什么也看不出来，显然您是什么也不想看出来。

侯爵夫人 看什么？

伯爵 不说您也明白。

侯爵夫人 人家对我说的话，我听得见，还不是两个耳朵都听得见。

伯爵 您什么都取笑；不过，说心里话，一年以来，我几乎每天都来看您，以您的教养，您的聪明，您的风韵，您的美丽，难道您真就……

侯爵夫人 我的上帝！这比动听的话更糟，您这不是明明求婚嘛。您至少要把话说明白——这是求婚词儿，还是拜年的吉利话儿？

伯爵 万一是求婚词儿呢？

侯爵夫人 噢！这正是我今儿个早晨不愿意的事。我跟您说过，我要去参加舞会，准备晚上去参加呢，我的健康不许可我一天碰上两回这种事。

伯爵 说实话，您让人气馁，赶上您陷在这里头的时候，那我才开心呢。

侯爵夫人 我也一样，才开心呢。我向您发誓，我说的是实话。有时候，赶上我心里哪怕只有那么一点点不痛快，我就会大笔钱大笔钱出手的。您听呀，从前人家给我梳头，我就是这样子，才刚叹气叹得我的心都要裂了。心里一绝望，眼前成了一片空。

伯爵 取笑吧，取笑吧！您会后悔的。

侯爵夫人 很可能，我们全是凡人。我要是有理智的话，怪谁好呢？我告诉您，我是不为自己辩白的。

伯爵 您不愿意有人追求您？

侯爵夫人 是呀。我这人心地善良，可是，说到这上头，我是太不懂事了。您有常识，您倒说说看，追求一个女人，是什么意思？

伯爵 就是您喜欢这个女人，也高兴讲给她听。

侯爵夫人 但愿如此。可是，您喜欢，这个女人喜欢您吗？您觉得我漂亮，我是假定这么说的，您也有意思告诉我。那好，接下去呢？这证明什么？难道这是我爱您的一个理由吗？我想，我要是喜欢谁的话，不是因为我漂亮。他能从这些恭维上赚到什么呢？招人爱的时髦方式，就是像树桩子一样立在一个女人面前，拿着一副长把儿眼镜，把她当作货架子上的一个玩偶，从头到脚打量一番，愉快地对她说：夫人，我觉得您很可爱！再说上几句乏味的漂亮话，跳一回华尔兹，送一束花，这就是所谓的追求她？算了吧！一个聪明男人怎么能搞这种蠢事？我一想到这上头，我就有气。

伯爵 其实没有什么可恼火的。

侯爵夫人 我的天，才不呢！用这些七零八碎的把戏，设想自己能使一个女人入迷，先得假定她头脑空空、傻得出奇，从早到晚净听废话，一辈子在蠢事中过活，像在洪水中一样，您以为这样很开心吗？真的，我觉得，我要是男人的话，看到一位漂亮女人，我心里会说：一个可怜虫，听恭维话准是把她听得腻味死了。我就放过她一回，可怜可怜她吧，我要是想讨她欢喜，我就跟她谈谈她不幸的面孔以外的事吧。然而不，男人总是说"您真漂亮"，接着说"您真漂亮"，临了还是漂亮。唉，我的上帝！人早就知道您要说什么了。您愿意听我对您说出来吗？你们这些时髦男子呀，不过都是些乔装打扮的糖果商。

伯爵 好吧。夫人，您爱听不爱听，随您便吧，您真可爱。

〔一阵铃声。〕

伯爵 又有人拉铃。再见，我走了。（起身，开门）

侯爵夫人 等一下，我原先有事要对您说……我现在不知道是什么了……啊！想起来了，您上街买东西，偶尔也走过福散那边吗？

伯爵 我要是能帮您什么忙，夫人，那就不是什么偶尔了。

侯爵夫人 又是恭维！我的上帝，您真烦人！我把一个戒指弄坏了，本来我可以一直送去，可是我得对您解说……（从指上褪下戒指，拿着）您看，这是底盘。这儿有一个小尖儿，看清楚，是不是？这儿边儿上开了个口子，今天早上我不知道在哪儿碰了一下，弹簧蹦出来了。

伯爵 说吧，侯爵夫人，我口紧，里面有没有白头发？

侯爵夫人 也许有。这有什么好笑的？

伯爵 我一点也没有笑。

侯爵夫人 您可真不懂礼貌，这是我丈夫的头发。可是我没有约旁人来呀，谁又在拉铃？

伯爵 （看窗外）又是一个小姑娘，也拿着一个盒子。我想，又是一顶帽子吧。倒说，刚才的事，您得跟我交交心。

侯爵夫人 关上门吧，冻死我了。

伯爵 我走，不过，您答应对我讲一遍人家说我的话，是不是，侯爵夫人？

侯爵夫人 今儿晚上来参加舞会，我们再谈吧。

伯爵 啊，可好啦！对，在舞会上谈！谈话的好地方，还有长号声、糖水杯子的碰撞来伴奏！有人踩了您的脚，还有人碰您的胳膊肘，就在这时候，一个干坏事的仆人往您的口袋里塞进一块冰。请问，您是不是要在哪儿……

侯爵夫人 您是要走还是不走？我再说一遍，您害我感冒了。既然没有人来，谁又逼您走呢？

伯爵 （关上门，重又坐下）原因嘛，由不得自己，我觉得心情不好，我还真怕惹您厌倦。显然我不该到府上来的。

侯爵夫人 这倒是真心话，为什么？

伯爵 我不知道，也许我让您腻味，您方才自己对我说的，我也感觉到了，这是很自然的。毛病出在对面我那座倒霉的房子上，我一出门就不能不望望您的窗户，我就不由自主走到这里来，想也没有想到我来要干什么。

侯爵夫人 我要是对您说，您今儿个早上让我腻味，平时并不如此，也就是这么一回罢了。说真的，您叫我难过，我看到您倒是非常高兴的。

伯爵 您？满不是这么一回事。您知道我要干什么吗？我要再去意大利。

侯爵夫人 啊！那……小姐可该怎么说呀？

伯爵 哪位小姐，请问？

侯爵夫人 哪位小姐，我叫不出名字，反正是您保护的小姐。难道我知晓那些陪您跳舞的女孩子都叫什么吗？

伯爵 啊！原来您听到人们说起我的怪话就是这个？

侯爵夫人 正是。您否认吗？

伯爵 这是海外奇谈。

侯爵夫人 恼人的是，有人在看戏的时候清清楚楚地看见了您，和一个女的，戴一顶缀花的玫瑰色帽子，那种帽子只有歌剧院才有。您在邻近我的合唱队里，这事人人都知道。

伯爵 就像您和卡缪先生的婚事一样。

侯爵夫人 又回到这上头了？好吧，为什么不呢？卡缪先生是个正人君子，家资有好几百万；他的年龄，尽管大了点儿，做丈夫倒恰到好处。我是寡妇，他嘛，独身男子；他一戴上手套，就显得分外漂亮。

伯爵 还有一顶睡帽①，配搭他也怪合适。

侯爵夫人 请您住口吧，行吗？这样的话也好说吗？

伯爵 天呀！对看得见这类事的人说说也没什么。

侯爵夫人 这显然是那些姑娘教会您说的漂亮话吧。

---

① 乡下人、老年人多戴软布睡帽睡觉。

伯爵 （站起，拿起他的帽子）好吧，侯爵夫人，我向您告辞了。您让我说了一些蠢话。

侯爵夫人 多么了不得的敏感啊！

伯爵 不对。不过，说真的，您这人太残忍。不许人爱您就够了，可千万别说我爱了别人。

侯爵夫人 越来越妙了。多么悲腔悲调啊！我，我不许您爱我？

伯爵 还用说，少说也是不许我同您谈。

侯爵夫人 好吧，我许您谈！让我们听听您的口才吧。

伯爵 您要是把话说得严肃些……

侯爵夫人 严肃不严肃有什么关系？反正我说过了。

伯爵 因为，话是轻松的，可是有人就可能在这儿担风险。

侯爵夫人 噢！噢！先生，危险大吗？

伯爵 说不定，夫人。不过，遭殃的是，危险只归我一个人承担。

侯爵夫人 心里害怕，就别冒充勇士了。好吧，走着瞧！一言不发？您威胁我，您露了相，您一动不动？我本来等着看您至少会扑在我的脚前头，像罗德里格①，要不也像卡缪先生本人。他处在您的地位，早就跪在这儿啦。

伯爵 取笑可怜的人，您倒感到开心？

侯爵夫人 您哪，有人敢于面对面顶撞您，您还真感到吃惊？

伯爵 当心！您勇敢，可我当过轻骑兵，我，夫人，

---

① 17世纪法国悲剧作家高乃依的《熙德》的主人公。

我高兴告诉您，这还在不那么久之前。

侯爵夫人 当真？好，就这么着吧！轻骑兵求婚，该多有趣啊，我这辈子还没见过哪。您要我把女用人叫来吗？我想她知道怎么回答您的。您要给我来一场好戏看的。

〔一阵铃声。〕

伯爵 又是铃响！再见吧，侯爵夫人。可不是，我们的账还没有了。（开门）

侯爵夫人 晚上见，照常，是不是？可是我听见了什么响声？

伯爵 （望窗外）天变了，下雨，下雹子，下得真痛快。有人给您送来第三顶帽子，我真怕里头包的是感冒。

侯爵夫人 这响声，是打雷吗？一月份打雷！历书呢？

伯爵 不是打雷，不过是一阵狂风，活像一阵龙卷风。

侯爵夫人 真吓人。关上房门吧，这样的天气，您不能走。出现这些东西又是怎么一回事？

伯爵 （关上门）夫人，原因是上天大怒，降罚窗棂、雨伞、女人的腿肚子，还有壁炉的烟筒。

侯爵夫人 还有我那些出去的马！

伯爵 只要没东西落在头上，它们是不会有危险的。

侯爵夫人 您可真能开玩笑！我呀，很爱干净；先生，我不喜欢我的马浑身是泥。简直不可想象，刚才天还是顶晴顶好的。

伯爵 哎呀！这下子您可以拿稳了，下了这场雹子，您不会有客人来啦。您会客的日子就这么又少了一天。

侯爵夫人 既然您来了，就一点儿也不少。放下您的帽子吧，看您老拿着，我烦死了。

伯爵 多谢之至，您恭维我了，夫人！当心哟。您一向就恨恭维，人可以拿您的恭维当真看待了。

侯爵夫人 可是说过了的话，我认账就是了。您来看我，我非常高兴。

伯爵 （在侯爵夫人身边坐下）那么，让我爱您吧。

侯爵夫人 可是，我也告诉您，我愿意听，这一点也不惹我恼火。

伯爵 那您就听我讲吧。

侯爵夫人 轻骑兵式的，不是吗？

伯爵 不，夫人，相信我，我缺乏心肠，可我还有足够的见识尊重您。不过我觉得，在不得罪所尊重的女子之时，一个人有权……

侯爵夫人 有权等待雨过天晴，是吗？您方才进来，不知道做什么才是，这话是您自己说的；您日子过得腻味，不知道干什么好，您甚至东埋怨西埋怨，看来心绪相当恶劣。您要是在这儿碰到三位先生，随便谁吧，在炉火边，这时候，你们谈谈文学，要不就是火车①，随后一道出去用饭。现在因为我是一个人在家，您才临时认为有义务，是的，有义务，为了您的荣誉，向我求爱，这种永恒的、难以忍受的求爱；这种求爱如此无用，如此滑稽，如此乏味。可是，我对您做了些什么呢？有客人来了，也许有才情；不过我是一个人呀，于是您就变得比通俗歌舞剧里的一首旧诗还要庸俗；很快，您就进了您的主题，万一我愿意听您讲，您就表示向我求婚，向我演唱您的爱情。

---

① 当时火车是新鲜事物。

您知道在这种场合里，男人们是一副什么样子吗？他们像那些挨嘘的可怜的剧作家，口袋里总是装着一份手稿，一出未发表的、不能演的悲剧，只要你一个人跟他们待上一刻钟，他们就掏出来念给你听，不管听的人的死活。

伯爵 那么，依您看来，您对我说您不讨厌我，我回答说我爱您，就这样完事大吉，是吗？

侯爵夫人 您爱我，还跟不上一位土耳其大教主①。

伯爵 噢，天呀！这可冤死人啦！听我说，只一句话，您要是认为我心不诚……

侯爵夫人 不，不，不！我的上帝！您以为我不知道您要说什么吗？我对您的学问评价很高，不过，因为您受过教育，您就认为我什么也没有读过吗？您听着，我认识一个有才学的人，他买了一本书信集，我也说不清楚他从哪儿弄来的，有五十封，写得非常合格儿，文笔也干净，当然是情书喽。这五十封信循序渐进，形同一部小说，各种情况都预料到了。有为了求爱的，有为了埋怨的，有为了希望的，有为了虚情假意不得不选择友谊的，为了吵嘴的，为了绝望的，为了忌妒的，为了心情不佳的，甚至为了下雨天的——像今天这样。我读过这些信。在一篇类似序言的东西里，作者声称本人已经用过这些信，从来没有碰见能够抵抗到第三十三封信以后的女人。好啦！我呀，抗拒了全部书信集。您看我懂不懂得文学，您能不能夸口再教我点新东西？

伯爵 您真是麻木不仁了，侯爵夫人。

---

① 参看莫里哀的《贵人迷》最后歌舞。

侯爵夫人 骂人？这我更爱听；比起您那些甜言蜜语来，可好受多了。

伯爵 是呀，说真的，您真是麻木不仁。

侯爵夫人 您相信我这样吗？哎呀，一点儿也不麻木不仁。

伯爵 像一个英国老太婆，养了十四个孩子的母亲。

侯爵夫人 像我帽子上飘动的羽毛。您以为看透你们这些人的心思，需要一种高深的学问吗？用不着动脑筋就能知道，只要看看你们的行动就知道了。想想吧，这是一道很简单的算术题。那些勇气十足的人，尊重我们可怜的耳朵，不落入甜言蜜语的俗套，就难得看见。另一方面，用不着争论，在这狼狈不堪的期间，你们要人欢喜，就拼命撒谎，你们是千人一面，一推就倒，活像小孩子玩的纸人儿一样。幸而老天爷有眼睛，没有给你们一种变化无穷的词汇。正如人们所说，你们这些人呀，个个儿唱的都是一个调子，结果唯一可做的事，就是听同样的词句、同样用字的简单重复、同样矫揉造作的手势、同样有情有意的目光。这些形形色色的人物本身都有点儿相似，凑成了一台戏，可是就在这要命的时辰，你们要人欢喜，拼命撒谎，个个儿脸上摆出一副又谦虚又打了胜仗的架势，只能招引我们想笑，少说也把我们腻味得要死。我要是有一个女儿的话，我想让她不上这些人们认为危险的当，我就会当心不让她去听她的华尔兹舞伴的牧歌。我只对她说这么一句："别听一个人的，要听就听大家的；别合上书本子，别在书页上做记号；让书打开，让这些先生对你讲他们小小的滑稽故事吧。你要是不幸喜欢上了一个，可别不搭理人家，等着看好了，很快会另来一位一模一样的，你会对两个人全倒胃口的。你十五岁了，我想；好吧，孩子，如此这般，继续到你三十岁，总是这么一回事。"这就是我的故事和学问，您称之为麻木不仁？

伯爵 您说的要是真话，那就太可怕了。这似乎不太自然，您该允许人起疑。

侯爵夫人 您相信还是不相信，跟我有什么关系？

伯爵 那更好。这可能吗？什么！在您这样的年纪，您蔑视爱情？一个爱您的男人的话，会对您起一部坏小说的作用？他的目光、他的手势、他的感情，您竟然看成一出喜剧？您夸口说实话，把别人都看成撒谎？可是，您说的这些话是从哪儿来的，侯爵夫人？您哪儿听来的格言？

侯爵夫人 老远，我的邻居。

伯爵 可不是，奶娘。女人总认为她们无所不知，其实她们一无所知。您自己说吧，您能从奶娘那儿得到什么经验呢？不过出门人的经验罢了。她在旅店看见一个红头发女人，于是就在日记上写道：这地方的女人是红头发。

侯爵夫人 我刚才请您往炉子里放块劈柴。

伯爵 （放木柴）一本假正经，用不着讲，不言自明；堵住耳朵不听，憎恨爱情，也有可能；可是，否认爱情，多大的玩笑！您不鼓励一个可怜的家伙，说什么我知道您要说什么；可是，难道他没有权这样回答您吗？！是呀，夫人，您也许清楚；我呢，我知道人在闹恋爱的时候说什么，可是，我对您说的时候，忘了个干净！世上的事，古已有之；我也可以说——这能证明什么呢？

侯爵夫人 但愿如此。您可真会说话；话说出来，活

217

像一本书。

伯爵 是的，我说了，我还敢向您说，您要是真像您喜欢的那样子做人呀，我打心眼儿里可怜您。

侯爵夫人 悉听尊便。您爱说什么就说什么好了。

伯爵 我要讲的话，也没有什么伤您的地方。您有权攻击我们男人，难道我们就没有权自卫吗？您拿我们比作挨嘘的作家，照您看来，有什么好怪罪的呢？哎！我的上帝，如果爱情是一出喜剧……

侯爵夫人 火不旺，劈柴放歪了。

伯爵 （弄火）如果爱情是一出喜剧，这出喜剧同世界一样古老，挨嘘与否，毕竟还是最不蹩脚的一出喜剧。角色总是那些人，这我承认；但是，如果剧本一文不值，整个儿世界也不会把它放在心上。说戏老——我把话说错了——难道永恒能说是老吗？

侯爵夫人 先生，这是作诗啊。

伯爵 不是诗，夫人。这些使您厌倦的废话、空话，这些恭维词儿，这些求爱的话，全是一些啰唆话，一些很古老的东西。您认为是陈词滥调，随您便，听了厌烦，有时候还有滑稽之感，可是，还有一样东西陪伴它们，一样四季常青的东西。

侯爵夫人 您把话说乱了，什么东西是古已有之？什么东西又是四季常青？

伯爵 爱情。

侯爵夫人 先生，您可真有口才。

伯爵 不，夫人，我要说的是：爱情四季常青，而表达爱情的方式却是，也将永远是古已有之。陈腐的形式、老生常谈、这些不明不白从心里出来的小说片段、四周的装饰、一整套的配备，都是一队队的老侍从、老使节、老大臣，是一个国王候见室里的唠叨之声；一切全会完结的，然而国王却是不朽的。爱情死了，爱情万岁！

侯爵夫人 爱情？

伯爵 爱情。难道就在人自以为……

侯爵夫人 把那边那把隔热扇子给我。

伯爵 这一把？

侯爵夫人 不，是塔夫绸的那一把，您弄的火晃得我什么也看不见了。

伯爵 （把隔热扇递给侯爵夫人）难道就在人自以为闹恋爱的时候，不是一件快事吗？

侯爵夫人 可是，我告诉您，这永远是那么一回事。

伯爵 永远新鲜，像歌里唱的那样。您还要人家发明什么呢？显然该用希伯来语①来爱您了。您爱上的那个维纳斯一年四季总是老样子，难道它就不美了吗？如果您长得像您的老祖母，难道您就不这么漂亮了吗？

侯爵夫人 好，老调又来了——漂亮。把您旁边那个垫子给我。

伯爵 （手里拿着垫子）这个维纳斯像雕出来就是为了美，为了让人爱、让人倾倒，这一点儿也不使它厌烦。如果在米洛②发现的那座雕像曾有一个模特儿的话，毫无

① 指外国话。

② 米洛（milo）的维纳斯石像，1820年在希腊的米洛岛出土，现保存在巴黎的卢浮宫。

疑问，那位不害羞的大美人的情人一定很多，就像她的表姐妹阿丝塔尔代、阿丝帕西和曼侬·莱斯戈①一样。

侯爵夫人 先生，现在又是神话了。

伯爵 （手里一直拿着垫子）不对，夫人。但是，看见这种对习俗风尚的淡漠、这种嘲笑和蔑视的无情态度、这种视一切如草芥的过来人的神情，出现在一个年轻女人身上，我说不出我有多么难过。您不是头一个人，我可见多了，这是当今沙龙②的一种流行病。转过脸，打呵欠，像您现在这样，说不愿意见人谈情说爱。那么，为什么您要戴花边？您头上插的绒球又算什么？

侯爵夫人 您手上拿着垫子干什么？我早就对您说了，拿它放在我的脚底下。

伯爵 好吧！它在这儿，还有我。我对您求爱了，愿意听也好，不愿意听也好，老掉了牙，蠢得像头鹅，因为我恨透了您。（把垫子放在侯爵夫人面前，自己跪在上面）

侯爵夫人 您行行好，请啦。起来好吗？

伯爵 不起来，您得先听我讲。

侯爵夫人 您不愿意站起来？

伯爵 不，不，不！您方才说的，除非您答应听我把话说完。

---

① 阿丝塔尔代（Astarté）是古代闪族人的女天神，如维纳斯。阿丝帕西（Aspasie）是公元前5世纪后半世纪最著名的美人，智慧高出常人，是雅典著名执政者帕里克莱斯（Pericles）的情妇与建议者。她的住房成为当时哲学家、作家常去的地方。曼侬·莱斯戈（Manon Lescant）是1731年的法国一部同名小说的女主人公。她生活放荡而又多情，性格复杂，是普列服神父的杰作。

② 沙龙即客厅。

侯爵夫人 向您致敬，我体面之至。（站起）

伯爵 （一直跪着）侯爵夫人，真有您的！您太残忍了，您让我发疯，您让我绝望。

侯爵夫人 您到巴黎咖啡馆①去一趟，就会好起来的。

伯爵 （一直跪着）不，我拿名誉作担保，我说的都是真心话。您愿意怎么说就怎么说好了，我承认我进来的时候没有什么打算，我不过是顺路看看您，我开了三回房门，可以帮我作证明。我们方才的谈话，您的取笑，甚至您的无情态度，把我拖到了我也许不该走得那么远的地方；不过，不是从今天起，是从我见到您的第一天起，我就爱您，崇拜您……我这样说并不夸张……是的，一年多以来，我崇拜您，我想的都是……

侯爵夫人 再见。（走出。没有关门）

伯爵 （跪了一会儿，站起）这门的确冷得要命。（正要走出去，见侯爵夫人）啊！侯爵夫人，您在寻我开心。

侯爵夫人 （倚在半开的门上）您起来啦？

伯爵 是的，我要走了，再也不来看您了。

侯爵夫人 晚上参加舞会吧，我给您保留一支华尔兹舞。

伯爵 决不，我决不要再见您了！我绝望，我完了！

侯爵夫人 您怎么了？

伯爵 我完了，我像个小孩子一样爱您。我以世上最神圣的东西的名义向您起誓……

侯爵夫人 再见。（想走出）

---

① 巴黎咖啡馆在歌剧院大街，是阔人常去的地方。

伯爵 该走的是我，夫人，您留下吧，我求您了。啊！我觉得我要多么难受呀！

侯爵夫人 （严肃地）可是，先生，您究竟要我怎么样呢？

伯爵 夫人，我要……我想……

侯爵夫人 什么？您简直让我不耐烦。您以为我要做您的情妇，继承您那些玫瑰色帽子吗？我告诉您，我一想到这上头不但不高兴，简直有气！

伯爵 您，侯爵夫人，老天爷！只要可能，我拿整个儿生命放在您的脚底下；我的姓名、我的财产，甚至我的名誉，我都乐意奉送给您。我嘛，我不单单指那些您为了让我痛苦才说起的下流女人，哪怕一时我也没有搅混过，世上任何一个女人也比不上您！您居然能设想我干这种事？您以为我会这样没有见识？我的冒昧或者不懂事，竟然让您疑心我不尊重您？您方才还对我讲，您高兴看到我，也许对我还有点儿友情，难道这话不是真的，侯爵夫人？您怎么能想得出，一个十分受您敬重的男人，您怎么能想得出，一个十分值得珍惜、十分迁就宽恕的男人，一点儿也不知道您的价值？难道我瞎了眼，或是昏了头？您，我的情妇？！决不，我要您做我的妻子！

侯爵夫人 啊——好啦！您要是来的时候就说这话，我们就不会吵架了——这么说，您想娶我？

伯爵 当然了，我想得要死，我一直不敢对您说起，可一年以来，我就没想过别的事。只要能有一丝一毫的希望，我就是杀人流血……

侯爵夫人 等一下，您比我有钱呀。

伯爵 噢，我的上帝！我不相信这话，再说，这有什么关系？我求求您，我们别谈这种事了吧！现在，您的微笑让我发抖，我又是希望，又是恐惧。一句话，求求您啦，您手心握着我的性命！

侯爵夫人 我有两句格言对您讲。第一，什么也比不上相互了解，所以，我们就谈谈这一点吧。

伯爵 那么说，您不怪罪我的放肆？

侯爵夫人 不怪罪。我的第二句格言是：门不开着，就得关着。可是三刻钟以来，由于您的缘故，两样都不是。房子活像一座冰窖，结果就是，您要扶着我到我母亲那儿吃饭去。随后嘛，您去福散。

伯爵 去福散，夫人？干什么？

侯爵夫人 我的戒指。

伯爵 啊！可不是，我方才就没有想到这上头。好吧！您的戒指，侯爵夫人？

侯爵夫人 您说什么，侯爵夫人？得啦！我的戒指的底盘上正好刻着一顶小小的侯爵夫人的帽子，可以当印章用……说呀，伯爵，您是怎么个想法？也许该去掉那些花饰了吧？好，我去戴一顶帽子。

伯爵 我快活死了！怎么对您表达……

侯爵夫人 去关上那扇倒霉的房门吧！这间屋子要住不得人了①。

---

① 演出本增加"（伯爵关上房门）"。

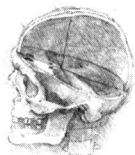

Knock ou le triom phe
de la Médecine

克诺克或医学的胜利

◎儒勒·罗曼

　　儒勒·罗曼（1885—1972）是20世纪法国文坛上一位全面而多产的作家，诗歌、戏剧、小说、评论，样样皆能，颇多精品。除了文学创作之外，他还写过一篇关于视网膜外视力问题的学术论文，据说很有见地。在文学思想上，罗曼是20世纪初在欧洲兴起的一致主义的代表人物，主张刻画活跃在某一团体内的一致的精神和心理状态，而不着意追索某个人的内心世界。他的主要成就在小说，其代表作为长篇连环小说《善意的人们》，共二十七卷，费时十五年，以两个青年在巴黎的不同遭遇为主线，概括了1908—1933年间法国及世界的复杂的社会情况，涉及政治、文艺、科学、商业、宗教各方面以及警察、军队、贵族、资产阶级、平民百姓等社会各阶层。

　　罗曼的剧作以《克诺克或医学的胜利》为最好，这是一出莫里哀风格的讽刺喜剧，辛辣而深刻地讽刺了江湖郎中（克诺克其实并非江湖郎中，而是一个"现代医学"的狂热信徒）的伎俩和民众的轻信，揭示了"思想领导着世界"这一命题的虚伪本质，留给观众的是令人惊惧的想象和思考。

克诺克或医学的胜利

（三幕十六场）

人物：

克诺克	若望
巴巴莱大夫	巴巴莱太太
穆斯盖	雷米太太
贝尔纳	黑衣妇人
报子	紫衣妇人
小伙子一	女仆
小伙子二	玛丽埃特（不出场）
西比翁	

第一幕

故事发生在一辆非常古老的1900–1902式的汽车内外，汽车的车身很大，原来是一辆双排座位的轿车，后来用钢板改装成了敞篷大汽车的样子。车上有许多很大的铜制配件，发动机罩却小得像个脚炉。

剧中，汽车不断移动和变换位置。

剧中人从一个小火车站出来，踏上一条山路。

巴巴莱大夫（下称大夫）　您的行李齐了吧，亲爱的同行？

克诺克　齐了，巴巴莱大夫。

大夫　若望会把您的行李放在他旁边，咱们三个可以舒舒服服坐在后面。车很宽，折叠座位也很舒服！啊，可不像现在那些车，窄得要命！

克诺克　（对正在搬箱子的若望）我把箱子托付给您了，里面有几件容易打碎的仪器。（若望开始摆放克诺克的行李。）

巴巴莱太太　要是一时糊涂把这辆车卖掉，我会后悔一辈子。（克诺克惊奇地看着汽车。）

大夫　不管怎么说，这是一辆兼有双排座轿车优点的敞篷汽车。

克诺克　对，对。（前排座位上堆满了行李。）

大夫　瞧，您的行李一下子就放好了！碍不着若望什么事。可惜就这么点儿行李，否则，您就更能体会到我这辆车的优越性。

克诺克　圣莫里斯远吗？

大夫　离这儿十一公里。记住，离铁路这么远对确保患者的忠诚是再好不过的了，他们不会变着法子想去省城看病。

克诺克　没有拉脚的车吗？

大夫　有一辆破马车，可怜得很，人们宁肯步行。

巴巴莱太太　这儿几乎离不开汽车。

大夫　特别是医生。（克诺克一直彬彬有礼，不动声色。）

若望　（对大夫）开车吗？

大夫　好，开吧，我的朋友。（若望忙碌起来，打开发动机盖，拧下火花塞，灌汽油，等等。）

巴巴莱太太 （对克诺克）一路上景致很美。泽纳伊德·弗乐里欧曾在一本精彩的小说中描绘过，我忘了那本小说的名字。（登上汽车，对她丈夫）你坐折叠座儿行吗？让克诺克大夫坐在我身边，好欣赏欣赏风光……（克诺克在巴巴莱太太左边就座。）

大夫 车子够宽敞的了，后排座儿足可以舒舒服服地坐三个人，只是在看风景的时候得伸直身子。（走近若望）全好了吗？汽油灌完了？两个缸里都有了？您想到要擦擦火花塞吗？要走十公里，可得想周全点儿啊。把汽化器包好，用一条旧围巾也比这块破布强。（朝后面走去）好极了！好极了！（登上汽车）我——对不起，亲爱的同行——我坐这个宽大的折叠座儿。这简直是一把折椅。

巴巴莱太太 一路上坡，直到圣莫里斯。如果是步行，再加上这些行李，可就要命了。坐汽车，却会使人感到心旷神怡。

大夫 过去，亲爱的同行，有一次我诗兴大发，写了一首诗，把我们一会儿就会看到的奇妙自然景色描绘了一番。见鬼，我还能记得起来呢：狭谷幽深，归隐田园……（若望绝望地摇着手柄。）

巴巴莱太太 阿尔贝，这几年，你一直说"幽深"，最初可是"峡谷之深渊"。

大夫 对，对！（突然响起了一声爆炸）听，亲爱的同行，马达起动得多好，刚摇了几下就行了……一声爆炸……又是一声……行了，行了！……我们可以走了。（若望坐好，汽车启动，景色次第变换。）

大夫 （沉默片刻后）亲爱的朋友，（拍了拍克诺克的肩膀）从现在起您就接替我的职务了！请相信，这是一宗好买卖。是的，从现在起，我的主顾就是您的了。如果半路上有人认出我来并向我问病，我就退到一旁，告诉他说："你弄错了，先生，这才是本地的医生（指着克诺克）。要想让我重新行医，（马达不断地发出爆炸声）除非你正式邀我会诊。"（连续的爆炸声）总之，您真幸运，碰到我这个人，脑袋一热，就把职位让给您了。

巴巴莱太太 我丈夫一定要到大城市里去结束他的大夫生涯。

大夫 要到一个大剧场里去唱出我的天鹅之歌！这种虚荣心有点儿可笑，是不是？我过去曾经梦想着去巴黎，现在能去里昂也就心满意足了。

巴巴莱太太 他不愿意安安稳稳地在这儿发财！（克诺克沉思着，一会儿看看那对夫妇，一会儿看看外面的风景。）

大夫 不要笑我，亲爱的同行。正因为我一时心血来潮，您才用一块面包的价钱就把我的主顾全都买去了。

克诺克 您是这样想的？

大夫 这是再明显不过的了！

克诺克 不过，我可没有讨价还价啊！

大夫 当然没有。我很喜欢您的坦率，也喜欢您这种先用通信方式签好合同、口袋里装着做成了的交易到现场来的做法，我觉得这有点儿骑士风度，像美国人一样豪爽。此外，还有一点很值得祝贺，那就是您的收益稳定，主顾绝无减少之理，不会有任何意外……

巴巴莱太太 就是说没人同您竞争。

大夫 只有一位安分守己的药剂师。

巴巴莱太太 而且很少有破费的机会。

大夫 没有任何需要花钱的娱乐。

巴巴莱太太 十个月以后，您不仅可以还清欠我丈夫的债，而且还会攒下同样数目的钱。

大夫 再说，我还让您在一年之内分四期偿清债务，每期三个月！啊！要不是因为我妻子有风湿病，说不定我会反悔的。

克诺克 巴巴莱太太有风湿病？

巴巴莱太太 嗯！

大夫 尽管总的来说这儿的气候是有益于健康的，可偏偏她不能适应。

克诺克 这儿的风湿病人多吗？

大夫 亲爱的同行，可以说这里只有风湿病人。

克诺克 我对此很感兴趣。

大夫 是啊，很适于对风湿病进行研究。

克诺克 （温和地）我想的是病人。

大夫 啊！这就是另一回事了。这儿的人找医生不是为了治病，正如您找神父不是为求雨一样。

克诺克 但……这可不大好。

巴巴莱太太 您瞧，大夫，从这儿望过去多美啊，简直就像是在瑞士。（爆炸声连续不断，而且越来越频繁。）

若望 （凑近巴巴莱大夫的耳朵）先生，先生，什么地方不大对头，我得卸下油管。

大夫 （对若望）好，好！……（对其他人）正好，我本来就想建议在这里小停一下。

巴巴莱太太 为什么？

大夫 （向她使眼色）景色……唔！……不值得一停吗？

巴巴莱太太 可是，如果你愿意停，再往上一点儿还要好吧。（车子停下。巴巴莱太太恍然大悟。）

大夫 那好，到了上边咱们再停一次。如果有兴致，就停上两次、三次、四次好了。感谢上帝，我们的车开得不坏。（对克诺克）您看，亲爱的同行，这车子刚才停得多稳。这辆车，想快就快，想慢就慢，在山区，这是最重要的。（他们下车）您很快就会迷上这类机械的，亲爱的同行，比您料想的要快。不过，可得留神现在的那些冒牌货。钢铁，钢铁，我倒要问问，给我们看看您的钢铁。

克诺克 如果在风湿方面不可能有所作为，就应该在肺病和肋膜炎方面作些努力。

大夫 （对若望）趁我们休息的工夫，把油管弄干净点儿。（对克诺克）您刚才，亲爱的同行，谈到了肺病和肋膜炎？发病率很低。您知道，这儿气候恶劣。体弱的新生儿全都在六个月内死去，所以医生也就无事可做。幸存下来的都是硬汉子。不过，中风和心脏病患者倒是还有。他们根本想不到，不到五十岁就会突然死去。

克诺克 您不是靠暴卒的人发财的吧？

大夫 当然不是。（思索着）还有……感冒——不是一般的头疼脑热，对此他们一点儿也不怕，甚至还挺喜欢，因为觉得这种小病小痛可以消除体内病源——我说的是世界性的流行性感冒。

克诺克 不过，应该说，那是百年不遇的。难道要我等到下一次世界性流感吗？……

大夫 我本人经历过两次：1889年至1890年一次，1918年又有一次。

巴巴莱太太 1918年，这儿死了很多人，相对来说，比大城市死得多。（对丈夫）不是吗？你对比了有关数字。

大夫 在百分比方面，这里要比八十三个省高。

克诺克 他们治了吗？

大夫 治了，特别是后期。

巴巴莱太太 圣米歇尔节那天，我们有了一大笔收入。（若望爬到汽车底下。）

克诺克 您说什么？

巴巴莱太太 在这儿，病人要在过圣米歇尔节的时候才付钱。

克诺克 这……这是什么意思？这不等于说是猴年马月吗？

大夫 （不时地用眼角看着司机）您想到哪儿去了，亲爱的同行？圣米歇尔节是日历上最明显的日子，大致相当于九月末。

克诺克 （口气一变）现在是十月初。是啊！您至少还会选择卖东西的时机嘛。（沉思着朝前走了几步）但是，比方说，有人来找您简单地看一下，他会立即付钱吗？

大夫 不付，要等到圣米歇尔节……这是成例。

克诺克 如果只看一次，仅仅一次呢？如果您整整一年见不到他呢？

大夫 也要等到圣米歇尔节。

巴巴莱太太 也要等到圣米歇尔节。（克诺克一声不吭地看着他们。）

巴巴莱太太 再说，人们几乎都是只看一次。

克诺克 嗯？

巴巴莱太太 真的。（巴巴莱大夫显出心不在焉的样子。）

克诺克 那些定期的主顾怎么办呢？

巴巴莱太太 什么定期的主顾？

克诺克 这么说吧，就是那些每星期或每月需要医生去看望几次的病人。

巴巴莱太太 （对大夫）你听见大夫说的话了吗？像面包师或肉店老板有的那种主顾？大夫真像个初学乍练的人。简直是在做梦。

大夫 （挽住克诺克的胳膊）相信我吧，亲爱的同行，您在这儿的主顾将是最好的，他们可以保证您享有绝对独立。

克诺克 独立？您真会开玩笑！

大夫 听我说嘛。您不会有随时可能痊愈的病人，也不必担心因为没有病人而使收支失去平衡。您依赖于所有的人，但又不依赖于任何一个人，如此而已。

克诺克 换句话说，我本该带些作钓饵用的蚯蚓和一副鱼竿。也许那儿能找得到吧？（沉思着走近汽车，望了一会儿，然后侧转过身子）形势开始明朗了。亲爱的同行，您让给了我一个从各方面来说都像这辆汽车一样的主顾，而且还要我付出几千法郎的代价。（亲切地拍着汽车）这辆车，可以说，卖十九法郎还不算贵，如果是要价二十五可就显得过高了。（以买主的神情打量着）听着！我办事喜欢痛快，我给您三十。

大夫 用三十法郎买我的大汽车？六千我都不卖。

克诺克 （显出难过的样子）我早就料到了！（又端详汽车）那我就只好不买了。

大夫 至少，您得给个像样的价钱！

克诺克 很遗憾，我本想把它改装成一个布列塔尼式碗橱。（走回来）至于您的主顾，如果还来得及放弃的话，我同样也并不痛心。

大夫 让我告诉您吧，亲爱的同行，您上当了……上了一个错误印象的当。

克诺克 我宁愿相信是上了您的当。不过，我没有后悔的习惯。受了耍弄，只怪自己不好。

巴巴莱太太 耍弄？不能这么说，我的朋友，不能这么说呀。

大夫 我很想使克诺克大夫了解事情的真相。

克诺克 在这种主顾按年付酬的情况下，您让我按季缴款是不合理的，应该修正。不管怎么说，您不必为我难受。我不愿意背债，但是，这总要比腰痛或者屁股上长疖子好受得多。

巴巴莱太太 怎么？您不想按规定日期付钱？

克诺克 我很愿意付钱，太太，但是，对历书却毫无办法。无力改变猴年马月的状况。

巴巴莱太太 是圣米歇尔节！

克诺克 圣米歇尔节！

大夫 您总有些积蓄吧？

克诺克　一点儿也没有。我是靠工作吃饭的，确切地说，我想靠工作吃饭，因而对您转让给我的主顾的神秘状态感到难过。看来我得改用一套全新的方法。（沉思片刻后，如同自由一般）真的，问题只是表面上得到了解决。

大夫　在这种情况下，错就全在您自己了，亲爱的同行。如果您自暴自弃，过早失望，只能说明您缺乏经验。虽然医道犹如一片沃土，但是庄稼不会自生自长。您因为年轻，所以有点儿想入非非。

克诺克　亲爱的同行，您可是完全说错了。首先，我已经年过四十，如果说还有什么梦想的话，也和年轻人的不一样了。

大夫　就算是这样吧，但您从未行过医。

克诺克　您又说错了。

大夫　怎么？您不是说过，您的论文去年夏天才刚刚通过吗？

克诺克　对，八开纸写了三十二页的《论所谓健康状态》。我还引用了克洛德·贝尔纳的话作为题词，他说过："健康者乃是不自知之病人。"

大夫　我同意，亲爱的同行。

克诺克　同意我的理论？

大夫　不，同意说您是个新手。

克诺克　对不起！我虽然最近开始学医，但行医的历史却已有二十年了。

大夫 什么！您当过医官^①？从这种人已经不存在的时候开始？

克诺克 不，我是硕士。

巴巴莱太太 从来没听说有医学硕士。

克诺克 文学硕士，太太。

大夫 那您是没经许可非法行医喽？

克诺克 恰恰相反，完全正大光明，并且不是躲在某个外省的角落里，而是在差不多七千平方公里的范围之内。

大夫 不懂您说的是什么意思。

克诺克 简单得很。二十多年前，我被迫中断罗曼语言的研究，到马赛的"法兰西妇女"商店的领带部当了售货员，后来却失业了。有一次我正在码头上闲逛，突然看见一则广告上说，一艘开往印度的一千七百吨的轮船征聘医生，并且不要求有博士头衔。您要是处在我的境况，会怎么办呢？

大夫 那……无所作为，毫无疑问。

克诺克 是的，您，您缺乏天赋。可是我却去报名了，我不愿意弄虚作假，所以一进门就说："先生们，我可以说自己是大夫，但却不是博士。而且还必须承认另外一个更为严重的事实：我至今还不知道论文的主题是什么。"他们回答说，博士头衔无关紧要，至于论文的主题就更不必说了。我立刻接过话茬说道："尽管我不是博

---

① 在法国，1803至1892年间，"医官"是对没有医学博士学位的医生的称呼。此后，所有正式医生都必须拥有博士学位。

士，考虑到信誉和权威，还是希望船上的人能称我为大夫。"他们说那是自然的。但是，我还是花一刻钟解释了自己为什么厚着脸皮要求大夫的称呼，尽管凭良心说，我是没有那个权利的。最后我们只用不到三分钟的时间就解决了报酬问题。

大夫 您真的对医学毫无所知吗？

克诺克 请您听我说嘛！我从小就一直喜欢阅读报上的医疗和药品广告，以及我父母买的药盒上和糖浆瓶上的服法说明。我九岁的时候就把关于便秘不能根治的大段文字记得烂熟。至今我还能背诵1897年布尔热的寡妇P写给美国谢克尔汤药公司的一封精彩的信。您愿意听吗？

大夫 谢谢，我相信您。

克诺克 这些东西使我早就熟悉了这一行业的术语，尤其重要的是我从中悟出了被学院里的教科书掩盖了的医学的真谛。可以说，十二岁的时候，我就有了正确的医学观。正因为如此，我才有了目前的方法。

大夫 我倒很想领教领教你的方法。

克诺克 我不想宣扬，再说，有了效果才能算数。今天，您已承认给我的是并不存在的主顾。

大夫 不存在……抱歉！抱歉！

克诺克 请您一年以后再来看看我的工作吧，您将看到不容置疑的事实。由于您迫使我从零开始，我的经验将会更加引人注目。

若望 先生，先生……（巴巴莱大夫走了过去）我觉得还得把汽化器拆下来。

大夫 拆吧，拆吧。（转了回来）既然我们已经谈开了，就让那个小伙子对汽化器进行一次每月例行的清理吧。

巴巴莱太太 您在船上都干了什么呢？

克诺克 上船前两夜，我作了认真思考。在船上的六个月实践验证了我的设想。其实和医院里实行的办法差不多。

巴巴莱太太 您的服务对象多吗？

克诺克 全体船员和七名穷旅客，一共三十五人。

巴巴莱太太 这个数字已经不小了。

大夫 有死的吗？

克诺克 一个也没有。这倒是跟我的原则相违背的。只是现在我才主张降低死亡率。

大夫 我们都是这样主张。

克诺克 您也是？瞧！我真不敢相信。其实，尽管有各种相反的诱惑，我们总该努力保存病人。

巴巴莱太太 大夫说的不无道理。

大夫 病人多吗？

克诺克 三十五个。

大夫 那就是全体啰？

克诺克 对，全体。

巴巴莱太太 那船还怎么能开呢？

克诺克 轮班值勤。（沉默。）

大夫 说实话，您真是博士吗？

克诺克 我是博士，是有博士头衔的大夫。当我的方法为实践证明可行之后，我就一心想着要到陆地上大规模地推广。我并非不知道博士头衔是必不可少的条件。

巴巴莱太太 可是，您说过最近才学医。

克诺克 当时我没能马上开始，为了生活，我不得不经营了一阵子落花生买卖。

巴巴莱太太 什么？

克诺克 落花生也叫花生。（巴巴莱太太一惊。）噢！太太，我并不是挎着篮子上街叫卖，我开了一个中心店，向小贩们供货。如果我再继续干十年，就会成为百万富翁，但是那买卖令人讨厌。再说，几乎所有的职业，干长了都让人生厌，对此我是有体会的。确实如此，只有医学，也许还有政治、金融和神职，我还没有试过。

巴巴莱太太 想在这儿推行您的方法吗？

克诺克 如果不想，太太，我就会拔腿跑掉，您无论如何也追不上。当然，我更喜欢大城市。

巴巴莱太太 （对丈夫）你去里昂不能学学他的方法吗？这没什么关系。

大夫 可是克诺克大夫似乎并不准备披露。

克诺克 （考虑片刻，对巴巴莱大夫）您如果愿意，我建议这样安排：我不付现钱，上帝知道什么时候能付得出来，而是采用更为实际的方式偿付债款，也就是说，我带您八天，把我的方法传授给您。

大夫 （生气地）您在开玩笑，亲爱的同行，也许在八天以后，您就会写信向我求教的。

克诺克 不必等到那时候，我今天就打算请您给些有用的指点。

大夫 愿意从命，亲爱的同行。

克诺克 您那儿有鼓手吗？

大夫 您是指报子吧?

克诺克 对。

大夫 有一个。镇公所常派他应差。去找他的都是丢了钱包的人或是外地来的廉价瓷器商。

克诺克 好。圣莫里斯有多少居民?

大夫 闹市区是三千五,全镇有六千吧。

克诺克 加上周围地区呢?

大夫 至少翻一番。

克诺克 人们穷吗?

巴巴莱太太 不穷,生活得很好,甚至可以说很富裕。有不少大农庄。很多人靠年金或产业收入生活。

大夫 不过,全都极为吝啬。

克诺克 有工厂吗?

大夫 极少。

克诺克 商店呢?

巴巴莱太太 商店倒不少。

克诺克 买卖兴隆吗?

大夫 天哪,根本说不上!对于大多数人来说,不过是一种补充收入,或者消磨时间的方式。

巴巴莱太太 再说,都是女人照看着铺面,男人们到处闲逛。

大夫 也有丈夫照看铺子,女人闲逛的。

巴巴莱太太 必须承认,闲逛的主要是丈夫。首先,女人不大知道有什么地方可去,可是男人呢,打猎、钓鱼、玩九柱戏,如果是冬天,就上咖啡馆。

克诺克 女人全都很虔诚吗?(巴巴莱大夫笑起来。)

这一点对我很重要。

巴巴莱太太 去望弥撒的人很多。

克诺克 但是，平时上帝在她们的心目中占有重要地位吗？

巴巴莱太太 您想到哪儿去了！

克诺克 好极了！（思索片刻）人们没有什么大的嗜好吗？

大夫 指哪些方面？

克诺克 鸦片、古柯碱、黑弥撒、同性恋、政治信仰……

大夫 您竟把风马牛不相及的东西都混为一谈了！我从来没听说过鸦片和黑弥撒。至于对政治，像所有的地方一样，人们是感兴趣的。

克诺克 对，但是您是否知道有没有那种为了选举或收入税而跟父母闹翻的人？

大夫 感谢上帝，没到那种地步！

克诺克 通奸呢？

大夫 什么？

克诺克 这种事情是不是很普遍？是不是紧张活动的目标？

大夫 您的问题真是非同一般！那儿大概同其他地方一样，有受骗的丈夫，但并不很多。

巴巴莱太太 首先，这种事情很难，人们全都眼睁睁地看着……

克诺克 好。没有其他什么要向我交代的了吗？比方说，在宗派、迷信、黑社会方面？

巴巴莱太太 有几位太太搞过一个时期唯灵论。

克诺克 啊，啊！

巴巴莱太太 她们在公证人的太太那里，围着独腿小圆桌叽叽咕咕。

克诺克 这不好，这不好。令人讨厌。

巴巴莱太太 但是她们好像已经不搞了。

克诺克 有没有巫师左道？有没有让山羊治病的牧人？（若望不时地摇着手柄，气喘吁吁，连连擦去额头上的汗水。）

大夫 过去可能有，现在没有了。

克诺克 （焦躁不安，搓着手走来走去）总之，医疗时代可以开始了。（走近汽车）亲爱的同行，要求这辆车再作一次新的努力不是不近人情的吧？真不能想象很快就会到达圣莫里斯。

巴巴莱太太 很快就会到的！

克诺克 我求求你们，快点到那儿去吧。

大夫 究竟有什么东西那么吸引您？

克诺克 （不声不响地走了几个来回之后）亲爱的同行，我觉得您把那里的大好局面给破坏了。您以自己的作风，辛辛苦苦让该长出茂盛果园的地方生满了荆棘。您走的时候，本来应该满载金钱和人们的感激。您，太太，应该脖子上挂着三条项链，坐着一辆闪闪发光的汽车，（指着破汽车）而不是这种现代技术的最初产品。

巴巴莱太太 您在开玩笑，大夫？

克诺克 没有这么残忍的玩笑，太太。

巴巴莱太太 说得太玄了！你听见了吗，阿尔贝？

大夫 听见了，克诺克大夫想得太多，是个变替性精

243

神病患者。他受极端印象的蒙蔽。刚说这个职位不值两个苏，一下子却又成了摇钱树（耸耸肩膀。）

巴巴莱太太 你也太自信了。我跟你说过，如果变通一点的话，我们在圣莫里斯本来可以弄得更好些，不至于勉强糊口。

大夫 好，好，好！三个月后，等第一个限期届满时我回来，看克诺克大夫能成什么气候。

克诺克 好的。三个月后请您再来，那时咱们再谈。但是，我求求您，马上走吧。

大夫 （对若望，胆怯地）好了吗？

若望 （小声地）啊！马上就好。但这一回，我看咱们自己发动不起来了。

大夫 （小声地）怎么回事？

若望 （摇头）需要一个力气更大的人。

大夫 推推行吗？

若望 （心里没底）也许可以。

大夫 那就推吧，不过二十米平地，我把方向盘，您推。

若望 好。

大夫 然后，您及时跳上踏板，是吗？（大夫朝其他两人走去）那好，上车吧，亲爱的同行，上车吧。若望是个大力士，他想开开心，发动汽车不用摇把，而是用某一种可以称之为自动发动的办法……尽管电力被肌肉的力量代替，作用差不多还是一样的，真的。（若望弓身顶住汽车。）

——幕落

第二幕

巴巴莱的旧宅。

克诺克的临时设置：桌、椅、书柜、长椅、黑板、洗手池，墙上挂着几幅解剖图和人体组织图。

第一场

克诺克 （坐着，望了一眼房间，边写边问）您是报子吗？

报子 （站着）对，先生。

克诺克 叫我大夫。要跟我说"对，大夫"或者"不，大夫"。

报子 是，大夫。

克诺克 您在外面提到我的时候，一定要说"大夫认为""大夫他"……我很看重这一点。你们谈起巴巴莱大夫时，都称呼他什么？

报子 我们说他"是个老实人，但不怎么能干"。

克诺克 我没问这个。你们称他"大夫"吗？

报子 不。我们称他"巴巴莱先生"或"医生"，有时还叫他"拉瓦肖尔"。

克诺克 "拉瓦肖尔"是什么意思？

报子 这是他的外号，不知怎么来的。

克诺克 您觉得他不怎么能干？

报子 啊！我认为他够能干的了，可是别人并不这么看。

克诺克 噢！

报子 有人去找他看病，可是他却看不出来。

克诺克 看不出来什么？

报子 看不出来得的是什么病。十次有九次他都会说"没什么，明天就会好的，朋友"，然后把你打发走。

克诺克 是这样！

报子 要不他就根本不听你讲什么，嘴里"嗯，嗯"地答应着，接着就讲起别的事情，比方他的汽车，一说就是一个钟头。

克诺克 好像人家就是去听他胡扯似的！

报子 然后向您要四个苏，给您一点儿什么药，有时只是一服汤药。您知道，那些肯花八法郎的人，不喜欢人家只给他开四个苏的药。连最笨的家伙不经医嘱也可以沏一杯甘菊茶喝的。

克诺克 听了您的话我很难过。但是，我叫您来有别的事情。我想问一问，巴巴莱大夫委托您通报一件事情，您要多少钱？

报子 （辛酸地）他压根儿没找我办过任何事情。

克诺克 噢！您说什么？他在这儿待了三十年啊！

报子 三十年中一次也没找过我，这是真的。

克诺克 （站起来，手里拿着一张纸）您大概忘了，我不信。一句话，您要多少钱吧？

报子 小圈三法郎，大圈五法郎。也许您觉得多了，但事情并不简单。再说，我劝先生……

克诺克 大夫。

报子 我劝大夫，如果不差这两个法郎的话，还是让我转大圈合算。

克诺克 有什么区别?

报子 转小圈,我停留五次:镇公所、邮局、钥匙旅馆、小偷路口和市场边上;转大圈,我停留十一次……

克诺克 好,那就转大圈。今天上午行吗?

报子 马上就去,如果需要……

克诺克 这是通报的内容。(把那张纸递给报子。)

报子 (看了看)我不习惯看文字的东西,情愿您给我念一遍。

克诺克 (慢慢地,报子细心地听着)接任巴巴莱大夫的克诺克大夫向圣莫里斯及全区居民致敬,并荣幸地通知大家,本着博爱精神和为了遏制多年以来各种疾病在我们这个本来宜于健康的地区令人不安的蔓延……

报子 太对了!

克诺克 他将于每星期一上午九时三十分至十一时三十分,免费接待本地区居民;外来就医者,诊费仍为八法郎。

报子 (恭敬地接过通报)好!这主意真好!这主意一定会受到欢迎!您真是个乐善好施的人!(口气一变)但是,您知道,今天是星期一,如果我一通报,五分钟后就会有人来的。

克诺克 会这么快吗?

报子 您不知道星期一总是赶集的日子吗?半个地区的人都来了,全会听到通报的,您将忙得晕头转向。

克诺克 我有办法应付。

报子 还有,赶集的日子,看病的人最多。巴巴莱先生差不多只在这天看病。(亲切地)如果您免费……

克诺克 您得明白，朋友，我的用意。重要的是人们要得到治疗。如果为了赚钱，我就会留在巴黎或者到纽约去了。

报子 啊！您说得对极了。人们需要治疗，大家对自己的身体注意不够，太不经心。有了病还硬挺着，简直跟牲口一样。

克诺克 您说得很有道理，朋友。

报子 （骄傲地）噢！我当然不是信口胡诌。我没有受过应有的教育，但很多比我有教养的人也并不比我强。镇长先生，恕我不直呼其名，是知道的。如果我对您说，有一天，先生……

克诺克 大夫。

报子 （飘飘然地）大夫……有一天，省长先生本人来到镇公所的结婚大厅，您可以请这里的名流证实我的话，问第一副镇长先生，恕我不直呼其名，问米沙隆先生，当时……

克诺克 省长先生当时就看出是在和什么人打交道，看出您这位报子很有头脑，非同一般，自视比同行全都高明。而且无言以对的人是谁呢？是镇长先生。

报子 （得意非凡地）千真万确！就是这么回事！我可以指天发誓，您当时一定在场，躲在某个角落里。

克诺克 我没有在场，朋友。

报子 那就是有人对您讲过了，是某个很有地位的人吧？（克诺克像外交家一样做了个模棱两可的手势）我肯定您最近与省长谈过。（克诺克只是微微一笑。）

克诺克 （站起来）那么我就靠您了，朋友。坦率地说吧，是不是这样？

报子 （犹豫一下之后）我不能很快回来，等回来就太晚了。您能不能行行好，先给我看看病？

克诺克 唔……可以。但是，得快点。我还要召见小学教师贝尔纳先生和药剂师穆斯盖先生。我得在病人到来前同他们谈谈。您哪儿不舒服？

报子 等等，让我想一想。（笑）有了。吃晚饭的时候，有时候这儿觉得痒痒。（指了指上腹部）像被人胳肢了似的，确切地说，有一种抓痒的感觉。

克诺克 （聚精会神地）注意，不要混为一谈，是胳肢还是抓痒？

报子 抓痒。（思索着）但是也像胳肢。

克诺克 具体指一指是什么地方。

报子 这儿。

克诺克 这儿……有这种感觉的地方是这儿吗？

报子 对，也可能是这儿……这两个地方之间吧。

克诺克 正好在这两个地方中间？……不是稍稍偏左一点儿吧？是这儿，是我手指按的地方？

报子 好像是。

克诺克 我按的时候，疼吗？

报子 疼，可以说疼。

克诺克 好，好！（阴沉着脸想了想）您在吃醋渍牛头的时候，是不是觉得痒得更厉害？

报子 我从来没吃过那种东西。但是，我想，如果吃的话，一定会觉得痒得更厉害。

克诺克 噢，这很重要。对了，您多大年纪？

报子 五十一岁，还不满五十二。

克诺克 快五十二岁了，还是刚过五十一？

报子 （渐渐慌起神来）快五十二了，十一月底的生日。

克诺克 （把手放在他的肩上）朋友，今天可以照常工作。晚上，早点儿上床休息。明天早晨不要起来，我去看您。对您，我可以免费出诊，但是，不要声张，算是特殊优待。

报子 （焦急地）您真好，大夫。我的病严重吗？

克诺克 可能还不太严重，不过得及时治疗。您吸烟吗？

报子 （掏出手帕）不吸，我嚼烟。

克诺克 绝对禁止嚼烟。您喜欢喝酒吗？

报子 喝得有限。

克诺克 滴酒不能再进。您结婚了吗？

报子 结婚了，大夫。（举手擦了擦额头。）

克诺克 房事要有节制，嗯？

报子 我能吃东西吗？

克诺克 今天因为要工作，您就喝点儿汤吧。明天可要严格禁食。目前，就按我说的做吧。

报子 （擦汗）您不认为我最好立即卧床吗？我真有点儿觉得不舒服呢。

克诺克 （推开门）要当心！您这种情况，大白天躺在床上是不好的。去忙您的吧，就像什么事儿也没有一样，安心地等到天黑。（送报子离去。）

第二场

克诺克 您好，贝尔纳先生，这时候请您来，不算打扰吧？

贝尔纳 没什么，大夫。我有时间。现在是课间休息，我的助手在照看着。

克诺克 我急于同您谈一谈，因为有许多紧迫的事情要我们共同去完成。希望您能像对待我的前任一样，给予真诚的合作。

贝尔纳 合作？

克诺克 坦率地说，我不喜欢把自己的观点强加于人，也不打算推翻前人立下的规矩。希望您能在开始阶段给予指引。

贝尔纳 我看不出……

克诺克 暂时一切全都维持原样，以后我们再作必要的改善（坐下）。

贝尔纳 但是……

克诺克 不论是宣传还是同人谈话，包括我们之间的会面在内全都听您安排。

贝尔纳 这个……大夫，我好像还不大明白。

克诺克 我想说，在我的安置阶段，希望同你保持不断的联系。

贝尔纳 有什么事情我似乎没有弄懂……

克诺克 瞧！您不是同巴巴莱大夫经常有联系吗？

贝尔纳 我时常在钥匙旅馆的小咖啡店里见到他，有时还同他打打台球。

克诺克 我指的不是这种联系。

贝尔纳 我们没有其他联系。

克诺克 但是……但是……你们如何分担普及卫生知识、向每个家庭进行医疗宣传……及其他事情的呢? 只有医生和教员密切合作才能实现的事情何止千百件啊!

贝尔纳 我们没有分担任何工作。

克诺克 什么? 你们各干各的?

贝尔纳 简单得很, 我们谁也没有想到过这种事情。在圣莫里斯, 这是破天荒第一次谈及这个问题。

克诺克 (露出伤心而惊讶的表情)啊! ……如果不是从您嘴里听到, 我真不敢相信(静默)。

贝尔纳 真抱歉, 让您失望了。您应该知道, 即使我有这个念头, 即使学校里的工作能够给我以闲暇, 这种倡议也不该由我提出。

克诺克 显然您是在等别人吩咐, 但没人那样做。

贝尔纳 每次有人请我帮忙, 我都不遗余力。

克诺克 我知道, 贝尔纳, 我知道。(沉默)这里的居民实在不幸, 他们的卫生状况和疾病预防工作完全无人过问。

贝尔纳 的确如此。

克诺克 我敢说, 他们在喝水的时候, 绝对不会想到每次都要喝下去亿万个细菌。

贝尔纳 噢! 肯定不知道。

克诺克 甚至连什么是细菌都不知道。

贝尔纳 我怀疑他们会知道! 有些人可能认识这个词, 但大概会想象成类似苍蝇的东西。

克诺克 （站起来）真可怕。听我说，亲爱的贝尔纳先生，只靠咱们俩是不能在八天之内就扭转多年来的……比方说，麻木不仁状态。但是，总应该做点什么吧。

贝尔纳 我很愿意，只怕帮不了什么大忙。

克诺克 贝尔纳先生，一位很了解您的人告诉我说您有一大缺点：谦虚。只有您不知道自己在此地有着不同一般的道德权威和个人影响。请原谅我直言，没有您，任何大事都是办不成的。

贝尔纳 您过奖了，大夫。

克诺克 这是事实！没有您，我可以接待病人。但是谁来帮我战胜并消灭疾病呢？谁去教育这些可怜的人，让他们认识到时刻在威胁着他们的器官的危险呢？谁去告诉他们不应该等到快要死了的时候才找医生呢？

贝尔纳 我不否认人们太粗心大意了。

克诺克 （越来越兴奋）咱们从头开始。我这里有通俗的讲话材料、详细的笔记、很好的图片和幻灯机。您知道应该怎么做，会把一切安排妥帖的。您看，作为开始，举行一次小型的报告会怎么样？全写好了，我的天，很有意思。就讲讲伤寒病吧，这种病不仅具有各种意想不到的形态，而且传播渠道也不计其数：水、面包、牛奶、蚌类、蔬菜、瓜果、尘土、呼吸等等，全都可以成为传染媒介。这种病几星期、几个月地潜伏着，然后突然发作，不是置人于死命，就是引起可怕的并发症。关于发病的整个过程，我都有精美的图片：放得大大的杆菌、患者的粪便、发炎的淋巴结、穿了孔的肠道。不是黑白图片，是彩色的。您想想吧：粉红色、栗色、黄色、灰白色。

（坐下。）

贝尔纳 （恶心）这……我有点过敏……看了这种东西会睡不着觉的。

克诺克 要的就是这种效果。我是说，应该使人们大吃一惊，铭刻在心。贝尔纳先生，您会习惯的。让他们睡不着好啦！（俯过身去）他们的错误恰恰是在一种虚假的安全感中睡大觉，等到致命的疾病使他们猛醒的时候也就太迟了。

贝尔纳 （浑身哆嗦，手放在办公桌上，目光不敢直视）我从小就身体不好，父母好不容易才把我养大。我很清楚，您的图片上的那些细菌都是画出来的，但是，到底……

克诺克 （好像什么也没听见）我们的第一次报告会使一些人不寒而栗，然后，再举行第二次，题目就叫"带病源者"，以具体病例明白地告诉他们，一个人尽管脸圆滚滚的，舌头红红的，走起路来也很精神，但他身上的每一个皱纹里都隐藏着几十亿个病菌，足以使全省的人都受到感染。（站起来）根据理论和经验，我有权怀疑自己见到的第一个人就带着病源，比方说，您就无法证明您不是其中的一个。

贝尔纳 （站起来）我？大夫……

克诺克 我很想知道，听过第二次报告之后，谁还会有心思去玩。

贝尔纳 您认为，大夫，我带着病源吗？

克诺克 不单单是您，只是随便举个例子。但是，好像穆斯盖先生来了。再见，亲爱的贝尔纳先生，感谢您的帮助，我相信您会给予帮助的。

第三场

克诺克 请坐，亲爱的穆斯盖先生。昨天，我几乎连好好看看您的药房的工夫都没能找到。但是，一眼就可以看得出来，里面设备不错，秩序井然，一切都很先进。

穆斯盖 （衣着简单，几乎有点儿不修边幅）大夫，您过誉了！

克诺克 我始终认为，没有一个第一流的药剂师的医生就好比是没有炮兵的将军。

穆斯盖 很高兴看到您如此器重这一职业。

克诺克 我还要说，一个组织得很好的药房，就像您的药房那样，收益肯定是不错的。您今年至少也赚了两万五吧？

穆斯盖 赚钱？啊！我的上帝！要能赚到那个数目的一半就好了！

克诺克 亲爱的穆斯盖先生，我不是财政监察员，而是一个朋友，甚至可以说是同行。

穆斯盖 大夫，我不是不相信您。不幸得很，这是实话。（稍停）就是拼上老命也赚不到一万。

克诺克 这简直是丢人！（穆斯盖忧郁地耸耸肩膀）在我的想象中，怎么也不会低于二万五这个数目……没人同您竞争吧？

穆斯盖 没有，方圆四十里内没有一个竞争者。

克诺克 那是怎么回事？有对头吗？

穆斯盖 不知道。

克诺克 （放低声音）过去出没出过差错……疏忽……用五十克阿片酊代替了蓖麻油？……有过一次就完了。

穆斯盖 请相信，二十年中，没有出过任何微小的事故。

克诺克 那……那……我不愿意多加推测……是我的前任……没有尽职吗？

穆斯盖 这要看怎么说了。

克诺克 再说一遍，穆斯盖先生，今天的谈话只有您知我知。

穆斯盖 巴巴莱大夫是个很了不起的人，我们私交极好。

克诺克 是他的处方难赚大钱吗？

穆斯盖 正是这么回事。

克诺克 把有关他的说法集中在一起，我甚至怀疑他是否相信医学。

穆斯盖 开始的时候，我事事极为认真。后来听到了各种抱怨，我觉得事情严重，就把人们全都打发到他那儿去了。打那时候起，就没见有人再来找我。

克诺克 您的话真叫我难过，我真不相信会是这个样子。亲爱的穆斯盖先生，我们分别从事着人类的两种最崇高的职业。让这两种职业从前人已达到的繁荣和强大的顶点上逐渐跌落下来，难道不是一种耻辱吗？甚至可以说是破坏。

穆斯盖 的确是这样。抛开钱的问题不说，还得眼睁睁地看到自己落到比洋铁匠和食品杂货商还不如的境地。说真的，大夫，我老婆连帽子和丝袜都买不起，可是洋铁匠的老婆却可以整天戴着帽子、穿着丝袜招摇过市。

克诺克 别说了，亲爱的朋友，我心里很不好受，就像听见说为了糊口，议长的太太不得不屈尊给面包师的老婆洗衣服一样。

穆斯盖 如果我太太在场，肯定会非常感动。

克诺克 在这样一个地区，您和我本该有做不完的事情才对。

穆斯盖 正是这样。

克诺克 所以，我认为这个地区的所有居民原则上都是我们的固定主顾。

穆斯盖 所有居民，太多了吧。

克诺克 是所有居民。

穆斯盖 任何人不知什么时候都可能成为我们的临时主顾，这倒是真的。

克诺克 临时的？不！而是经常的、永久的主顾。

穆斯盖 他得生病才行！

克诺克 "生病"，对现代科学来说，这是站不住脚的陈腐观念。把健康这个词从我们的语汇中抹掉不是不可以的。其实，我认识的人全都或轻或重地染上了这种那种发展或快或慢的疾病。当然，他们很愿听说自己很健康，但是，这样说是欺骗。不能借口病人太多，就不承认他们是患者。

穆斯盖 不管怎么说，这是很漂亮的推理。

克诺克 这是深刻的最新理论。穆斯盖先生，考虑考虑吧。这同"全民皆兵"的思想很相近，正是因为这种"全民皆兵"的思想，我们国家才有了力量。

穆斯盖 您是个思想家，克诺克先生，思想领导着世界，唯物主义者们反对这一点是没有用的。

克诺克 （站起来）听我说，（穆斯盖也站了起来，克诺克抓住他的双手）我可能好高骛远，等待我的可能是苦涩的失望。但是，如果一年以后您赚不到理应赚得的二万五千法郎，如果穆斯盖太太得不到与她的身份相称的衣服、帽子、丝袜，您就来找我好了，我就把脸伸给您，让您一边打一个耳光。

穆斯盖 亲爱的大夫，如果不好好谢谢您，那就是太不懂情义了。我一定不遗余力地帮助您，否则就不是人。

克诺克 好，好，相信我吧，我完全相信您。

第四场

克诺克 啊！看病的人来了。（无具体所指地）已经十几个了？告诉新来的，十一点半以后，我不再接待，起码不免费接待。您是头一个吗，太太？（让一个年约四十五岁，身穿黑衣服的农村妇女进屋后关上了门）您是本地区的吗？

黑衣妇人（下称妇人） 我就是镇上的。

克诺克 圣莫里斯的？

妇人 就住在吕赛尔路旁边的那个大农庄里。

克诺克 农庄是您的吗？

妇人 是的，是我丈夫和我的。

克诺克 您自己经营，活儿很多吧？

妇人 您想想看吧，先生！十八头奶牛，两头肉牛，两头种牛，一匹母马和一匹马驹子，六只山羊，十几头猪，还不算鸡鸭。

克诺克 天哪，您没有雇工？

妇人 雇了，三个男的，一个女的。大忙季节还雇短工。

克诺克 实在让人同情，您大概几乎没有时间来看病吧？

妇人 的确没有工夫。

克诺克 但是您有病啊。

妇人 您说错了，我只是感到有些疲劳。

克诺克 对，您把这称作疲劳。（走近前去）伸出舌头。您大概胃口不好吧？

妇人 不大好。

克诺克 大便不正常吧？

妇人 对，干得很。

克诺克 （用听诊器听）低头，吸气，咳一下。您小时候是不是从梯子上跌下来过？

妇人 不记得了。

克诺克 （拍了拍她的背部，突然压迫腰部）晚上睡觉时这儿疼吗？是不是又酸又疼？

妇人 对，有时候有那么一点儿。

克诺克 （继续听诊）好好想想，一架大梯子。

妇人 很可能。

克诺克 （非常肯定地）一架大约三米五的梯子，靠墙放着。您仰面摔下来，幸好是左臀着地。

妇人 啊，对！

克诺克 您找巴巴莱大夫看过吗？

妇人 没有，从来没有。

克诺克 为什么？

妇人 他不免费看病。（而后沉默。）

克诺克 （让她坐下）您了解自己的病情吗？

妇人 不了解。

克诺克 （在她对面坐下）那好。您想不想治？

妇人 想治。

克诺克 我想最好还是立刻告诉您，这需要很长时间和很多钱。

妇人 啊！我的上帝！为什么？

克诺克 因为拖了四十年，想用五分钟就治好是不可能的。

妇人 四十年？

克诺克 对呀，打您从梯子上摔下来算起。

妇人 要花多少钱？

克诺克 眼下一头小牛是什么价钱？

妇人 这要看市场情况和牛的大小了，但是少于四五百法郎是买不到的。

克诺克 肥猪呢？

妇人 有的要上千。

克诺克 好，差不多要花两头猪和两头小牛。

妇人 哎呀呀！差不多得三千法郎？真叫人受不了，我的天哪！

克诺克 如果您宁愿去朝一次圣，我并不阻拦。

妇人 朝圣也很费钱，而且并不经常有效。（沉默）但是我究竟怎么会得了这么可怕的病呢？

克诺克 （十分亲切地）我只用一分钟在黑板上画出来给您讲讲。（走近黑板，开始画图）这是您的脊柱剖面，非常简略，是不是？您看，这儿是您的土尔克皮质脊髓前束，这儿是您的克拉克脊髓背核。您听懂了吗？那好！当您从梯子上摔下来的时候，您的土尔克和您的克拉克朝相反的方向移动了（画出了表示方向的箭头）一毫米的十分之几。当然，您会说这算不了什么，但是这就错了位。还有，在这儿，又有一种不定向的不连续扭动。（擦了擦手指。）

妇人 我的上帝！我的上帝！

克诺克 当然您不会今、明天就死，可以再等等。

妇人 哎呀！真倒霉，我怎么会从梯子上摔下来！

克诺克 我想，要不就让它这样下去吧。钱是很不容易挣的。至于晚年，怎么都能打发过去。但愿您晚年愉快！

妇人 要治这个病……这么说吧……您不能少收点钱吗？……当然还要治好。

克诺克 我建议您观察一段。这几乎不需要您什么破费。几天之后，您自己将意识到病情的严重程度，到时候就可以下决心了。

妇人 好，就这样吧。

克诺克 行。您回去吧。是坐车来的？

妇人 不是，走来的。

克诺克 （坐在桌前，开药方）应该想办法找辆车。您回去后卧床休息，尽可能一个人。让人关上窗户，放下窗帘，免得亮光的烦扰。禁止别人和您说话。一星期内不要吃任何硬东西，每两小时喝一杯维希矿泉水，最多早晚把半块饼干在一杯牛奶中泡一泡吃掉，但是最好连饼干也别吃。您不会说这个药方费钱吧？过一个星期以后，我们再看看您感觉如何。如果到时候您觉得精力充沛，体力和心情都恢复正常，就说明病情不像想象的那么严重，您就可以放心了。如果情况相反，您觉得浑身无力、头沉、懒得起床，就不能再犹豫，我们马上开始治疗。这样行吗？

妇人 （叹了口气）照您说的办吧。

克诺克 （指着药方）我把这些写在这张纸上，很快就去看您。（把处方交给她，送她出去。无所指地）玛丽埃特，扶这位太太下台阶，再给她找一辆车。

（几个候诊的人看到黑衣妇人出去，脸上露出恐惧和尊敬的表情。）

第五场

紫衣妇人（下称妇人） （六十多岁，神气活现地挂着一根登山杖式的手杖。夸张地）大夫，在这儿看到我，您大概非常惊讶吧。

克诺克 有点儿惊讶，太太。

妇人 邦斯家族的一位太太，年轻时是朗普玛家族的小姐，居然来免费看病，这的确不同寻常。

克诺克 这是对我的恭维。

妇人 您心里也许在想，这是当今这场大混乱的有趣后果之一吧？正当一群群粗野的凡夫俗子、猪贩子同女戏子一起坐着华丽的四轮马车痛饮香槟酒的时候，上溯到13世纪曾经拥有这里的一半地产并与全省的名门望族联姻的朗普玛家庭的闺秀，怎么竟会堕落到同圣莫里斯的穷男贫女们一起排队等着看病呢？跟您说吧，大夫，事情还不止于此呢。

克诺克 （让她坐下）唉，是呀，太太。

妇人 我不想对您说，直到我叔父死的时候，我们家的进款还一直和过去一样，还一直保留着六个仆人，马厩里还有四匹马。只是去年，我才不得不卖掉从我外祖母那儿继承来的拉-米苏伊那块一百六十公顷的产业。据神父先生说，拉-米苏伊的名字是从希腊-拉丁语的mycodium转化而来的，意思是"仇恨蘑菇"。确实，那儿从未发现过一个蘑菇，真像是土地厌恶它似的。刨去纳税和耗损，我的收入的确少到了可笑的地步。特别是自从我丈夫死后，佃户们又乘机要求减租和缓租。我真是够了，够了，够了！您不认为，大夫，我连同各种麻烦一起甩掉那块产业是对的吗？

克诺克 （一直十分注意地听着）我认为您做得对，太太，特别是您喜欢蘑菇，再说，也可以把资金投到更为有益的地方去。

妇人 哎！您算是说到点儿上了！我日夜考虑投资是否得当。我怀疑，深为怀疑。我听从了笨蛋公证人的劝告。眼下，他还算是个最好的人。但是，他的头脑却还不如他亲爱的太太的独脚小圆桌。您知道，用不了一个星期，那个小圆桌就能把人们的思想沟通。特别是，我买了不少煤矿股票。大夫，您认为煤矿怎么样？

克诺克 煤矿股票价格不错，可能有些投机性，忽而暴涨，忽而又莫名其妙地猛跌。

妇人 啊！我的上帝！您说得真吓人。我印象中好像是在上涨的时候买进的，一共买了五万多法郎。在资本不多的情况下，把这么大数目的钱投入煤矿真是发疯。

克诺克 的确，我觉得在这种事业上的投资绝不应该超过总资本的十分之一。

妇人 啊！不超过十分之一？如果不超过十分之一，那就不是真正的发疯了？

克诺克 绝对不是。

妇人 您这么说我就放心了，大夫。我当时只能那么做。那几个钱可真让人费死心了，说了您也不会相信的，有时需要找点儿其他事情来驱逐心头的烦恼。大夫，人生可悲啊。有一本书上说，只有一种新的痛苦才能取代另一种痛苦。但是，至少人们总得找到喘息的机会以图改变现状。我真想有一天能够不再去想房客、佃户和股票。到了我这个年纪，已经不能再去谈情说爱了，哈，哈！也不能作环球旅行，但是，您一定想知道我为什么要等着免费看病吧？

克诺克 不管什么理由，太太，肯定极为正当。

妇人 正是！我想做个榜样。我觉得，大夫，您这种精神是好的，高尚的。但是，我了解这儿的人。我想："他们还不习惯，不会去的，那位先生的慷慨将会落空。"我心里说："如果他们看到邦斯太太——朗普玛小姐头一天就毫不犹豫地去免费就诊，就不会耻于到那儿抛头露面了。"我的一举一动都被人盯着，都会引起议论，这是很自然的。

克诺克 您的行动令人钦佩，太太。谢谢您了。

妇人 （站起来，做出要走的样子）我很荣幸同您结识，大夫。每天下午我都在家，有人常到我那儿去，我们围着一把祖传的路易十五式的茶壶谈天，总可以为您准备一杯。（克诺克鞠躬，她朝门口走去）您知道，我确实对房客和股票感到头疼，整夜睡不着觉，真累人。大夫，您知道有什么能让人睡觉的秘方吗？

克诺克 您失眠很久了吗？

妇人 很久很久了。

克诺克 您找过巴巴莱大夫吗？

妇人 找过，找过好几次。

克诺克 他说什么？

妇人 他让我每天晚上读三页民法，真是开玩笑——大夫从来不看重这种事情。

克诺克 也许他错了，失眠有时是重病的先兆。

妇人 真的？

克诺克 失眠的原因可能是大脑内部血液循环的根本性紊乱，特别是可能是由于一种叫作"烟斗状管"的血管的损坏。太太，您可能得了脑动脉烟斗状管堵塞。

妇人 天哪！烟斗状管堵塞！大夫，可能同吸烟有关系吗？我吸点儿鼻烟。

克诺克 可能有关。失眠还可能是由于神经胶质对灰色物质的侵入和持续刺激。

妇人 那一定很可怕。请解释一下，大夫。

克诺克 （庄重地）请您想象有一只螃蟹、一只章鱼或一只巨大的蜘蛛正在吞噬、吮吸或慢慢地撕裂着您的脑子。

妇人 啊！（跌坐到一把椅子上）真吓死人了。肯定是这种病，我有所感觉。求求您，大夫，马上让我死掉吧，给我打一针，打一针！或者，就救救我。我害怕极了，（沉默）这致命的病大概是根本不能治的，是吗？

克诺克 能治。

妇人 有治好的希望吗？

克诺克 有，只是时间长一点儿。

妇人 别骗我，大夫。我要知道真相。

克诺克 一切都取决于系统的长期治疗。

妇人 但是，治什么呢？烟斗状管堵塞，还是蜘蛛？我觉得，就我的情况而言，更重要的应该是蜘蛛。

克诺克 两个都可以治好。也许我不敢使一个普通的病人产生这种希望，因为他既没有时间也没有钱来接受最现代化的治疗。可是您不同了。

妇人 （站起来）噢！我将是一个非常听话的病人，大夫，像小狗一样温顺，我接受一切必要的治疗，特别是如果不太痛苦的话。

克诺克 将采用放射疗法，毫无痛苦，唯一的困难是要有耐心，老老实实地治上两三年。医生要守在旁边，随时了解治疗情况，严格控制射线的剂量。几乎每天都得检查一遍。

妇人 噢！我，耐心我倒是有，但是，您大概不会愿意老那样照顾我吧？

克诺克 愿意，愿意！这是求之不得的事情。问题在于有没有可能。您住得远吗？

妇人 不远，没有两步。磅房对面那栋房子就是。

克诺克 我力争每天早晨去您那儿一趟，星期天除外，星期一也不行，因为要门诊。

妇人 这样间隔两天不是太长了吗？就是说，星期六到星期二我没人管了。

克诺克 我可以向您作一个详细的交代。再说，只要抽得出空来，星期天早晨或星期一下午我一定去看看。

妇人 啊！那太好了！太好了！（站起来）现在我该怎么办呢？

克诺克 待在家里，不要出门。我明天早晨去看您，再仔细检查一下。

妇人 今天不用药吗？

克诺克 （站着）唔……用。（匆匆写了个处方）去找穆斯盖先生，请他马上按处方给您配药。

第六场

克诺克 （无所指地）玛丽埃特，这么多人都是干什么的？（看表）免费看病只到十一点半，您说清楚了吗？

玛丽埃特的声音 我说了，但是他们不走。

克诺克 谁是头一个？（两个小伙子用胳膊肘互相捅着走过来，眨着眼睛，忍不住突然噗哧一下笑出声来。人们在背后开心地望着他们喧哗起来，克诺克装出没有理会的样子）你们俩谁是头一个？

小伙子一 （眼睛看着旁边偷笑，胆怯地）嘻！嘻！嘻！我们俩都是。嘻！嘻！嘻！

克诺克 你们不会是一块儿来的吧？

小伙子一 是一块儿！一块儿！嘻！一块儿！一块儿！（傻笑。）

克诺克　我不能同时接待两个人，你们自己决定吧。
刚才好像没看见你们，你们前边还有人。

小伙子一　他们让给我们了，您问问他们，嘻！嘻！
（咯咯地笑着。）

小伙子二　（胆子大起来）我们俩总在一块儿，形影
不离。嘻！嘻！嘻！（傻笑。）

克诺克　（咬着嘴唇，声音变得严厉）进来吧。（关
上门，对小伙子一）脱掉衣服。（给小伙子二指了一个座
位）您坐在那儿。（他们俩还在挤眉弄眼，咯咯地笑着，
但已经有些不自然了。）

小伙子一　（只穿着裤子和衬衣）要全脱光吗？

克诺克　脱掉衬衣。（小伙子身上只剩法兰绒背心）
够了。（走过去，围着他转了一圈，拍拍、扣扣、听听、
揪揪皮肤、翻翻眼皮、扒扒嘴唇，然后，拿起一个带反射
镜的喉镜，慢慢套到头上，突然把令人目眩的反光射到小
伙子的脸上、嗓子眼里、眼睛上。只是在小伙子老实了以
后，才冲他指了指长椅）躺上去。来，蜷起腿。（拍他的
肚子，移动着听诊器）把胳膊伸直。（摸脉，量血压）
好了，穿上衣服吧。（沉默。小伙子穿衣服）您父亲还
在吗？

小伙子一　不在了，死了。

克诺克　是突然死的？

小伙子一　对。

克诺克　果然如此。年纪不是太大吧？

小伙子一　不大，才四十九岁。

克诺克　那么大！（长时间沉默。两个小伙子没有一

点儿笑的心思了。克诺克在屋角的框子里翻了一阵，拿过来一些酒精中毒晚期患者和正常人的主要器官挂图，亲切地对小伙子一说）我要讲讲您的主要器官的状况。这是正常人的肾，这是您的。（停顿）这是您的肝，这是您的心脏。您的心脏损坏程度比这上面画的还要严重得多。（然后，平静地把挂图收好放回原处。）

小伙子一 （非常惶恐地）我大概应该戒酒吧？

克诺克 随您的便。（沉默。）

小伙子一 要吃药吗？

克诺克 不必了。（对小伙子二）现在该您了。

小伙子一 如果可以，大夫，我想再花钱看一次。

克诺克 不必了。

小伙子二 （可怜巴巴地）我，我没什么，大夫先生。

克诺克 您怎么知道呢？

小伙子二 （抖着后退）我没病，大夫先生。

克诺克 那您来干什么？

小伙子二 （继续后退）为了陪我的朋友。

克诺克 他那么大了，不能自己来？脱衣服吧。

小伙子二 （朝门口走去）不，不，大夫先生，今天不看了。我下次再来，大夫先生。（沉默。克诺克打开门，门外的人还没有见到小伙子们便嚷了起来，克诺克放走了两个小伙子。他们脸上带着惊慌、恐怖的表情，像参加葬礼一样穿过突然变得鸦雀无声的人群。）

——幕落

第三幕

钥匙旅店的大厅。看得出来，首府的旅店仿佛正在变成一座医疗站。酒价表还挂在那里，但是，镍制品、搪瓷器具和消过毒的白色织物已经出现。

第一场

雷米太太 西比翁，车来了吗？

西比翁 来了，太太。

雷米太太 据说大雪切断了公路。

西比翁 咳！迟到了十五分钟。

雷米太太 这些行李是谁的？

西比翁 一位从里弗龙来看病的太太的。

雷米太太 她晚上才来呢。

西比翁 错了，晚上那位从圣马尔赛兰来。

雷米太太 这个手提箱呢？

西比翁 是拉瓦肖尔的。

雷米太太 怎么？巴巴莱先生在这儿？

西比翁 就在后面，不出五十米。

雷米太太 他来干什么？不是要来夺回他的职位吧，嗯？

西比翁 十之八九是来看病的。

雷米太太 但是只有九号和十四号空着。九号是留给从圣马尔赛兰来的太太的。把从里弗龙来的那位太太安排在十四号。您为什么不告诉拉瓦肖尔没房间了？

西比翁 还有十四号。没人对我说，我不知该接待从里弗龙来的那位太太还是拉瓦肖尔。

雷米太太 真让人头疼。

西比翁 您想想怎么办吧，我得去照料病人了。

雷米太太 别走，西比翁。等着巴巴莱先生，跟他解释一下，就说没有房间了。我不能亲自跟他这么说。

西比翁 真抱歉，老板，我只有去换件衣服的时间了。克诺克大夫很快就到。我还得收集五号和八号的尿、二号的痰，给一号、三号、四号、十二号、十七号和十八号量体温，还有别的事儿，我可不想挨骂。

雷米太太 您不把这位太太的行李拿上去？

西比翁 女仆呢？她不是闲着没事儿吗？

（退下。雷米太太一看见巴巴莱，也跟着走了。）

第二场

巴巴莱大夫 唔……有人吗？……雷米太太！……西比翁！……真奇怪……我的手提箱在这儿。西比翁！……

女仆 （护士装束）先生，您找谁？

大夫 我想见见老板。

女仆 什么事，先生？

大夫 想问问他让我住哪间房子。

女仆 我不知道。您是预约的病人吗？

大夫 小姐，我不是病人，是大夫。

女仆 啊！您是来给大夫帮忙的吧？他真需要一个帮手。

大夫 小姐，您不认识我？

女仆 不，从来没有见过。

大夫 我是巴巴莱大夫……三个月以前，是圣莫里斯的医生……您大概不是本地人吧？

女仆 我是本地人，但不知道在克诺克大夫之前还有过医生。（沉默）请您原谅，先生。老板马上就来，我得去给枕套消毒。

大夫 看来这家旅店变得大不一样了。

第三场

雷米太太 （瞟了一眼）他还在那儿！（下了决心）您好，巴巴莱先生。您不是来住店的吧？

大夫 啊，是……您好吗，雷米太太？

雷米太太 倒还可以！但没有房间了。

大夫 难道今天逢集吗？

雷米太太 不是，今天没集。

大夫 没集房间都住满了？他们都是干什么的？

雷米太太 病人！

大夫 病人？

雷米太太 对，全是来看病的。

大夫 为什么住在您这儿呢？

雷米太太 圣莫里斯没有第二家旅店。再说，我们这儿有最新的设备，可以少受点儿罪。他们在这里能得到完全符合现代卫生规定的护理。

大夫 他们是从哪儿来的？

雷米太太 您是指病人？这一阵子，差不多哪儿来的都有，开始只是些过路的。

大夫 我不明白。

雷米太太 是这样的，一些来圣莫里斯做买卖的人听说了克诺克大夫以后，偶然去请他给看看。显然，他们并不知道自己有病，只是有某种预感，如果不是碰巧来到了圣莫里斯，好些人可能已经不在人世了。

大夫 怎么会死呢？

雷米太太 由于对自己的病情一无所知，一个劲儿地大吃大喝和继续胡闹呗。

大夫 那些人全都住在这儿？

雷米太太 对，他们从克诺克大夫那儿回来后就急忙躺到床上接受治疗。如今情况已经大不相同了，我们接待的全是专程前来看病的人。麻烦的是床位太少，我们准备搞扩建。

大夫 太反常了。

雷米太太 （思考一阵之后）事实上，只有您觉得反常。如果要您像克诺克大夫那样生活，您一定会叫苦连天的。

大夫 噢！他是怎么生活的？

雷米太太 简直像个苦役犯。他一起床就出诊，十点钟来旅馆，五分钟之内您就会见到他的。然后是寻找病人和到全区最边远的地方去。他有一辆汽车，一辆漂亮的新车，尽管把车子开得飞快，但是，肯定免不了拿夹肉面包当午餐。

大夫 跟我在里昂的情况完全一样。

雷米太太 啊？……但您在这儿的时候却一味地贪图安逸和清静。（高兴地）您还记得在小咖啡馆里打台球吗？

大夫 应该说我在的时候人们的身体比现在好。

雷米太太 别这么说，巴巴莱先生。人们不知道看病，这完全是另外一回事儿。有人以为我们农村人还是牲口，一点儿也不关心自己的身体，只能等着像牲口一样死去，而药品、饮食制度、仪器和其他一切进步全都是为了大城市。这不对，巴巴莱先生。其实我们同别人一样知道自珍自爱，尽管不喜欢乱花钱，但是在必要的开支上并不犹豫。巴巴莱先生，别以为农民都还和过去一样，恨不得把一分钱掰成两半花，宁肯瞎掉一只眼睛、断了一条腿也不愿意掏三法郎买点儿药。感谢上帝，情况变了。

大夫 当然，如果人们健康得不耐烦了，愿意花钱当病人，那也只好随他们的便了。再说，这对医生也有好处。

雷米太太 （非常激动）不能这么说，没人会同意说克诺克先生是为了发财，是他开创了免费看病的制度，这是前所未有的事情。即使在出诊的时候，他也只是向能付得起钱的人收费。应该承认，如果不是这样，该有多糟！对穷人他分文不取。人们会看到他不惜花费十法郎的汽油，横穿整个地区把漂亮的小车一直开到一个穷老太婆的茅草屋前，可是这个老太婆甚至连一块山羊奶酪也拿不出来。而且，也不应该含沙影射地说他把没病的人说成病人。就拿我来说吧，自从他每天来旅店之后，可能已经给我检查过不下十次了。每一次他都非常有耐心，起码花一刻钟，用所有的仪器，把我从头到脚检查一遍。他总是对我说没有什么，劝我不要发愁，尽管足吃足喝。他说什么都不肯收我一分钱。贝尔纳先生也一样。他以为自己是带病源者，活不成了。为了让他放心，克诺克先生甚至给他化验了三次大便。还有穆斯盖，他一会儿就要同大夫一同来给十五号抽血，你们可以一块儿谈谈。（想了一会儿后）好了，不管怎么说，把您的手提箱交给我吧。我想办法给您安排个地方。

第四场

穆斯盖 （衣冠楚楚）大夫还没来？啊！巴巴莱大夫，真想不到，我的天。您离开我们很久了。

大夫 很久？不，才三个月。

穆斯盖 真的才三个月？！真有点不可理解。（长者般地）您在里昂过得还满意吗？

大夫 很满意。

穆斯盖 啊！那好。您在那儿有固定的主顾吧？

大夫 呃……已经增加了三分之一……穆斯盖太太的身体好吗？

穆斯盖 好多了。

大夫 她病过？

穆斯盖 您不记得她常嚷嚷偏头疼吗？反正您是不把这当成回事儿的。克诺克大夫一下子就诊断出是卵巢功能失调，施行了器官提出液疗法，效果极好。

大夫 啊！她的病全好了？

穆斯盖 过去的偏头痛一点儿也没有了，有时感到头沉，那只是因为操劳过度，无需大惊小怪，因为我们确实忙得不可开交。我需要带一个徒弟，您能不能推荐一个有志于医道的人？

大夫 一下子推荐不出，我记着就是了。

　　穆斯盖　啊！现在可不能像过去那样过安逸日子了。即便是晚上十一点半睡觉，也还处理不完那些药方。我这么说，您相信吗？

　　大夫　一句话，发大财了。

　　穆斯盖　噢！那当然，我的营业额增加了四倍，没得可说。这还不算，令人高兴的事情还多着呢。亲爱的巴巴莱大夫，我喜欢这个行业，为自己能成为有用的人而感到欣慰。我觉得忙点儿要比百无聊赖地闲着好多了。这是心境问题。大夫来了。

第五场

　　克诺克　先生们。您好，巴巴莱大夫，我真想您啊。路上过得好吗？

　　大夫　好极了。

　　克诺克　您是坐自己的车来的？

　　大夫　不是，乘火车来的。

　　克诺克　啊，对了！您是为第一届期满而来的吧？

　　大夫　我是顺便……

　　穆斯盖　你们谈吧。（对克诺克）我去十五号。

第六场

　　大夫　您现在不再说我"耍弄"您了吧？

　　克诺克　可您的本意是很明显的，亲爱的同行。

　　大夫　您不能否认，是我把这个不无价值的职位让给您的。

　　克诺克　噢！您真该留下，我们不会互相妨碍的。穆斯盖先生跟您谈了我们的初步成果吧？

大夫 有人对我说过。

克诺克 （在皮包里翻着）我可以给您看几份绝密图表，请把它同我在三个月前讲的话联系起来。首先是看病。这根曲线代表每周的统计数字。我们把您当时的情况作为出发点，由于没有确切数字，只好约摸着定为五次。

大夫 每星期五次？怎么也不会低于十次的，亲爱的同行。

克诺克 好吧。这是我的数字。当然，每星期一的免费接待数未计在内。十月中，三十七；十月底，九十；十一月底，一百二十八；十二月底，还没有画出来，超过了一百五十。为了节省时间，今后我只画治疗曲线，诊断曲线就算了。从本质上说，看病只是我的部分兴趣，因为这是入门技术，好比撒网捕鱼，而治疗才是池塘放养。

大夫 请原谅，亲爱的同行，您的数字准确吗？

克诺克 绝对准确。

大夫 一个星期之内，圣莫里斯地区之内，竟能有一百五十人从家里出来排着队花钱找医生看病？既没有使用暴力也没采取其他强迫手段？

克诺克 没找警察也没有派军队。

大夫 简直不可理解。

克诺克 请看治疗曲线吧。十月初，您刚走的时候在家中候诊的长期病人数是零，对不对？（巴巴莱无力反驳）十月底为三十二，十一月底为一百二十一，十二月底……在二百四十五和二百五十之间。

大夫 我觉得您滥用了我的信任。

　　克诺克　我并不认为这个数字过大。别忘了，整个地区有两千八百五十三户，实际收入超过一万二千法郎的有一千五百零二户。

　　大夫　这和收入有什么关系？

　　克诺克　（走向洗手池）您总不能让收入不足一万二千法郎的家庭担负一个长期患者的费用吧？那就太过分了。对其余的家庭也不能规定千篇一律的饮食制度。我有四级治疗。最低的，收入在一万二千至两万之间，每星期出诊一次，每月的药费为五十法郎左右。最高的，收入超过五万法郎，每星期至少出诊四次，各种费用加在一起每月三百法郎，包括X光、镭、电按摩、化验和一般治疗在内。

　　大夫　您怎么知道病人收入的？

　　克诺克　（开始认真地洗手）请相信，不是向税务员打听来的，而是比他了解得更为准确。根据我的推算，共有一千五百零二户的收入高于一万二千法郎，而税务员的数字是十七户。在他的名单上，最高的收入是两万，而在我的名单上，却是十二万，我们永远也碰不到一起。应该考虑到，他是国家工作人员。

　　大夫　您的情报是从哪儿来的？

　　克诺克　（微笑）来源很多。这项工作十分浩繁，整个十月份几乎全用在这上面了，而且，还得不断修正。请看这个，很漂亮，对吧？

　　大夫　像一张本区地图。这些红点儿代表什么？

　　克诺克　这是一张医疗网点图，每个红点代表一个长期病人的住处。仅仅一个月之前，这地方还是一大片灰色：沙布里埃尔点。

大夫 什么？

克诺克 这是本地区中心的一座茅屋的名字。最近几个星期，我的力量全部花在这上了。到今天为止，虽然仍是灰色，但却已被分割成了小块。是不是看不大出来？

大夫 我没法掩饰自己的惊讶，亲爱的同行。似乎不应怀疑您的成就，因为从各方面都得到了证实。您是个出色的人，别人也许不会对您这么说，但心里却不能不这样想，否则，他们就不是医生。但是，我可以把心里话说出来吗？

克诺克 请说。

大夫 我如果也掌握您的方法……也像您一样掌握得很好……只待付诸实行……

克诺克 嗯。

大夫 我不会感到羞耻吗？（沉默）回答我。

克诺克 但是，我觉得，这要您来回答。

大夫 请注意，我不下结论。我提出了一个非常微妙的问题。（沉默。）

克诺克 希望您能说得更清楚一些。

大夫 您可能会说我过于迂腐并且是在吹毛求疵。但是，在您的方法里面，病人的利益是否从属于医生的利益了？

克诺克 巴巴莱大夫，您忘了有一种超越两者之上的利益。

大夫 什么利益？

克诺克 医学的利益，这是我最为关心的。（沉默。

巴巴莱思索。）

大夫 对，对，对。

（从此刻开始直到剧终，舞台上的灯光渐渐具有医学的性质，大家知道，医学之光较之简单的自然之光更富于绿色和紫色。）

克诺克 您交给了我一个地区，这里有几千个身份不明的居民。我的作用在于确定他们的身份，并使他们了解医学的存在。我把他们放到床上，想看看会出现什么情况，结果发现他们是肺结核患者、精神病患者、动脉硬化患者，如此等等，总之，全都是某种疾病的患者，天哪！全都是患者！最使我恼火的莫过于那种莫名其妙地被您称为健康人的人。

大夫 总不能把整个地区的人全都放到病床上吧！

克诺克 （擦手）很难说。我认识一个家庭，五口人同时病倒、同时卧床，但却什么问题也没有发生。您的高论使我想起那些著名的经济学家，他们坚持认为一场现代化的大战不可能持续六个星期以上。事实上，是我们都缺乏勇气，没有一个人，包括我在内，敢于把所有的人都按到床上去，哪怕只是为了看看，仅仅是看看！好吧！我同意您的意见，应该有些健康的人，哪怕是为了护理别人或者形成一支后备病人大军。我所不喜欢的是健康本身具有的挑衅意味。您必须承认，这实在有点儿过分。我们闭眼不看某些病例，让他们保留着健康的假面。但是如果他们在我们面前炫耀，并因此而小看我们，我就受不了。拉法郎先生就是一例。

大夫 啊！巨人？就是那个吹嘘什么一伸胳膊就能把

丈母娘托起来的家伙？

克诺克 正是他跟我顶了三个月……现在好了。

大夫 怎么？

克诺克 起不了床了。但他的大话已经开始削弱居民对医学的信念。

大夫 但是，还有一个严重的问题。

克诺克 什么问题？

大夫 您只想到医学……别的事情呢？您不害怕这一方法普遍施行之后，其他的社会活动会有某种程度的减慢吗？不管怎么说，有些活动还是有意义的。

克诺克 这与我无关，我是医生。

大夫 倒也是，工程师在修铁路的时候，就没有问过乡村医生有什么想法。

克诺克 （走向舞台深处的窗户）当然！瞧这儿，巴巴莱大夫。您是熟悉这扇窗户外面的景色的。过去，您在打台球的间歇里常从这儿眺望。那边的阿里格尔山是本区的边界。左边是麦斯克拉和特雷布尔两个村子。前边，如果不是圣莫里斯的房子形成某种凹凹的变化，整个山谷的茅屋就会一条线儿展现在我们的眼前。但是，您大概只看见了自然的美，这是您的爱好。您欣赏的是粗犷的、几乎没有人间烟火味儿的景色。可是今天，您却看到它因得到了医学的滋润而燃起了艺术的神秘火焰，并因此而变得活跃起来。我来到这里的第二天，头一次站到这儿的时候，并没有多少自豪感，觉得自己的到来似乎无足轻重。昔日，这一片广阔的土地并不需要我和我的同类。但是现在，我站在这儿，却有点儿像大管风琴手坐在琴键面前一

281

样自得。在二百五十幢房子里，由于距离太远和有树叶挡着，我们不能全都看见在这二百五十幢房子里，家家都有一个人宣布承认医学。也就是一共有二百五十张床，每张床上躺着一个表明生命具有某种意义的躯体，并且由于我，而得知了医学的价值。夜景还要美，因为有灯光。几乎所有的灯光都属于我。没有病的人在黑暗中安眠，他们被排除在外，但是，患者却开着灯。夜使我摆脱了一切医学以外的东西，使我避免了医学以外的一切烦恼和愁怨。整个地区变成了一个新的天宇，而我就是这个不断变化着的天宇的创造者。但是我不跟您谈宗教。想想吧，所有这些人，每天的第一件事是想想我的指示，也就是我的处方。想想吧，一会儿就要打十点了。我的全体病人要在十点钟第二次用肛门表量体温，马上二百五十个体温表就要同时插进……

大夫　（激动地抓住克诺克的胳膊）亲爱的同行，我有一个建议。

克诺克　什么建议？

大夫　把您这样的人放在一个区的首府里真是埋没人才。您应该到大城市里去。

克诺克　早晚会去的。

大夫　我要提醒一句！此刻您正是年富力强的时候，再过几年，精力就要衰减了，请相信我的经验吧。

克诺克　那么？

大夫　那么，您不应该再等了。

克诺克　有合适的地方吗？

大夫　我那儿。我把自己的职位让给您，除此之外，再没有更好的方式能表明我对您的敬佩。

克诺克 可是……您怎么办？

大夫 我？再到圣莫里斯也就行了。

克诺克 行啊。

大夫 这还不算，您欠我的钱就算送给您了。

克诺克 行……看来，您并不像别人说的那样笨。

大夫 为什么？

克诺克 您作为不大，但会买会卖，有商人的品德。

大夫 我向您保证……

克诺克 甚至可以说您是个相当不错的心理学家，您猜到了我已经不大注重金钱了，因为赚得够多的了。只要医学能深入里昂的一两个区，我很快就会忘记圣莫里斯的这些图表。噢！我无意老死在圣莫里斯，只要有机会，决不放过！

第七场

（穆斯盖小心翼翼地穿过大厅，想走到街上去，但被克诺克叫住了。）

克诺克 过来，亲爱的朋友，您知道巴巴莱大夫提了个建议吗？……同我对调，我去里昂，他再回到这儿来。

穆斯盖 开玩笑。

克诺克 不开玩笑。一个非常严肃的建议。

穆斯盖 真让人吃惊……您自然是拒绝了？

大夫 克诺克大夫为什么要拒绝呢？

穆斯盖 （对巴巴莱）因为，如果有人想用一把厄雷卡式气枪换一支值两千法郎的内击式猎枪，只要对方不是疯子，肯定要遭到拒绝。您也可以向大夫建议调换汽车。

大夫 请相信，我在里昂拥有第一流的主顾。我接替了名气很大的麦尔吕大夫。

穆斯盖 对，那是三个月前的事了。三个月，可以走不少的路。再说下坡还要比上坡快。（对克诺克）首先，我亲爱的大夫，圣莫里斯的居民绝对不会同意的。

大夫 与他们有什么相干？无需征求他们的意见。

穆斯盖 他们肯定要发表意见的。我并不是说他们会筑起街垒，本地人没这种习惯，而且也缺少铺路的石头。但是，他们会把您推到回里昂的路上去的。（看见雷米太太）再说，您自己会得出结论。（雷米太太拿着一些盘子上。）

第八场

穆斯盖 雷米太太，告诉您一个好消息，克诺克大夫要走了，巴巴莱大夫还回来。（雷米太太松开了手里的盘子，但又及时接住了，抱在胸前像一束蔷薇花。）

雷米太太 啊！不行！啊！不行！我对您说，这不行。（对克诺克）除非夜里用飞机把您劫走。只要我一嚷嚷，大家就会弄破您的汽车轮胎，不放您走。至于您，巴巴莱先生，如果您是为此事而来，我很遗憾地告诉您，我一间空房子都没有了，尽管今天是一月四号，也只好请您露宿了。（把盘子放到一张桌子上。）

大夫 （非常激动）好，好！这样对待一个为他们贡献了二十五年的人，实在丢丑。既然圣莫里斯只需要江湖骗子，我宁愿堂堂正正——同时也宽宽裕裕地——挣饭吃。如果说我有过重回这里的念头，那是，我承认，那是因为我太太的身体，她不习惯大城市的空气。克诺克大夫，我们尽快把事情了结了吧。我今晚就走。

克诺克 您不能让我们难堪，亲爱的同行。雷米太太让一个并不确切的消息给吓了一跳，差点儿把盘子摔了，讲话考虑不周，没把意思讲清楚。您看，现在她保住了盘子，也就重又显露出了她那善良的天性。她的眼神中流露出了全体圣莫里斯居民对您二十五年不声不响的热忱的感激之情。

雷米太太 当然，巴巴莱先生始终是个老实人。如果我们可以不要医生，不管是他还是别的什么人来占据这个职位全都一样，问题在于有时会流行起来这种那种疾病，您总不会说一个真正的医生会眼看着让西班牙流感夺走大批人的性命吧。

大夫 真正的医生！他们懂什么呢？那么，您认为，雷米太太，一个"真正的医生"能够战胜一种世界性的流行病吗？这几乎等于让一个乡村警察去制止一次地震的发生。等着瞧吧，您会看到克诺克大夫是否能比我搞得好些的。

雷米太太 克诺克大夫……听我说，巴巴莱先生。我不跟您讨论汽车，因为我对那一窍不通，但是我现在开始知道什么是病人了。好了，我可以告诉您，对于一个所有身体虚弱的人都已卧床的地方来说，人们正眼睁睁地等待着您的世界性流行病呢。可怕得很，正如贝尔纳先生那天在报告会上讲的，那将是晴天霹雳。

穆斯盖 亲爱的大夫，我劝您不要在这儿挑起类似的争论。医药、医疗知识正在普及，随便什么人都可以顶替您的。

克诺克 不要陷入学派的争论。雷米太太和巴巴莱大夫可以在观点上有分歧，而同时又保持着最亲密的关系。（对雷米太太）您能给大夫准备一间房子吗？

雷米太太 不行，您很清楚，我们勉强可以收容病人。如果有病人来，也许能想办法安置下来，因为这是我的责任。

克诺克 但是，如果我对您说，大夫今天下午不能走，从医学观点讲，他至少需要休息一天呢？

雷米太太 啊！那就另当别论了⋯⋯但是⋯⋯巴巴莱先生是来看病的吗？

克诺克 他是不是来看病的，这是职业上的秘密，我不能公开宣布。

大夫 你们想干什么？我今晚就走，一定走。

克诺克 （望着他）亲爱的同行，我说的是正经话，您至少也得休息二十四小时。我劝您今天别走，我反对您今天就走。

雷米太太 好，好，大夫。我刚才不知道，巴巴莱先生会有一个床位的，您可以放心。要给他量体温吗？

克诺克 一会儿再谈这个。（雷米太太下。）

穆斯盖 你们谈吧，先生们。（对克诺克）我弄断了一根针，要到药房去再拿一根来。

第九场

大夫　说真的，您是在开玩笑吗？（短暂的沉默）不管怎么说，我感谢您。我确实不愿意今天晚上再作八小时的旅行。（短暂的沉默）我已经不是二十岁的人了，这我知道。（沉默）可敬可佩，您很认真。刚才，您好像说过……（站起来）我知道那是一个玩笑，了解这个行当的秘密也没有用……是的，一种神态和一个眼色……您好像看到了我的心底……啊！您真行。

克诺克　有什么办法呢？这由不得我呀。我只要看见一个人，就不由自主地暗暗开始为他诊断……尽管这毫无用处，也不合时宜。（推心置腹地）一个时期以来，我甚至都不敢照镜子。

大夫　但是……诊断……这是什么意思？胡乱猜测，还是……

克诺克　什么，胡乱猜测？对您说，每看到一个面孔，我的目光就不由自主地，甚至是不知不觉地要搜寻各种难以察觉的微小迹象——皮肤、巩膜、瞳仁、毛孔、呼吸、毛……天知道还有别的什么，我的诊断器官会自行启动。我知道自己该注意一点儿，这简直变得愚蠢可笑了。

大夫　但是……请原谅……我的固执也有些可笑，但这是不无理由的……当您说我需要休息一天的时候，仅仅是个玩笑，还是……再说一遍，我之所以坚持要问，是因为这同我的担心一致。我并不是没有在自己身上发现这种或那种症状，一个时期以来……哪怕只是从纯理论的角度来看，我很想知道，自己的观察是否同您说的下意识的诊断结果相吻合。

克诺克　亲爱的同行，这个留到过一会儿再谈吧。（钟声）十点了，我得去巡诊。咱们一块儿吃午饭吧，请不要辜负我的好意。至于您的健康状况以及可能需要采取的措施，咱们从从容容地到我办公室里去谈吧。

（克诺克走远。钟声骤止。巴巴莱瘫在一把椅子上，沉思着。西比翁、女仆、雷米太太手持仪器，在医学之光中穿过舞台。）

——幕落、剧终